JANE L. ROSEN

# Ein Kleid von Bloomingdale's



GOLDMANN
Lesen erleben

*Buch*

Im Kaufhaus Bloomingdale's weiß man, dass so manche Saison ein besonderes Kleid hervorbringt. Ein Kleid, das mehr New Yorkerinnen tragen wollen als jedes andere. Ein Kleid, das Leben verändert. Und auch diese Saison scheint ein kleines Schwarzes Wunder zu vollbringen. Da ist zum Beispiel Natalie – Verkäuferin bei Bloomingdale's –, deren Exfreund nach nur zwei Monaten Trennung neu verlobt ist. Als der umwerfende Schauspieler Jeremy Madison sie bittet, sie zur Premiere seines neuesten Films zu begleiten, ist das nicht nur die Gelegenheit, einmal das Kleid anzuziehen, sondern endlich mal wieder Spaß zu haben. Gott sei Dank ist Jeremy laut neuesten Presseberichten schwul, und Natalie kann einfach sie selbst sein. Das Kleid verändert auch das Leben der liebenswürdigen Felicia, die seit zwanzig Jahren heimlich in ihren Chef verliebt ist. Und auch Andrea, auf fremdgehende Männer spezialisierte Privatdetektivin, erlebt eine Überraschung. Und so macht das Kleid seinen Weg, heilt Herzen, lässt sie höher schlagen und führt sie auf wunderbare Weise zusammen …

*Autorin*

Jane L. Rosen lebt mit ihrem Mann und drei Töchtern im Teenageralter in New York City und auf Fire Island. Am liebsten lässt sie sich von ihrer Stadt und den Menschen, die dort leben, inspirieren. Sie schreibt unter anderem für die *Huffington Post* und hat auch schon in der Filmindustrie gearbeitet. »Ein Kleid von Bloomingdale's« ist ihr erster Roman.

Jane L. Rosen

# Ein Kleid von Bloomingdale's

Roman

Aus dem Amerikanischen
von Stefanie Retterbush

GOLDMANN

Die amerikanische Originalausgabe erschien 2016
unter dem Titel »Nine Women, One Dress« bei Doubleday,
a division of Random House LLC, New York



Dieses Buch ist auch als E-Book erhältlich.

MIX
Papier aus verantwortungsvollen Quellen
FSC® C014496

Verlagsgruppe Random House FSC® N001967

1. Auflage
Deutsche Erstveröffentlichung April 2017

Umschlaggestaltung: UNO Werbeagentur, München
Umschlagmotiv: FinePic®, München
Redaktion: Sigrun Zühlke
MR · Herstellung: Str.
Satz: Buch-Werkstatt GmbH, Bad Aibling
Druck und Bindung: GGP Media GmbH, Pößneck
Printed in Germany
ISBN: 978-3-442-48511-6
www.goldmann-verlag.de

Besuchen Sie den Goldmann Verlag im Netz:

In liebevollem Andenken
an Ruthellen Levenbaum Holtz

»Das Entscheidende bei einem Kleid
ist die Frau, die es trägt.«

YVES SAINT LAURENT

# Vorwort

## Der Laufsteg

*Von Sally Ann Fennely, Laufstegmodel*
*Alter: gerade 18*

»Mach da noch 'ne Nadel rein!« Die Garderobieren liefen hektisch durcheinander wie eine Schar kopfloser Hühner.

»Wo rein?«, dachte ich. »Autsch!« Da hatte ich meine Antwort: in mich.

Es war vollkommen irre. Seit dem Casting hatten sie mindestens fünfmal meine Maße genommen. Eigentlich hatte ich gedacht, das wäre das Schlimmste an der ganzen Geschichte: fünfzig hufescharrende Models, ordentlich aufgereiht wie Rennpferde, die in schwarzen Unterkleidchen sabbernd von Cheeseburgern träumen. Eine Fleischbeschau, aber so ganz anders als das, was wir zu Hause in Alabama darunter verstehen.

Zaghaft wagte ich einzuwenden: »Es ist mir zu groß. Vielleicht sollte es lieber eins der kräftigeren Mädchen tragen.«

»Kräftigere Mädchen gibt's hier nicht«, murmelte der Garderobier mit den locker sitzenden Nadeln kaum hörbar.

Verstohlen schaute ich mich um – stimmt, er hatte recht. Letzte Woche war ich noch ein dürres, wenn nicht sogar das dürrste Mädchen südlich der Mason-Dixon-Linie. Früher nannten mich alle immer Bohnenstange und fragten, ob ich unter der Dusche tanzen müsse, um überhaupt nass zu werden. Und plötzlich bin ich die Kräftigste von allen.

»Aufstellen!«, bellte der Typ mich an. Brav stellte ich mich mit den anderen in eine Reihe.

Und versuchte, mich nur auf das Mantra in meinem Kopf zu konzentrieren: atmen, atmen, ein Fuß, der andere Fuß. Atmen. Atmen. Das Mädchen hinter mir störte meine Konzentration mit dem stärksten New Yorker Akzent, den ich je gehört hatte.

»Ich glaube, du trägst heute *das Kleid*«, sagte sie. Es klang mehr nach einer Warnung als nach einer Feststellung.

»Das Kleid?« Ich kapierte überhaupt nicht, wovon sie redete. Mir fiel schon das Atmen schwer. Und der Laufsteg rückte unerbittlich näher. Sie redete unverdrossen weiter.

»Jedes Jahr gibt es *das eine* Kleid, nach dem alle verrückt sind. Die VIPs in der ersten Reihe entscheiden, welches Kleid *das* Kleid wird. Siehst du?« Und damit zeigte sie zur Bühne, wo die beiden voluminösen Vorhänge sich trafen. Sie teilten und bauschten sich und fielen dann wieder zusammen, und währenddessen konnte ich einen kurzen Blick auf die Menschenmenge draußen erhaschen und wünschte mir sofort, ich hätte nicht gesehen, was mich hinter dem Vorhang erwartete.

Sie plapperte unbeeindruckt weiter. »Bis zum Herbst werden die Promis aus der ersten Reihe dieses eine Kleid auf die Zeitschriftentitel bringen, auf den roten Teppich und in die Schaufenster der großen Läden. Und normalerweise ist es ein kleines Schwarzes – so wie deins.«

Wenn man sie so reden hörte, konnte man glatt vergessen, wie umwerfend hübsch sie war. Wie bei den alten Stummfilmstars, von denen meine Großmama immer erzählte. Die waren auch aufgeschmissen, als der Tonfilm groß rauskam. In meinen Ohren klang sie so fremd, als käme sie von einem anderen Planeten. Aber hätte ich meinen Südstaatenakzent ausgepackt, hätte sie vermutlich auch kein Wort mehr verstanden. Weswegen ich, seit ich in New York war, kaum noch den Mund aufmachte. Wenn ich etwas sage, dann möglichst knapp und überdeutlich. Ein, zwei Sätze bekomme ich hin, ohne dass irgendwer was merkt. Ich muss mir große Mühe geben, mindestens dreimal so schnell zu reden wie gewöhnlich, weil mich die Leute sonst bald so ungeduldig angucken, als müssten sie mir jedes Wort einzeln aus der Nase ziehen. Und meine Gedanken müssen mit dem, was ich sage, ja auch noch irgendwie Schritt halten, was gar nicht so einfach ist. Offensichtlich verstehen sie mich genauso wenig wie ich sie. Womit wir also eigentlich auf Augenhöhe sein müssten. Sind wir aber nicht. Nicht hier.

Reden ist nicht das einzige Problem. Ich versage schon beim Gehen. An meinem ersten Tag in New York habe ich den unverzeihlichen Fehler begangen, einfach wie angewurzelt stehen zu bleiben und staunend an einem Wolkenkratzer hochzuschauen, und, RUMMS, schon gab es den ersten Auffahrunfall. Ein Mann war ungebremst von hinten in mich reingelaufen und schrie mich an: »Hast du sie noch alle, blöde Tussi?« Als hätte ich mitten auf der Interstate 10 eine Vollbremsung hingelegt. Ich stellte mir den daraus folgenden Dominoeffekt vor – wie die ganze Stadt ins Straucheln gerät, alles nur meinetwegen.

Am nächsten Tag regnete es. Schon im Trockenen war es nicht einfach, heil durch die Stadt zu navigieren, ganz zu schweigen von einem sintflutartigen Wolkenbruch. Ich war so eingeschüchtert, als ich sah, wie die New Yorker leichtfüßig die Pfützen umrundeten und gekonnt die Regenschirme hoben und senkten wie in einem perfekt einstudierten Ballett, dass ich es nicht weiter als bis zum Vordach unseres Hauses schaffte. Es kam mir vor, als hätten alle anderen heimlich die Choreografie für jenen Tag einstudiert – alle, nur ich nicht. Starr blieb ich stehen und rührte mich nicht vom Fleck, bis irgendwann die Sonne wieder rauskam.

Währenddessen quasselte das Mädchen mit der unangenehmen Stimme immer noch über das Kleid. Zwischen uns und dem Laufsteg stand noch etwa ein Dutzend Mädchen.

»Es gibt noch ein anderes Kleid, das infrage käme, von einer Show gestern. Meine Freundin Adeline hat es getragen. Das könnte auch *das Kleid* gewesen sein. Adeline meinte, es war ein irres Blitzlichtgewitter, vor allem als sie ans Ende des Laufstegs kam. Sie hofft, dass es wirklich ihrs ist. Ich wäre gerne das Mädchen, das es seiner Freundin gönnt, *das Kleid* zu präsentieren. Bin ich aber nicht. Es würde mich fertigmachen, wenn sie es tatsächlich auf den Titel von *Women's Wear Daily* schafft. *Das Kleid* erscheint immer auf dem Titel von *Women's Wear Daily*. Und dann drehen plötzlich alle durch und wollen es unbedingt haben, und auf einmal ist es überall. *Das Kleid* kann über Nacht zum Star werden und das Model, das es trägt, gleich mit. Das Mädel vom vorletzten Jahr soll angeblich gerade eine Rolle im neuen Woody-Allen-Film bekommen haben. Ein ganz neues Gesicht, genau wie du. Du weißt ja, das neue Gesicht ist man nur einmal. Und *das Kleid* trägt meistens entweder das neue Gesicht oder ein sehr bekanntes Gesicht. Und jetzt macht Woody Allen ihr neues Gesicht weltbekannt! Meinst du, er ist pädophil? Ich will das gar nicht glauben.«

Sie schien keinen Gedanken ans Atmen zu verschwenden, während ich an nichts anderes denken konnte. Noch acht Mädchen zwischen uns und dem Laufsteg.

Sie redete weiter. »Letzte Woche hat mir jemand erzählt, die Zitronenscheiben, die immer an den Wassergläsern stecken, sollen lebensgefährlich sein. Total verkeimt und verunreinigt, sogar mit Fäkalien – hat dieses Mädchen jedenfalls behauptet. Weil die Kellner sich nicht die Hände waschen. Dabei kommt die Zitronenscheibe in meinem Wasser unter den Sachen, die ich in den letzten drei Jahren gegessen habe, einem Stück Kuchen noch am nächsten. Was soll ich denn jetzt machen? Manchmal glaube ich, ganz egal, wann ich sterbe, meine letzten Worte werden sein, ich hab immer noch Hunger. Ich wünschte wirklich, ich könnte alles, was ich je über Zitronen und Woody Allen gehört habe, wieder ungehört machen. Ich will das gar nicht wissen.«

Eine Zitrone, dachte ich. Das Einzige, woran ich diese Mädchen zum Nachtisch je hatte nuckeln sehen, waren Zigaretten. Sie waren alle gleich. Aus einem Ei gezogen, wie man bei uns zu Hause sagen würde. Sie liefen alle gleich, federleicht und elfenhaft. Sie schwebten förmlich über den Laufsteg, während ich mir vorkam wie ein Bauerntrampel in Gummistiefeln. Und sie redeten alle gleich. Ihre Sätze bestanden aus Wörtern, die in meinen Ohren überhaupt keinen Sinn ergaben. Wie *ernsthaft* oder *echt* oder *ehrlich*. Ehrlich dies und ehrlich das. Man fragte sich, ob alles andere, was ihnen aus dem Mund sprudelte, Lügen waren. Und viele ihrer Geschichten begannen mit »Sei mir nicht böse«. Als wäre das eine »Du kommst aus dem Gefängnis frei«-Karte. »Sei mir nicht böse, aber ich habe mit deinem Freund geschlafen«, oder »Sei mir nicht böse, aber ich habe gestern Abend den ganzen Nusskuchen aufgegessen«. Wobei, ehrlich, den zweiten Satz würde echt keins der Mädchen je im Leben sagen. Ernsthaft, das ist echt ansteckend.

Noch sechs Mädchen vor mir. Ich weiß nicht mal, wie ich hierhergekommen bin. Na ja, wobei, das stimmt nicht so ganz. Ich bin mit einem Greyhound-Bus hierhergekommen. Wenn man mit einem Gesicht wie meinem geboren wird, und Beinen bis zum Kinn, dann braucht man sich gar nicht erst groß den Kopf zu zerbrechen, was man sonst noch so mit seinem Leben anfangen könnte. Ich war immer ganz gut in der Schule, aber das hat niemanden interessiert. Wenn meine nicht viel jüngere Schwester Carly und ich mit unseren Zeugnissen aus der Schule nach Hause kamen, schaute meine Mutter sich das von Carly immer ganz genau an. Meins überflog sie nur. Meine Schwester ist klein, so wie die ganze Familie meiner Mutter. Sie war ziemlich frühreif und in der Grundschule die Größte, aber in der Highschool haben die anderen sie alle überholt. Sie ist normal klug, kein Genie oder so. Ich bin genauso klug wie sie. Aber meine Zeugnisse schaute meine Mutter sich nicht mal richtig an. »Mit deinen Beinen«, sagte sie immer, »brauchst du dir nur den richtigen Mann zu suchen, um ihn damit einzuwickeln. Carly muss lernen, auf eigenen Beinen zu stehen.« Irgendwann hatte ich einfach keine Lust mehr, mich überhaupt anzustrengen.

Es waren ja auch nicht nur die Beine. Es war das Gesicht, die Haut, die Haare, das ganze Paket. Eine Schönheit, bei der die Leute auf der Straße stehen bleiben und starren, als würden sie ein Gemälde betrachten. Ein sehr großes Gemälde. Ich war makellos. Zumindest äußerlich. Innerlich verging ich fast vor Eifersucht auf Carly. Sie machte den Mund auf, und die Menschen mochten sie, oder sie mochten sie nicht. Ganz im Gegensatz zu mir. Ich betrat einen Raum, und die Jungs mochten mich. Ohne ein Wort von dem zu hören, was ich zu sagen hatte. Ich fühlte mich so einsam, dass ich schließlich meine Sachen packte und nach New York ging, um mit Dutzenden anderer perfekter Wesen in einer Reihe zu stehen und mir dabei hundsgewöhnlich vorzukommen. Ein tolles Gefühl – bis gerade eben. Nur noch vier Mädchen vor mir, allesamt mit diesem Gesicht, dieser Haut und diesen Beinen …

Moment, noch drei. Ich stemmte die Hände in die Rippen, damit sie nicht so zitterten.

Die nasale Quengelstimme riss mich aus meiner nervösen Grübelei.

»Und nicht nur die Zitronen, weißt du. Auch die Minzbonbons im Schälchen vorn an der Rezeption – die wurden auch getestet, und …«

Ich hoffte sehr, dass dies hier nicht *das Kleid* war. Es erschien mir so schlicht. Ich denke, *das Kleid* müsste doch spektakulär sein und laut, wie das Mädchen, das mir gerade ein Ohr abkaute. Das Kleid, das ich anhatte, war eher still. Wobei ich eigentlich so gut wie nichts von Mode verstehe. Ich weiß nur, was in den Modemagazinen steht, und in denen hatte ich auch bloß hin und wieder geblättert, wenn Mom mit Carly und mir zur Mani- und Pediküre nach Batesville gefahren war. So bin ich überhaupt erst in New York gelandet. In einer von diesen Zeitschriften stand ein Artikel: *Hast du das Zeug zum Model?* Ich bin die Checkliste durchgegangen. Mindestens eins fünfundsiebzig. Passt. Brustumfang 78–86 Zentimeter. Passt. Taille 55–60 Zentimeter. Passt. Hüftumfang 78–89 Zentimeter. Passt. Sie haben mich gleich im Nagelsalon vermessen. Und noch ehe die beiden Lackschichten »Cherry on Top« auf meinen Fingernägeln getrocknet waren, war mein Schicksal besiegelt. Meine Eltern hatten nur für eine von uns genug Geld fürs College zusammengespart, und »Carly ist nun mal die Schlaue«.

»Los!« Ein Schubser, und ich war draußen. Es war wie beim Fallschirmspringen. Wobei ich eigentlich so gut wie nichts vom Fallschirmspringen verstehe. Kaum hatte ich einen Fuß auf den Laufsteg gesetzt, blitzten die Blitzlichter wie irre, genau wie das Mädchen es vorausgesagt hatte. Ich wäre fast auf der Stelle in Ohnmacht gefallen. Ernsthaft, ehrlich und echt.

# 1

## Seventh Avenue

*Von Morris Siegel, Schnittmacher im Garment Center*
*Alter: beinahe 90*

Im Aufzug auf dem Weg in den sechzehnten Stock erlaubte ich mir kurz, vom Titel der *Women's Wear Daily* zu träumen. Im Laufe der Jahre hatte ich es zwar schon mehrmals auf die Titelseite geschafft, aber das war meine letzte Chance, bevor ich in Rente ging. Ich hatte ein gutes Gefühl bei diesem Kleid. Gleich vom ersten Moment an, als der Designer mir die Entwürfe gezeigt hatte, hatte ich gewusst, dass ich etwas ganz Besonderes in den Händen hielt. Damit konnte ich arbeiten. Durch die schwere Glastür sah ich, dass wie jeden Morgen die Zeitung schon durch den Briefschlitz gestopft worden war. Begierig stürzte ich mich darauf, und mein Herz setzte kurz aus. Da war es! Das diesjährige kleine Schwarze war meins. Perfekt getragen von einem rehäugigen Model, das aussah, als hätte es sich aus einem Märchenwald versehentlich auf den Laufsteg verirrt. Dieses Kleid hatte ich mit meinen eigenen Händen gemacht. *Das* Kleid der Saison! Es würde erst im August in die Läden kommen, also erst in ein paar Monaten, und bis auch die allerletzte Nachbestellung verkauft war, würde es sicher Dezember werden, und ich wäre längst in Rente. Ein gutes Gefühl aufzuhören, wenn es am schönsten ist.

Morgens bin ich immer der Erste im Showroom von Max

Hammer. Punkt sechs Uhr. Sogar heute, wo der letzte Schnee des Jahres Manhattan wie Puderzucker überstäubt, bin ich zur Zeit da. Zu meiner Zeit, versteht sich. Bis die anderen kommen, dauert es noch Stunden. Ich schließe die schwere Glastür auf, ziehe sie auf und komme mir vor wie ein echter Siegertyp. Gar nicht schlecht für einen Neunzigjährigen. Die Worte Max Hammer LTD prangen in goldener Schrift auf der Tür. Seit fünfundsiebzig Jahren stehen sie da. Und genauso lange öffne ich hier morgens diese Tür. Früher mühelos mit einem Zeigefinger, heute mit beiden Händen und einem triumphalen »Uff!«.

Acht Jahre ist es her, seit Max gestorben ist. Früher war er morgens immer der Erste. Manchmal hat er sogar hier übernachtet. Ganz im Gegensatz zu mir. Sechs Uhr rein, sechs Uhr raus. Nie habe ich auch nur ein einziges Abendessen mit meiner Frau Mathilda und unserer Tochter Sarah verpasst. Sie ist inzwischen Mitte sechzig und hat selbst zwei Söhne. Mein jüngerer Enkel Lukas ist Arzt in der Notaufnahme eines Krankenhauses. Der ältere, Henry, spielt Cello bei den New Yorker Philharmonikern. Max hatte zwei Jungs. Andrew, der jüngere, führt heute das Unternehmen. Wobei man ihn mit Mitte fünfzig eigentlich auch nicht mehr als jung bezeichnen kann. Ein kluges Kerlchen, unser Andrew. Klug genug, um zu wissen, dass er, ganz im Gegensatz zu seinen Eltern, überhaupt kein Auge für Mode hat. Und trotzdem wollte er schon von klein auf unbedingt im Familienunternehmen mitarbeiten. Also hat er an der Wharton University studiert und übernahm das Tagesgeschäft, als sein Vater und seine Mutter Dorothy vor rund zwanzig Jahren in Rente gingen. Es dauerte kein Jahr, da war Max Hammer vom Nachmacherkönig der Seventh Avenue zum uneingeschränkten Modekönig der Seventh Avenue avanciert. Und das alles, ohne den

Namen an der Tür zu ändern. Und immer war ich hier und habe für ihn die Schnitte gefertigt.

Max Hammer habe ich auf dem Schiff nach Amerika kennengelernt, das im Sommer 1939 von der polnischen Hafenstadt Gdynia auslief. Das Ticket für die Überfahrt war eigentlich für meinen älteren Cousin Morris gedacht. Mein Vater hatte mich mitgenommen, um Morris Lebewohl zu sagen. Es war eine Woche vor meiner Bar-Mizwa, und ich war todtraurig, weil mein Cousin nicht dabei sein würde. Als wir ihn am Morgen abholten, war er krank. Sehr krank. Er glühte vor Fieber. Seine Mutter sorgte sich zwar um ihn, bestand aber darauf, dass er die Reise trotzdem antrat. Wir sahen uns sehr ähnlich, Morris und ich. Er war zwar schon sechzehn, aber für sein Alter ziemlich klein, und obwohl ich erst zwölf war, war ich für mein Alter recht groß. Oft wurden wir für Zwillinge gehalten. Sein Vater war schon vor Jahren gestorben, und wir beide waren zusammen aufgewachsen und fast wie Brüder. Mein Vater war Schneider, und er hat uns beiden alles über sein Handwerk beigebracht. Angefangen davon, wie man nach einem Entwurf ein Schnittmuster anfertigte, bis hin zu der Kunst, Knopflöcher ohne Maschine zu sticken.

Am Schiff wollten sie Morris dann nicht an Bord lassen. Er hatte inzwischen Ausschlag am ganzen Körper – man konnte die Hitze beinahe in Wellen von ihm aufsteigen sehen. Nachdem ich fast jede Kinderkrankheit gesehen habe, vermute ich, er muss wohl Dreitagefieber gehabt haben. Die Stewards wiesen ihn rüde ab und herrschten ihn an, er wollte wohl das ganze Schiff anstecken.

Worauf mein Vater Morris Fahrkarte, Tasche und Papiere abnahm und kurz entschlossen mit uns zu einer anderen Gangway ging. Ich glaubte, er wolle es noch mal woanders versuchen, aber in letzter Sekunde gab mein Vater mir alles Geld, das er in der Tasche hatte, alles Geld, das Morris dabeihatte, und seinen goldenen Ehering. Er drückte mir einen Kuss auf den Kopf und sagte mir, ich solle an Bord gehen. Ich heulte, ich bettelte, ich flehte. Ich versuchte, ihn zu warnen, was für eine Szene meine Mutter ihm machen würde, wenn er ohne mich nach Hause käme. Eine Woche vor der Bar-Mizwa ihres Sohnes. Ich ließ den Kopf hängen, so schämte ich mich für meine heißen Tränen, und als ich wieder aufschaute, waren die beiden verschwunden. Ich habe meinen Vater und Morris nie wiedergesehen. Max Hammer, etwa sechs Jahre älter als ich, hatte die ganze Szene mitbekommen. Am Ärmel zog er mich hinter sich her auf das Schiff und erklärte mir, dass mein Vater mir gerade das Leben gerettet hatte.

Drei Tage vergingen, ehe ich wieder ein Wort herausbrachte, und in der Zwischenzeit hatte Max mir seine gesamte Lebensgeschichte erzählt – einschließlich dessen, was erst noch passieren sollte. Das Erste, was er tun wollte, sobald wir anlegten, sagte er, sei seine Freundin Dorothy ausfindig zu machen, die schon einige Monate früher ausgewandert war, und sie zu bitten, noch eine Weile auf ihn zu warten. Die beiden warteten schon seit geraumer Zeit. Er sagte, in dem Moment, als er sie zum ersten Mal durch das Fenster des Kleiderladens seines Vaters in Krakau gesehen hatte, habe er gewusst, dass er dieses Mädchen einmal heiraten würde. Da waren die beiden gerade mal zwölf Jahre alt. Er sagte, er wolle erst den Grundstein für sein zukünftiges Vermögen legen, sie dann heiraten und danach den Rest des Vermögens anhäufen. Selbst auf dem Zwischendeck eines rattenverseuchten Schiffs mit nicht viel mehr zu essen als einem Laib Brot für uns beide glaubte ich ihm jedes Wort. Er war mein Held. Überlebensgroß.

Ich erzählte ihm, dass am Samstag meine Bar-Mizwa hätte sein sollen, und er sorgte dafür, dass ich meine Bar-Mizwa bekam. Ich rezitierte meinen Text aus der Thora, und wir waren gerade auf halbem Weg über den Atlantik, als die Deutschen Polen aus fast allen Richtungen gleichzeitig überfielen. Ich wurde fast krank vor Sorge aus Angst, meine Familie und meine Heimat nie wiederzusehen. Als Junge war ich an Bord gegangen, als Mann verließ ich in Amerika das Schiff. Und das nicht nur wegen meiner Bar-Mizwa. Ich nahm den Namen meines Cousins an, Morris Siegel, sowie sein Alter, also knapp siebzehn. Ich kannte niemanden außer Max Hammer, aber ich hatte das Gefühl, es könnte reichen, ihn zu kennen. Alles, was er prophezeit hatte, wurde wirklich wahr. Wenn auch nicht unbedingt in der vorhergesagten Reihenfolge.

Als Allererstes machten wir uns auf den Weg nach Brooklyn, um Dorothy ausfindig zu machen. Das Foto, das sie ihm geschickt hatte, war an der Kreuzung Coney Island Avenue und Avenue J aufgenommen worden. Den ganzen Tag standen wir also vor den Straßenschildern von dem Bild herum und warteten. Während der Überfahrt hatte er mir das Bild so oft gezeigt, dass ich sie schließlich noch vor ihm entdeckte. Das Wiedersehen der beiden war unbeschreiblich – so etwas hatte ich noch nie erlebt. Ich war zu jung für eine Freundin und konnte mir beim besten Willen nicht vorstellen, wie es sein musste, so für ein Mädchen zu empfinden. Die vielen Küsse, die vielen Tränen. Beide weinten hemmungslos. Noch nie hatte ich einen Mann so weinen sehen. Er hatte nicht bloß Tränen in den Augen, nein, sie liefen ihm unaufhaltsam über beide Wangen. Dorothy ging mit uns zu einem kleinen Molkerei-Restaurant, und wir futterten, als hätten wir seit einem Monat nichts mehr zu essen bekommen. Hatten wir ja eigentlich auch nicht. Ich vermisse diese kleinen Restaurants – die gab es in den alten jüdischen Vierteln früher an jeder Straßenecke, so wie heute Starbucks. Warme Blini und unterkühlte Kellner. Max erzählte ihr von seinem Plan, mit dem Heiraten zu warten, bis er sein eigenes Unternehmen gegründet hatte. Worauf sie ihm von ihrem Plan erzählte – dass es ihr schnurzpiepegal war, dass er kein Geld hatte, und sie ihn nie wieder gehen lassen würde. Sie heirateten noch in derselben Woche. Dorothy hatte eindeutig die Hosen an, gleich von Anfang an.

Irgendwie gelang es mir, Kontakt zu einem entfernten Cousin aufzunehmen, der in Jersey City wohnte und dort eine große Näherei besaß. Er stellte mich ein. Als Schnittmusterlehrling passte ich perfekt in Max' Masterplan, und ich arbeitete nur zu gerne darauf hin, eine kleine Rolle bei der Verwirklichung seines großen Traums zu spielen. Außerdem waren die spärlichen Nachrichten, die aus der Heimat zu uns durchdrangen, alles andere als beruhigend. Und dieselbe Arbeit zu verrichten wie mein Vater gab mir das Gefühl, noch immer mit ihm verbunden zu sein. Der Schnittmeister nahm mich unter seine Fittiche, und ich lernte das Schnittmustermachen auf seine Weise, auch wenn mir die Art meines Vaters immer lieber war. Kein Jahr später hatte Max meinen Cousin bequatscht, ihm bei der Finanzierung eines eigenen Modehauses auf der Seventh Avenue zu helfen. Er lieh sich bei ihm nicht nur Geld, sondern auch mich, und im Handumdrehen war die Marke Max Hammer gegründet und hatte sich schon bald einen Namen gemacht.

An diese frühe Anfangszeit erinnere ich mich bis heute am liebsten. Damals konnte ich Schnitte in jedem Stil machen, wie ich gerade lustig war. Die anderen Modehäuser um uns herum beschäftigten exzentrische Modeschöpfer, die ihre eigenen Entwürfe zeichneten. Max dagegen verfolgte eine ganz andere Idee. Jeden Tag schickte er mich zum Zeitungskiosk, um die neuesten Hollywood-Zeitschriften zu kaufen:

*Film*, *Life* und *Motion Picture*. Was immer Carole Lombard, Joan Crawford oder Bette Davis gerade trugen, wir kopierten es. Max hatte ein unglaubliches Gespür dafür, welche Kleider der Durchschnittsamerikanerin stehen und ihr noch dazu das Gefühl vermitteln würden, ein Hollywoodstar zu sein. Und während die meisten anderen Schnittmacher ein Kleid brauchten, um eine Kopie anzufertigen, reichten mir ein paar Fotos.

Wir wollten niemandem etwas vormachen und uns keinesfalls mit fremden Federn schmücken. In der Market Week, wenn die Einkäufer kamen, stellten wir die Fotos der Filmstars in ihren Roben mitten auf die Tische im Showroom. Die Kleider unserer ersten Kollektion waren sogar nach den jeweiligen Schauspielerinnen benannt. Dorothy hatte die perfekte Figur zum Vorführen der Musterkleider, und wenn sie in einem Kleid von Greta Garbo oder Loretta Young vor den Vorhang trat, zückten die Einkäufer die dicken Bleistifte, wie Max immer so schön sagte, und tätigten die ganz großen Bestellungen. Unsere Geschäftsidee erwies sich als durchschlagender Erfolg, und schon in der nächsten Saison begannen die anderen Häuser, unsere Erfolgsstrategie nachzuahmen. Aber wir waren die Ersten gewesen und waren offen gestanden auch die Besten. Es dauerte nicht lange, da zog Max mit seiner inzwischen schwangeren Frau von Coney Island nach Central Park West. Und keiner von beiden sah auch nur im Entferntesten danach aus, als hätte er jemals einen Fuß in ein polnisches Schtetl gesetzt, ganz zu schweigen davon, dort aufgewachsen zu sein. Dorothy wurde Stammkundin in den exklusivsten Boutiquen der Fifth Avenue und der Ladies Mile, wo sie die neuesten Modelle aus Paris und Mailand erstand. Weshalb ich dann plötzlich nicht mehr bloß Fotos als Vorlage für meine Schnittmuster hatte. Ich nahm ihre exquisiten Kleider auseinander, besah mir alles ganz genau, fertigte ein Muster an und setzte sie dann wieder zusammen. Wir waren ein Dreamteam, lange bevor es diesen Ausdruck überhaupt gab.

Und auch ich fand die Liebe. Ich sah Mathilda im L Train auf dem Heimweg nach Brooklyn, und es war Liebe auf den ersten Blick. Sie schleppte in einem Sack Stoffreste nach Hause, die der Chef ihr mitzunehmen erlaubt hatte, und nach sechzehn Haltestellen hatte ich sie endlich dazu überredet, ihr den Sack tragen zu dürfen. Sie war sozusagen eine Amerikanerin erster Generation: Sie war während der Überfahrt auf dem Schiff zur Welt gekommen – ihre Eltern waren aus Österreich geflohen – und behauptete gerne, sie komme von überallher und nirgends. Ihre Eltern nahmen mich freundlich auf, und wieder eine Familie zu haben tröstete ein wenig mein wehes Herz. Das war im Sommer 1945, als der Krieg endlich zu Ende ging. Gelegentlich hatte ich durch den einen oder anderen Auswanderer etwas von meiner Familie erfahren, und mit jeder neuen schrecklichen Nachricht schwand die Hoffnung, sie jemals wiederzusehen. Und ich wusste, dass ich ihnen allen zu Ehren ein volles Leben würde leben müssen. Ein Leben, groß genug für sie alle. Es dauerte nicht lange, bis Mathilda und ich heirateten und selbst ein Kind bekamen.

Irgendwann ging Max dann in Rente und zog mit Dorothy nach Palm Beach. Sein Sohn Andrew übernahm die Firma. Max hatte genau das Leben gelebt, das er mir damals auf dem Schiff in glühenden Farben ausgemalt hatte – seinen ganz eigenen amerikanischen Traum. Der einzige Haken an der Sache war, dass er Palm Beach nicht ausstehen konnte. Er sagte immer, da liefen alle Frauen in demselben Kleid herum, dem Lilly Pulitzer. Sein Sohn musste ihm hoch und heilig versprechen, es niemals zu kopieren. Aber das Kleidchen war sowieso keine Hammer-Kopie wert. Und Andrew hatte sowieso nicht vor, das Lilly Pulitzer oder sonst irgendetwas zu kopieren. Genau wie sein Vater vor ihm hatte er einen Plan. Sein Plan war, Max Hammer in bislang ungekannte Höhen zu führen, indem wir unser handwerkliches Können und die Qualität, für die wir standen, in eigene Entwürfe einfließen ließen. Ich bekam eine Entwurfszeichnung und machte daraus ein Schnittmuster. Ich machte aus einer Idee etwas Greifbares. Wir waren ein tolles Team, Andrew und ich, und ich glaube, der kreative Kitzel, echte Couture-Modelle zu kreieren, war es auch, der mich davon abgehalten hat, schon vor Jahren in Rente zu gehen.

Der Schnittmeister, der meine Aufgaben übernimmt, wird die Schnitte niemals so anfertigen, wie ich es immer gemacht habe. Ich bin einer der Letzten in unserer Branche, der noch alles von Hand macht. Ich drapiere Musselin an einer Schneiderpuppe und zeichne das Muster auf Karton. Ich nehme die abstrakten Entwürfe der Modeschöpfer und erwecke sie zum Leben – durch meine Hände, durch meine Arbeit. Heutzutage werden die Schnittmuster am Computer gefertigt. Manche Schnittmeister bekommen das Kleid erst bei der Anprobe zu Gesicht. Aber ganz gleich, wann sie es zum ersten Mal sehen, man kann nur hoffen, dass sie ihm auch den Respekt entgegenbringen, den es verdient. Denn in einem schönen Kleid steckt immer ein gewisser Zauber. Und der Schnittmeister ist der Zauberer, der es aus dem Zylinder zieht.

Ich kann mir gut vorstellen, dass die Schulterpolster aus den Achtzigerjahren bald wieder zurückkommen, aber ich werde nicht mehr hier sein, um sie einzusetzen. Das hier ist meine letzte Herbstkollektion. Wieder ging mein Blick zu meinem Kleid auf dem Titel der WWD. Es war ein gutes Leben.

## 2

# Der Filmstar

*Von Tab Hunter, Filmstar*
*Alter: 29*

Wobei, eigentlich bin ich gar nicht Tab Hunter, Filmstar. Aber heute doch, irgendwie. Eigentlich bin ich Jeremy Madison, Filmstar. Am selben Tag, an dem er mich unter Vertrag genommen hat, hat mein Agent mir den Namen Jeremy Madison verpasst. Sechs lange Jahre ist das jetzt her. Aber ausgerechnet heute nennt er mich plötzlich Tab Hunter. Als wäre es nicht schon schlimm genug, Opfer eines falschen Klatschspalten-Outings geworden zu sein, verpasst er mir auch noch einen blöden Spitznamen. Und ich musste erst googeln, um den Witz überhaupt zu verstehen.

Tab Hunter war ein schwuler Box-Office-Star der Fünfzigerjahre. Dass er schwul war, durfte damals natürlich niemand wissen, weshalb sein Agent für ihn eine Scheinbeziehung mit der Schauspielerin Natalie Wood arrangierte, um seine Homosexualität zu verschleiern. Weshalb ich diese Anspielung nicht so ganz verstehe, denn schließlich bin ich weder schwul, noch geht es in diesem Publicityfiasko um eine vorgetäuschte Beziehung. Aber dem manischen Hirn meines vollkommen durchgeknallten Agenten zufolge, ohne den ich, wie ich insgeheim immer befürchte, ein Nichts wäre, tut die Wahrheit nichts zur Sache, also bin ich für ihn der neue Tab

Hunter. Eins muss ich ihm allerdings lassen: Genau wie Tab Hunter habe ich meinen Erfolg in erster Linie meinem Aussehen zu verdanken. In den vergangenen sechs Jahren habe ich acht Filme gedreht; ein Lauf, der mir über Nacht Ruhm und Erfolg beschert hat, wie ich es mir immer gewünscht habe. Bedenke wohl, was du dir wünschst, oder so.

Ich war zwar kein Kinderstar, aber so was Ähnliches. Nur ein paar Tage, nachdem ich meinen Abschluss an der Los Angeles High School of the Arts gemacht hatte, wurde ich für meine erste Rolle gecastet. Und es sollte sich rasch zeigen, dass ich extrem wandlungsfähig bin. Ich bin der nette Junge von nebenan. Der Highschool-Rebell. Der Nerd. Man kann mich sogar in ein Superheldenkostüm stecken, und ich rette glaubhaft im allerletzten Augenblick die Welt vor dem endgültigen Verderben. Nächstes Jahr werde ich dreißig. Und das macht mir Angst. Weil ich fürchte, meine Tage als mittzwanziger Sahneschnittchen könnten gezählt sein und dass für mich im kommenden Jahrzehnt kein Platz mehr sein wird in Hollywood. Auch deshalb vermeide ich es, so gut es geht, die üblichen Hollywood-Publicity-Spielchen mitzuspielen – meiner Meinung nach das beste Rezept für lang anhaltenden Ruhm. Ich gehe den Paparazzi aus dem Weg, halte den Ball flach und bin vor ein paar Jahren sogar nach Manhattan gezogen, weil es dort einfacher ist, als Promi ein möglichst unauffälliges Leben zu führen. Aber ein öffentliches Outing, auch wenn es eine Ente ist, kann man beim besten Willen nicht als unauffällig bezeichnen.

Ich saß in einer Limo, die die Lexington Avenue entlangfuhr, und war auf dem Weg zur Premiere meines neuesten Films im *Ziegfeld*. Hank, mein Agent, schrie mich durchs Telefon an, und ich konnte bei dem Gebrüll kaum einen klaren Gedanken fassen. Da seine Stimme schon bei normaler Lautstärke schreiend laut ist, klingt es, wenn er tatsächlich schreit, als würde er in ein Megafon brüllen.

Das Fiasko, das ihn zum Schreien brachte, hatte bereits vierundzwanzig Stunden zuvor seinen Anfang genommen. Als ich nämlich meine Verlobte beim Sex mit ihrem Fitnesstrainer erwischte. Der Betrug mit dem Fitnesstrainer ist ja mittlerweile ein moderner Klassiker. Die tödliche Mischung aus unschuldigen Berührungen, Hilfestellunggeben und hautengem Stretch führt wohl öfter zu nicht mehr ganz so unschuldigen Berührungen und Hilfestellunggeben und ausgedehnterem Hautkontakt. Nachdem der erste Schock sich gelegt hatte, tat ich, was jeder andere Schauspieler in meiner Situation auch getan hätte – ich rief meinen Agenten an. Hank erklärte die ganze Sache für sterbenslangweilig und uninteressant. Und steigerte meine bereits bodenlose Unsicherheit noch mit einem wahren Juwel von unangebrachtem Kommentar: »Das Allerletzte, was ich jetzt brauche, ist auch nur 10 % Langeweile.«

Und nicht nur, dass es langweilig sei, meinte er. Nein, die Wahrheit würde mich außerdem schlecht aussehen lassen. Ist das zu fassen? *Sie* betrügt mich, und *ich* würde schlecht dastehen, wenn die Sache herauskäme. Er meinte, es könnte so aussehen, als hätte ich sie nicht befriedigen können.

»Sexsymbole werden nicht von ihrer Verlobten mit dem Fitnesstrainer betrogen.«

Er ordnete an, die ganze unselige Geschichte unter uns vieren zu behalten und ich solle allein zur Premiere gehen. Sollte ich auf meine Verlobte angesprochen werden, was ganz sicher passieren würde, da sie als Victoria's-Secret-Model selbst ein Promi ist, sollte ich einfach antworten:

»Sie liegt zu Hause im Bett.« Klingt besser als: Sie liegt zu Hause unter dem Fitnesstrainer.

Ganz ehrlich? So übel es gewesen war, in diese unschöne

Szene zu stolpern, irgendwie hatte ich das Gefühl, gerade noch mal mit einem blauen Auge davongekommen zu sein. Es war nicht leicht mit ihr. *Einen* Star in den Straßen von New York zu verstecken ist schon schwierig genug – es ist mir beinahe unmöglich, mal ungestört essen oder auch nur ins Kino zu gehen. Aber versuchen Sie mal, einen Filmstar *plus* ein Victoria's-Secret-Model zu verstecken. Ganz besonders eins, das gar nicht versteckt werden will. Und mit zwei so großen Egos wie unseren gründet man keine glückliche kleine Familie. Wir beide entziehen der Luft so viel Sauerstoff, unsere Kinder hätten einen Inhalator gebraucht, um nicht zu ersticken, wenn sie mit uns in einem Raum gewesen wären. Wenn man dann noch mein tief sitzendes, grundlegendes Problem dazutut, anderen Menschen zu vertrauen (ein Kollateralschaden der wirklich grässlichen Ehe und ebenso unerquicklichen Trennung meiner Eltern), kann man eigentlich sagen, dass das mit uns von vornherein zum Scheitern verurteilt war. Ich brauchte ein *nettes* Mädchen; hübsch, ja, auch, aber nicht so hübsch, dass sich daraus Profit schlagen ließe. Ein Mädchen, dem ich mein Herz *und* mein Ego anvertrauen konnte. Und obwohl mein Ego etwas angeknackst war, war ich heilfroh, dass es nur privat angeknackst war und nicht in aller Öffentlichkeit. Klar, betrogen zu werden ist ätzend, aber wenigstens konnte ich mich jetzt auf die Suche nach der richtigen Frau machen. Fast hatte ich das Gefühl, als wäre das Schlimmste bereits überstanden. Bis ich heute Morgen aufwachte und das Schlimmste auf der Titelseite der *New York Post* fand.

Jeremy Madison, SCHWUL.

Ehrlich, so lautete die Schlagzeile. Ich war außer mir. Aus diversen Gründen. Zuerst mal die vollkommene Missachtung meiner Privatsphäre. Zweitens, dass schwul zu sein heutzutage überhaupt noch eine schlagzeilenträchtige Nachricht ist, noch dazu in Großbuchstaben auf der Titelseite. Drittens reichte es offensichtlich nicht, dass die Frau mich belogen und betrogen hatte. Nein, um nicht aufzufliegen, tischte sie einfach der ganzen Welt eine dicke, fette Lüge über mich auf! Während sie keinerlei Probleme damit hatte, halb nackt in einer Zeitschrift zu posieren, wollte sie im »wahren« Leben die Prüde spielen.

Und da ihr wohl niemand gesagt hatte, dass ich die ganze Sache lieber verschweigen würde – obwohl Hank steif und fest behauptet, mit ihrem Manager gesprochen zu haben, der eigentlich ihre Sprecherin hätte informieren sollen –, hatte sie es anscheinend für nötig befunden, mit ihrer Geschichte als Erste an die Öffentlichkeit zu gehen. In dem Artikel stand zu lesen, wie sie als meine Scheinfreundin meine Multimillionen-Dollar-Karriere schützen sollte. (Auftritt Tab Hunter und Natalie Wood – damals auch bekannt als Natalie Wood und Tab Wouldn't!). Unter Tränen berichtete sie, wie unendlich schwer es gewesen sei, mit einem heimlich schwulen Mann verlobt zu sein. Durch die ständigen Zurückweisungen hätte sie sich hässlich und leer gefühlt und nach etwas gesucht, um diese Leere zu füllen – tja, und wir wissen ja alle, womit sie diese Leere letztendlich gefüllt hat.

Und jetzt schreit mein Agent mich an, nur weil ich mich weigere, mit einer angeheuerten weiblichen Begleitung zur Premiere zu erscheinen, und mich genauso weigere, mich in irgendeiner Form zu diesen absurden Unterstellungen zu äußern. Ich finde, weder meine sexuelle Orientierung noch die irgendeines anderen Menschen gehört in die Presse, es sei denn, der Betreffende selbst möchte es so.

Ich erklärte meinem Agenten, ich hätte keinerlei Interesse daran, mit der Presse zu reden.

Worauf er nur trocken entgegnete: »Gut und schön, dass du kein Interesse daran hast, mit der Presse zu reden. Aber wenn du jetzt nicht mit ihnen redest, wird schon bald niemand mehr überhaupt noch Interesse daran haben, mit dir zu reden. Es wird niemanden mehr interessieren, was du sagst. Schon gar nicht auf der Leinwand zu deiner weiblichen Hauptdarstellerin, für zehn Millionen Dollar pro Film wie beim letzten Mal!« Er unterbrach sich für den Bruchteil einer Sekunde und sagte verhältnismäßig ruhig: »Hast du die rosa Krawatte angezogen, die ich dir geschickt habe?«

Ich lachte. »Willst du die Geschichte mit dem Schwulsein jetzt auch noch auf dem roten Teppich ausschlachten? Ich soll allen Ernstes eine rosa Krawatte tragen?«

»Nein!«, bellte er mich an. »Ich meine, doch. Doch, heute ist nämlich der erste Oktober, es ist Brustkrebsmonat – ich habe dir doch gesagt, die ganze Besetzung trägt heute rosa.« Das hatte ich vollkommen vergessen. Er redete weiter. »Willst du der Presse noch mehr Beweise dafür liefern, dass du nicht auf Brüste stehst? Du wirst mit einer Frau am Arm und einer rosa Krawatte um den Hals zu dieser Premiere erscheinen, oder ich schwöre bei Gott, du bekommst in dieser Stadt nie wieder einen Fuß auf den Boden und auch sonst nirgendwo!« Und damit legte er auf.

Ich schaute aus dem Fenster auf die Straßenschilder – 63rd und Lexington –, nur ein paar Blocks weiter warteten Hunderte von Krawatten. Ich sagte dem Chauffeur Bescheid. »Sir, ich müsste noch schnell bei Bloomingdale's eine rosa Krawatte besorgen.«

Um 18.30 Uhr betrat ich den Laden. Nur noch eine halbe Stunde bis zur Premiere. Eigentlich wollte ich auf den allerletzten Drücker über den roten Teppich gehen, allein, um sämtlichen Reporterfragen auszuweichen. Gerade in der Krawattenabteilung angekommen klingelte mein Telefon schon wieder. Diesmal war mein Sprecher dran, Albert. Am Telefon klingt er immer viel tougher, als er in Wirklichkeit ist. Eigentlich ist er ein ziemlicher Softie.

Unser Gespräch ließ sich an wie die Kennenlernszene einer romantischen Achtzigerjahrekomödie.

Ich: Albert, wo hast du so lange gesteckt?

Albert: Ich habe mit Hank gesprochen und darauf gewartet, dass du wieder zu Sinnen kommst.

Ich: Wie, zu Sinnen? Ich bleibe bei »Kein Kommentar«.

Albert: Kein Kommentar bedeutet, du bist schwul.

Ich: Na und, *du* bist auch schwul.

Albert: Das stimmt, aber du nicht. Wärst du schwul, ich wäre dein größter Cheerleader. Bist du aber nicht.

Ich: Habe ich dir eigentlich schon mal erzählt, dass mein Bruder schwul ist?

Albert: Gleich am ersten Tag, als wir uns kennengelernt haben.

Ich: Oh, entschuldige. Na ja, jedenfalls, wie würde es denn aussehen, wenn ich jetzt einen Riesenaufstand mache und herumposaune, dass ich nicht schwul bin?

Albert: Es würde aussehen, als seist du nicht schwul.

Ich: Ich glaube, das würde ihn kränken.

Albert: Das wird jetzt echt albern, Stanley.

Er nennt mich immer Stanley, wenn es ihm wirklich ernst ist. Er glaubt, er bringt mich damit wieder auf den Boden der Tatsachen. Tut er nicht.

Ich: Weißt du meinen Solidarisierungsversuch denn gar nicht zu schätzen?

Albert: Was denn für eine Solidarisierung? Du bist nicht schwul! Solidarisioniere dich mit jemand anderem und lass deinen Bruder und mich in Ruhe.

Ich: Ich glaube, solidarisionieren ist gar kein richtiges Wort. Warte kurz, ich kaufe gerade eine rosa Krawatte.

Albert: Eine rosa Krawatte? Soll das ein Witz sein? Willst du mich fertigmachen?

Ich legte das Handy auf den Tresen und fragte die Verkäuferin, die ihrem Namensschild zufolge Lillian hieß, nach einer rosa Krawatte. Sie war eine ältere schwarze Frau mit wunderschönem silbergrauem Haar, die mich schaurig-schön an meine Lehrerin aus dem dritten Schuljahr erinnerte, Mrs Glass. Sie hatte mich offensichtlich längst erkannt und jedes Wort meines Telefongesprächs belauscht. Sie wirkte ein bisschen kribbelig. Manche Menschen werden nervös, wenn sie unversehens einen Promi vor sich haben.

Noch war ich mir unsicher, mit welcher Art von Fan ich es bei ihr zu tun hatte: dem Schüchternen, der keinen Ton herausbrachte und versuchte, sich nichts anmerken zu lassen. Dem Kenner, der so etwas sagte wie: »Ich hoffe, es stört Sie nicht, wenn ich das sage, aber ich muss das einfach loswerden: Ich fand Sie absolut hinreißend in *Bridge and Tunnel.*« (Mein letzter Film, in dem ich einen einäugigen Serienkiller gespielt habe – weshalb ich es immer etwas eigenartig finde, wenn man mir sagt, man finde mich in der Rolle hinreißend.) Vielleicht war sie auch eine von den Selfie-Jägerinnen, was ich allerdings bezweifelte. Bestimmt gibt es in Bloomingdale's Angestelltenhandbuch eine Regelung, die das explizit verbietet. Oder sie war eine von den Vertraulichen, die glauben, bloß weil sie mich kennen, müsste ich auch sie kennen. Das kommt häufiger vor, als man denkt. Ich staune immer wieder, wie viele Fans einen anquatschen, als sei man mit ihnen auf Du und Du.

Albert kam meiner Bitte zu warten nicht nach und schrie, sehr Albert-untypisch, mit voller Lautstärke aus dem Telefon. Ich hätte ihn genauso gut auf Lautsprecher stellen können. Die Achtzigerjahre-Romantikkomödie ging munter weiter.

Albert: Stanley, kauf dir eine maskuline Krawatte!

Zum ersten Mal seit zwei Tagen musste ich laut lachen. Ich griff kurz nach dem Telefon.

Ich: Ich soll mir eine rosa Krawatte kaufen. Du und Hank, ihr solltet euch in Zukunft besser absprechen.
Albert: Bitte, Stanley, du musst unbedingt ein Mädchen mitbringen. Ich besorg dir eins.
Ich: Ich habe ja nichts dagegen, wenn du mir die Krawatte aussuchst, aber eine Frau? Vergiss es.
Lillian: Ich habe die perfekte Frau für Sie.

Bingo. Lillian war eine von den Vertraulichen. Die glaubt, Privatmensch und Promi seien ein und dieselbe Person. Die mich in der Tonight Show gesehen und einen Artikel über mich im *People Magazin* gelesen hat und nun meint, sie würde mich so gut kennen, dass sie mich verkuppeln kann. Albert hatte es auch gehört. Er brüllte weiter.

Albert: Wer war das?
Ich: Die Dame, die mir die Krawatte verkauft.

Ich schaute noch mal auf ihr Namensschild.

Ich: Lillian.
Albert: Nimm das Mädchen, Stanley. Nimm sie.
Ich: Albert, das ist doch irre!
Lillian: Was ist irre? Das ist ein nettes Mädchen. Besser als das Flittchen mit dem losen Mundwerk, mit dem Sie verlobt waren. Ich lese schließlich die Zeitung. Wer ist Albert? Ihr Agent?
Ich: Mein Pressesprecher. Sie war nicht immer ein Flittchen mit losem Mundwerk.
Lillian: Eigentlich geht mich das ja auch gar nichts an. Geben Sie ihn mir mal.

Absurder konnte die Situation eigentlich nicht mehr werden, also reichte ich ihr das Handy.

Lillian: Albert, ich würde ihn gerne nach oben in die drei zu meiner Freundin Ruthie bringen. Sie ist so was wie unsere hauseigene Consigliere. Unsere Problemlöserin. Sie knackt auch die härtesten Nüsse.

Ich hatte zwei sehr lange Tage hinter mir, und nach Verrat und Betrug und all dem Geschrei erschien es mir nicht das Allerdümmste, mein Leben in die Hände einer Mafiosa von Bloomingdale's zu legen. Und außerdem vertraute ich ihnen. Denn im Gegensatz zu meinem Pressesprecher und meinem Agenten verdienten sie nur an der Krawatte. Lillian, die immer noch mit Albert telefonierte, bedeutete mir, ihr zwei Treppen hinauf in den dritten Stock zu folgen. Dort marschierte sie schnurstracks zu drei anderen Verkäufern: eine weitere Frau in ihrem Alter, die wohl die Problemlöserin sein musste – Namensschild: Ruthie –, ein Latinotyp ungefähr in meinem Alter – Namensschild: Thomas – und eine jüngere Verkäuferin, die mit dem Rücken zu mir stand. Zumindest schien sie mir jünger zu sein, wobei sich das von hinten schwer sagen ließ.

Aufmerksam lauschten sie Lillians Ausführungen, wobei die Consigliere mich ziemlich unverhohlen beäugte, während die Jüngere nur kurz einen Blick über die Schulter nach hinten warf und der Typ mich mit großen Augen anstarrte. Der rasche Schulterblick genügte, um zu sehen, dass die Jüngere tatsächlich jünger war. Eher unkonventionell hübsch und ziemlich sexy. Ich sah, wie sie sich wieder zu den anderen umdrehte und energisch den Kopf schüttelte, als wollte sie sagen, nur über meine Leiche. Sie verweigerte eine Verabredung mit einem Filmstar – was sie in meinen Augen nur noch begehrenswerter machte. Aber dann flüsterte Lillian ihr etwas ins Ohr. Was auch immer sie gesagt haben mochte, es schien sie zu überzeugen. Sie drehte sich um, kam auf mich zu und sagte mit einem Lächeln: »Ich bin Natalie.« (So ein Zufall. Ich versuchte, nicht darüber nachzudenken.) »Ich brauche zehn Minuten. Ein kleines Schwarzes wäre wohl das Richtige?« Ich sah sie an, nickte und lächelte. Sie lächelte zurück und verschwand.

Aus der Nähe betrachtet war sie wirklich schön. Dankenswerterweise nicht modelschön. Ihre Schönheit entsprang ihrem Lächeln. Sie erinnerte mich irgendwie an meine Highschool-Zeit. Damals, ehe ich berühmt wurde, war ein Lächeln einfach nur ein Lächeln. Ohne Hintergedanken. Wenn heute ein Mädchen nett zu mir ist, frage ich mich gleich, was es von mir will. Ich verabscheue dieses Misstrauen, aber berühmt zu sein hat definitiv seine Schattenseiten. Lillian gab mir das Handy zurück, und ich erklärte Albert, ich hätte eine Begleitung und eine Krawatte und dass er Hank sagen soll, ich wäre gleich da. Ich versprach ihm, das Mädchen an die Hand zu nehmen, und wenn die Pressefritzen mich mit Fragen bombardierten, würde ich einfach mit meiner bildhübschen Begleiterin an ihnen vorbeirauschen und mich damit entschuldigen, dass ich spät dran war.

»Aber nur ein klitzekleines bisschen zu spät. Nicht Weißer-Hase-zu-spät«, ermahnte er mich.

Ich versprach ihm, nichts Unüberlegtes zu tun und mich ruhig und besonnen zu verhalten, und Albert schien glücklich und zufrieden. Natalie kehrte in einem eleganten kleinen Schwarzen zurück, und als ich sie sah, war ich überraschenderweise zum ersten Mal seit Langem auch glücklich und zufrieden.

# 3

# Roter Teppich

*Von Natalie, der Alibifreundin*
*Alter: 26*

»Wirklich tolles Kleid«, sagte er, als wir in die Limo stiegen. Und recht hatte er. Am liebsten hätte ich ihm die ganze Geschichte dazu erzählt. Dass es ein Max-Hammer-Kleid war oder vielmehr *das* Max-Hammer-Kleid, das angesagteste Kleid der Saison. Dass die erste Lieferung innerhalb einer Woche ausverkauft gewesen war und dass ich ganz aus dem Häuschen war, es tragen zu dürfen, obwohl mich das Preisschildchen im Rücken pikste. Aber ich wollte ihm nicht unter die Nase reiben, dass ich das Kleid morgen wieder zurückbringen musste. Nicht dass es so schlimm gewesen wäre, es auszuborgen. Ich meine, das ist zwar keine Entschuldigung, aber das machen doch alle. Man »kauft« ein Kleid, trägt es und bringt es wieder zurück in den Laden. Das ist inzwischen so weit verbreitet, dass es sogar einen Namen dafür gibt – Wardrobing. Und wenn etwas so alltäglich geworden ist, dass es eine eigene Bezeichnung dafür gibt, müssen die Kaufhäuser wohl Gegenmaßnahmen ergreifen. Letzte Woche haben wir ein Memo bekommen, dass sämtliche Kleidungsstücke in Zukunft mit riesengroßen Preisschildern ausgezeichnet werden, vorne mittig platziert, die es unmöglich machen sollen, die Sachen zu tragen, ohne vorher die Schilder zu entfernen.

Das kleine Schwarze, das ich mir für heute Abend ausgeborgt hatte, markierte womöglich das Ende einer Ära.

»Danke«, sagte ich, viel zu spät.

»Darf ich es für Sie bezahlen?«, fragte er mit einem zuckersüßen Lächeln. Ich wollte zwar unter allen Umständen vermeiden, ihm zu gestehen, dass ich das Kleid nur ausgeliehen hatte, aber noch weniger wollte ich, dass er annahm, ich hätte mir für ein Last-minute-Date mit einem Filmstar ein Kleid gekauft, das mich zwei Wochenlöhne gekostet hätte. »Nicht nötig, ist nur geliehen.«

Er schien plötzlich peinlich berührt. »Ich hätte es Ihnen gekauft. Dann hätten Sie es behalten können.« Und ein bisschen selbstmitleidig fügte er hinzu: »Bestimmt halten Sie mich für einen totalen Loser, dass ich mir bei Bloomingdale's eine Begleitung organisieren muss.«

»Nein, tue ich nicht. Ich habe mir das Kleid ausgeliehen, Sie haben mich ausgeliehen.« Dann ging mir auf, was ich da gerade gesagt hatte. »Ausleihen« klang nach einem bezahlten Escortservice, aber Lillian hatte hoch und heilig geschworen, dass der Typ schwul war. Sie las eifrig die Klatschblätter und hatte mir ins Ohr geflüstert: »Es stand heute in allen Zeitungen, er ist definitiv schwul, keine Sorge.« Sie kennt mich gut genug, um zu wissen, dass ich es nie riskieren würde, mich auf einen frisch verlassenen Filmstar einzulassen. Auf keinen Fall. Und sie weiß, dass ich die Nase gestrichen voll habe von Männern. Zumindest fürs Erste. Und ganz besonders von denen, die bei uns reinspaziert kommen auf der Suche nach einem Date.

»Bitte, das ist wirklich kein Problem. Ich begleite Sie gerne. Und das Kleid möchte ich überhaupt nicht behalten.« Was er mir anscheinend nicht glaubte, also wechselte ich das Thema. »Ich finde es unglaublich, wie sehr Sie alle rund um die Uhr unter Beobachtung stehen.«

Er nickte zustimmend. Seltsam, wie wohl ich mich in seiner Gesellschaft fühlte. Er benahm sich nicht wie ein bekannter Filmstar. Wenn er mit mir redete, sah er mich an – ich meine, er sah mich an, als sei ich der Mittelpunkt des Universums.

»Ich hoffe nur, Sie sind nachher nicht enttäuscht. So gut ist der Film nicht. Und wo wir gerade bei Beobachtung sind, Ihr Gesicht wird morgen in allen Zeitungen zu sehen sein, das ist Ihnen doch klar, oder?«

»Daran hatte ich noch gar nicht gedacht«, schwindelte ich – dabei war das einer der Gründe, warum ich mich überhaupt darauf eingelassen hatte. Und deshalb hatte ich auch gleich Ja gesagt, als Lillian mir zuflüsterte, Jeremy sei schwul. Die Vorstellung, ein Foto von uns könnte vielleicht, ganz vielleicht, auf Seite sechs der *New York Post* landen, oder besser noch in dem Teil des *New York Magazine* mit den vielen schönen Menschen in schönen Kleidern an schönen Orten, hatte mich geködert. So oder so, damit würde ich es Flip gründlich heimzahlen.

Flip war mein Exfreund. Eigentlich hieß er Phillip Roberts. Ich kann es kaum glauben, dass er je mein Freund war. Ganz zu schweigen davon, dass er jetzt mein Ex ist. Anfangs wollte ich mich gar nicht mit ihm verabreden. Zwei Wochen lang hat er mich jeden Tag gefragt, ob ich mit ihm ausgehen will, bis ich schließlich Ja gesagt habe. Das war letzten Winter, und an kalten Tagen nahm er wie viele New Yorker Pendler auf dem Weg zur Arbeit die Abkürzung von der Third in die Lex durch den Laden. Wobei man in der Kosmetikabteilung aufpassen musste, den aufdringlichen Parfümsprühern auszuweichen. Damals arbeitete ich noch in der Herrenhandschuhabteilung, wo ich natürlich jede Menge Männer kennenlernte, von denen ein nicht unerheblicher Prozentsatz versuchte, sich mit mir zu verabreden. Ich habe schon alles gehört. Wie meine ältere Kollegin Ruthie immer sagt, die meisten von denen hatten sie nicht alle im Sträußchen. Jede Menge zweideutiger Handschuh-Wortspiele wie »passt wie angegossen« und »ein perfektes Paar«, und am schlimmsten und leider auch am geläufigsten: »Sie wissen ja, wie es heißt, große Hand, großer … Fuß«. Was nicht mal ein richtiges Sprichwort ist, mal abgesehen davon, dass es überhaupt nicht stimmt.

Flips Annäherungsversuche waren nicht ganz so abgeschmackt. Die ersten Male, als er mich fragte, sagte ich nicht Ja, weil er älter war als ich, klein und eine bescheuerte Frisur hatte. Und eine Monobraue. Aber irgendwie fand ich ihn jedes Mal netter. Die nächsten paar Male habe ich nicht Ja gesagt, weil ich es ihm nicht zu leicht machen wollte, damit er sich noch mehr ins Zeug legte. Und die Male darauf habe ich nicht Ja gesagt, weil ich das Gefühl hatte, er wollte mich nur, weil er mich nicht haben konnte. Als sei ich eine Trophäe oder so. Mein Bauchgefühl warnte mich davor, dass ich ihm am Ende als Trophäe nicht genügen würde und ich verletzt würde. Wobei das nichts mit meiner Unsicherheit zu tun hatte. Natürlich gab es die, aber wer hat die nicht? Ich bin ganz hübsch, und ich bin klug und witzig und nett, aber darum schien es ihm gar nicht zu gehen. Er war Anwalt, ein Sohn aus gutem Hause. Aufgewachsen am Sutton Place. Studium an einer Ivy-League-Uni. Ich war Verkäuferin bei Bloomingdale's und hatte noch nie irgendwo anders gewohnt als in Astoria, Queens. Und ich wollte meine Komfortzone auch gar nicht verlassen. Ich wollte einen Mann, der mich liebt, so wie ich bin. Aber er ließ einfach nicht locker.

Irgendwann gab ich dann schließlich nach, und wir haben uns verabredet und verabredet und verabredet, Monat für Monat für Monat, bis er eines schönen Tages, lange nachdem ich seine Monobraue zurechtgestutzt und mich in ihn verliebt hatte, aufwachte und mir erklärte, dass ihm irgendwas fehlte. Was, das konnte er mir nicht so genau sagen. Oder vielmehr, er konnte mich wohl nicht das alles Entscheidende fragen. Denn zwei Monate später las ich in der *Times* von seiner Verlobung. Zwei Monate später! Die Braut, so las ich, hatte ebenfalls an einer Ivy-League-Uni studiert und war auch Anwältin aus gutem Hause. Sie hatten sich bei einer hochkarätig besetzten Anwaltstagung kennen und lieben gelernt, wo sie Strategien besprochen und vermutlich Körperflüssigkeiten ausgetauscht hatten. Ich wette, das wäre nicht so holterdiepolter gegangen, hätte ich nicht vorher seine Monobraue so energisch mit der Pinzette gelichtet! Nachdem ich die Verlobungsanzeige auswendig gelernt hatte, quälte ich mich weiter, indem ich mir vorstellte, wie unsere Anzeige gelautet hätte: Phillip Roberts gibt seine Verlobung mit Natalie Canaras bekannt. Der Bräutigam ist der Sohn von Mr und Mrs Edward Roberts, mit Wohnsitzen am Sutton Place und in Sagaponack. Mr Roberts hat in Dartmouth studiert und sein Juraexamen an der Columbia abgelegt. Kürzlich wurde er Teilhaber der Kanzlei Hollingsworth, Hathaway, Horowitz und Holtz, die von seinem Großvater mütterlicherseits mitgegründet wurde. Die Braut hat die harte Schule des Lebens besucht und arbeitet als Verkäuferin bei Bloomingdale's, wo ihre Großmutter einmal erfolgreich ein Paar Lacklederpumps von Chanel in Größe 37 hat mitgehen lassen. Ms Canaras ist kürzlich zur Mitarbeiterin des Monats gekürt worden.

Ich kam mir vor wie ein Vollidiot. Zwei Wochen später kam er ins Kaufhaus. Wollte mit ihr den Hochzeitstisch zusammenstellen. Hätte er dazu nicht in ein anderes Kaufhaus gehen können? Er stand etwas zu dicht neben mir, während wir uns unterhielten. Als sei das sein gutes Recht. Als uns allmählich die Themen für belanglosen Small Talk ausgingen und ich anfing, mich sehr verletzlich zu fühlen, entschuldigte ich mich und sagte ihm, ich müsse zurück an die Arbeit. Ich wollte mich schon umdrehen und gehen, da hielt er mich am Arm fest.

»Wir könnten doch in eine Umkleide verschwinden und uns richtig verabschieden«, raunte er mir allen Ernstes zu. Ich konnte es nicht fassen. Wie hatte ich das Ivy-League-Weibchen beneidet, mit dem er sich verlobt hatte – jetzt plötzlich tat sie mir leid. Aber selbst die Tatsache, dass er mich immer noch wollte, half nicht. Er hatte mir das Herz gebrochen, und Monate später hegte ich noch immer Rachegedanken. Tomás, mein Kumpel aus der Damenoberbekleidung, versprach mir, jedes Mal, wenn jemand etwas von ihrem Hochzeitstisch gekauft hatte, ein anderes Geschirrmuster aufzubauen, damit sie am Ende mit einem kunterbunt zusammengewürfelten Porzellanservice und viel zu vielen Soßenschiffchen dastehen. Eigentlich eine sehr lustige Idee, aber ein Foto von mir in der *New York Post* mit Jeremy Madison war Rache hoch zehn! Ich war gut genug für einen Filmstar, aber nicht gut genug für Flip Roberts. Für den Rest seines Lebens sollte ihn der Gedanke verfolgen, dass er sich etwas ganz Wunderbares hatte durch die Lappen gehen lassen. Der sollte sich noch wundern.

Besagter Filmstar unterbrach meine Gedanken. »Also, wollen wir uns einen Plan überlegen?« Ich hatte schon einen Plan, also tat ich ganz entspannt. »Solange es Popcorn gibt, bin ich glücklich. Ich habe den ganzen Tag noch nichts gegessen.«

Besorgt sah er mich an. »Bei einer Premiere gibt es normalerweise kein Knabberzeug. Ich glaube, die finden das zu gewöhnlich.« Ich kam mir genauso gewöhnlich vor wie ein Popcornstand im Kino. Was er wohl gemerkt haben musste, denn er sah mich an mit seinem strahlenden Filmstarlächeln und sagte: »Ich finde auch, mit Popcorn wäre es viel cooler.

Vielleicht sollte ich das in meinen nächsten Vertrag setzen lassen.« Er war überraschend nett für einen Filmstar. Und er meinte: »Anschließend gibt es eine Premierenparty, aber ich glaube, das ist nichts für mich – zu viele Reporter. Wäre es für Sie okay, wenn wir einfach nur über den roten Teppich gehen, uns fotografieren lassen und uns dann rausschleichen und irgendwo was essen gehen, bevor der Film zu Ende ist?«

Den Plan fand ich großartig. »Perfekt!«

Aber Jeremy Madison hatte wohl weniger über sein eigenes Leben zu bestimmen, als er glaubte. Sein Pressesprecher Albert hatte seinem Agenten Hank gesagt, dass Jeremy eine Verkäuferin von Bloomingdale's mitbringt. Mich. Allerdings hatte Hank anscheinend nicht so viel Vertrauen in Lillians Fähigkeiten als Partnervermittlerin wie Albert gesetzt und der Presse in einem Panikanfall gesteckt, wir würden durch den Hintereingang ins Kino huschen, um nicht über den roten Teppich spazieren zu müssen. Wie eine Herde Vieh galoppierte die versammelte Presse also geschlossen zum Hintereingang in der 55th Street. Die wartenden Fans folgten ihr auf dem Fuß. Als wir schließlich ankamen, stand nur noch ein Grünschnabel von der AP da, der sich nicht getraut hatte, seinen Posten am roten Teppich zu verlassen. Leider war er so nervös, dass er seine Fotos auf einer alten Speicherkarte aufnahm und keine der Aufnahmen etwas wurde. Dieser Anfängerfehler kostete ihn die Chance auf ein Titelfoto und mich meine Rache an Flip. Leute wie ich können Leuten wie Flip Roberts wohl nie so richtig das Gefühl geben, ein armes Würstchen zu sein.

Nichts von den verunglückten Fotos ahnend und mit knurrendem Magen schlichen wir uns irgendwann mitten im Film nach draußen. Wir stiegen in seine wartende Limo, und der Small Talk begann damit, dass er mich fragte, woher ich eigentlich komme, und endete damit, dass wir in Queens bei meinem Lieblingsgriechen saßen und fröhlich Zaziki und Spanakopita futterten. Es war das beste »Date«, das ich seit ewigen Zeiten gehabt hatte, und irgendwo zwischen dem Moment, als ich ihm die Großer-böser-Flip-Geschichte erzählte, und dem Moment, als er mir von der traumatischen Trennung seiner Eltern erzählte und davon, wie es ist, überhaupt keine Privatsphäre zu haben, ertappte ich mich dabei, wie ich mir wünschte, er wäre nicht schwul. Er brachte mich nach Hause und witzelte: »Der Kundenservice bei Bloomingdale's ist wirklich der Hammer!«, und dann gab er mir ganz süß einen Kuss auf den Scheitel.

Am nächsten Morgen stellte ich das Internet auf den Kopf und fand kein einziges Bild von uns beiden auf dem roten Teppich. Nur ein Foto von hinten auf einer obskuren Seite. Es war ein Handyfoto, wie wir uns durch den Hinterausgang rausschleichen, händchenhaltend, wir sollten ja ein Paar spielen. Die Schlagzeile darüber lautete: *Schwul oder nicht schwul, das ist hier die Frage!* Und darunter: *Wer ist Jeremy Madisons geheimnisvolle Begleiterin?* Am liebsten hätte ich laut geschrien: »Das bin ich, Natalie Canaras, dritter Stock, Damenoberbekleidung, Flip Roberts' Ex!« Aber stattdessen stieg ich in den R Train, das kleine Schwarze in der Hand, und fuhr brav zur Arbeit. Nach dem ganzen Gerede über mangelnde Privatsphäre konnte ich Jeremy nicht derart hintergehen.

Bei der Arbeit wurde ich mit großem Gejohle empfangen. Ruthie und Tomás wollten einfach alles über den Abend wissen, aber genauso dringend wollten sie das Hammer-Kleid in Größe S zurückhaben. Anscheinend ist es tatsächlich *das* Kleid der Saison – und es war das einzige in Größe S, das noch in irgendeinem Bloomingdale's an der Ostküste zu bekommen war. Ruthie hat mir die ganze Geschichte erzählt.

# 4

# Eine uralte Geschichte über das Älterwerden

*Von Ruthie, 3. Stock, Damenbekleidung*
*Alter: verrät eine Dame nicht*

»ARTIE! Aaaaaaarrrrtttieeeeee!!!!« Das ohrenbetäubende Kreischen kam aus der Damenumkleide. Nach zwanzig Jahren bei Bloomingdale's habe ich schon fast jeden Typ Frau erlebt. Aber die, die so nach ihren Männern brüllen – normalerweise irgendein armer Tropf, der dumm herumsteht und ihr die Handtasche hinterherträgt –, das sind die Schlimmsten. Und da half es auch nicht, dass es Sonntagmorgen war und ich gestern Abend zu viele Whiskey Sours getrunken hatte. Ihre Stimme klang wie Fingernägel auf einer Schiefertafel.

Es ist eine ganz bestimmte Sorte Männer, die herumstehen und geduldig abwarten, bis die Frau sich entschieden hat. Was eine Weile dauern kann, wie Sie sich sicher vorstellen können. Als ich hier angefangen habe, passierte das noch viel häufiger. *Mit dem kleinen Frauchen zu Bloomingdale's, damit es sich seine Herbstgarderobe aussuchen kann.* Diese Frauen liefen dann durch den ganzen Laden und nahmen alles mit, was ihnen gefiel, und der Göttergatte hatte, ohne zu murren, zu zahlen. Wobei ich irgendwie immer damit gerechnet habe, Gloria Steinem hinter einem der Vorhänge auftauchen zu sehen, die diese Luxusweibchen anbrüllte: »Sucht euch gefälligst einen Job, Ladys, und bezahlt eure Klamotten selber!« Ich jedenfalls verspürte den beinahe unwiderstehlichen Drang, genau das zu tun. Ich habe noch nie einen Mann gebraucht oder gewollt, der mich aushält.

Die Frauen gehen mir am meisten auf die Nerven. Ich meine, erstens, was schreit ihr so? Ich stehe doch hier gleich vor euch. »Entschuldigen Sie bitte, könnten Sie meinen Mann bitten, sich das Kleid mal anzuschauen?« Das würde schon reichen, da braucht man nicht zu schreien, als wollte man zwei Spiegeleier mit Würstchen in einem Truck Stop Diner bestellen. Und mal ehrlich, was erwarten sie eigentlich, was soll der Mann dazu sagen? »Die Farbe steht dir überhaupt nicht.« Nein. »In dem Kleid siehst du aus wie eine Presswurst.« Bestimmt nicht. »Du siehst umwerfend aus.« Ding ding ding. Da haben Sie Ihre Antwort, und genauso gut hätte man Ray Charles fragen können. Natürlich gibt es auch Ausnahmen. Es gibt den Geizkragen – der schaut nur auf das Preisschild und entscheidet allein danach. Das erlebe ich ständig. Er würde zwar nie zugeben, dass er auf den Preis sieht, aber hat er erst mal spitzgekriegt, was das gute Stück kostet, heißt es immer »Ich habe schon schönere Kleider gesehen« oder »Das gefällt mir gar nicht«. Dann gibt es die metrosexuellen/sexuell unentschiedenen Typen, die machen Bemerkungen wie »Der Ausschnitt verzieht deine Proportionen« oder »Ich fände es schöner, wenn deine tollen Beine mehr zur Geltung kämen«. Schlaue Männer. Nicht ganz so schlau wie die, die zu Hause bleiben, aber immerhin wissen sie wenigstens, wovon sie reden.

Aber der Handtaschenhalter ist nichts von alledem. Er heißt Arthur Winters, nicht AARRTTTIEEE, und er kauft schon ewig bei mir ein. Seit der guten alten Zeit, als ich bei den Accessoires angefangen habe. Damals kam er und wollte ein Geschenk für seine Frau kaufen. Nicht dieses Flittchen, das ihn gerade aus der Umkleide anschreit. Ich erinnere mich noch gut daran. Ein klasse Typ, dieser Arthur Winters. Einer dieser gut aussehenden, netten Männer, auf die Noch-immer-Single-Mädchen wie ich ihr Leben lang warten. Er stellte sich vor und sagte zu mir: »Ich suche ein Geburtstagsgeschenk für meine Frau. Sie sagt zwar immer, dass ihr meine Geschenke gefallen, und sie trägt auch immer alles, was ich ihr kaufe, aber ich glaube, sie tut es nur mir zuliebe. Ich möchte, dass sie jedes Geschenk von mir mit echter Freude öffnet, aber ich fürchte, mir fehlt es an gutem Geschmack und noch mehr am Geld.« Gemeinsam suchten und fanden wir das perfekte Geschenk. Ein Seidenschal von Oleg Cassini mit braun-schwarzem Hahnentrittmuster. Ich erklärte ihm, der sei »zeitlos und klassisch schön«, und er meinte: »Genau wie meine Marilyn!« Ich gab ihm meine Karte, und während sein Bankkonto im Lauf der Jahre ordentlich zulegte, nahm die Zeit, die er zum Stöbern hatte, proportional dazu ab, weshalb er mich meist anrief, um sich von mir bei der Auswahl des passenden Geschenks beraten zu lassen. Irgendwann fand seine Frau wohl meine abgegriffene Visitenkarte in seinem Portemonnaie und kam zu mir in den Laden. Wobei sie nicht wie eine vor Eifersucht rasende Ehefrau hereinstürmte, sondern eher neugierig zu sein schien, wer ich wohl sein mochte.

Damals habe ich den Männern spielend den Kopf verdreht. Ich wurde sogar mit Ava Gardner verglichen. Jetzt, wo der angesagte Look knapp an Magersucht grenzt, würde sich wohl kaum mehr jemand nach mir umdrehen, aber damals waren kurvenreiche Frauen wie ich en vogue. Es war schön, sich als junge Frau so wohlzufühlen in seiner Haut. Und es sieht fast aus, als würde sich in letzter Zeit wieder etwas am Magerwahn ändern: die vielen Body-Image-Kampagnen und die jungen rundlichen Schauspielerinnen, die stolz sind auf sich und ihre Kurven. Mich freut das sehr. Es bricht einem das Herz, wenn man als Verkäuferin den lieben langen Tag nichts anderes hört als »Macht mich das fett?«.

Ich weiß noch, dass Arthurs Frau damals ein paar Sachen kaufte, und als sie mit ihrer Kreditkarte bezahlen wollte, fragte ich sie einfach geradeheraus: »Sind Sie Arthur Winters' Frau?«

Sie lachte. »Die bin ich.« Etwas verlegen gestand sie mir, die Neugier habe sie getrieben, und sie habe mich gerne kennenlernen wollen. Worauf ich ihr sagte, dass ich durch meine Arbeit eine Menge Ehemänner kennenlerne, aber dass kaum einer von ihnen so liebevoll von seiner Frau spreche wie ihrer.

Dann verriet sie mir auch, welches der letzten Geschenke sie am liebsten gemocht hatte: den grauen Kaschmirpullover, den sie zum Valentinstag bekommen hatte. Den hätte sie für den Frühling gerne noch einmal in einer anderen Farbe. Und die Lackleder-Clutch, die sie überallhin begleitete. Dann erwähnte sie, dass Arthurs persönliche Assistentin bald Geburtstag hatte.

»Seine andere Frau«, meinte sie mit einem verschmitzten Lächeln. »Ich sage ihm immer, er soll ihr was Schönes schenken – das tut er doch, oder?«

Ich weiß noch, dass ich mich fragte, ob das eine Fangfrage war. Arthur ließ mich tatsächlich immer etwas Nettes für seine Assistentin aussuchen. Zweimal im Jahr, einmal zum Geburtstag und einmal zu Weihnachten. Felicia und ich kannten uns schon lange. Oft schickte Arthur sie zu mir, um die Geschenke für Marilyn abzuholen. Abholen, nicht aussuchen. Sie war eine hübsche Frau, aber eher auf zurückhaltende

Art und Weise. Aber was mir immer wieder auffiel war, wie nett und freundlich sie war. Das, und wie viel ihr an ihrem Chef zu liegen schien. Als ich Arthur das erste Mal erwähnte, strahlte sie über das ganze Gesicht. Ich fragte mich, ob zwischen den beiden vielleicht etwas lief, aber sie sprach so respektvoll und beinahe bewundernd von seiner Frau, und ehrlich gesagt war sie einfach nicht der Typ für eine heimliche Affäre – und glauben Sie mir, ich habe diesen Typ im Laufe der Jahre schon oft genug gesehen. Am Ende kam ich mit einem lachenden und einem weinenden Auge, wie immer man es sehen möchte, zu dem Schluss, dass Felicia wohl eine einseitige Liebesbeziehung zu Arthur pflegte. Von der Arthur nicht das Geringste ahnte. Er mochte Felicia sehr, aber was Liebe und Romantik anging, hatte er einen Tunnelblick. Er hatte nur Augen für seine Marilyn. Sie war die einzige Frau für ihn. Bis sie eines Tages nicht mehr war.

Als erfahrene Verkäuferin, wie ich es bin – mit der drittlängsten Dienstzeit im Haus –, hatte ich Marilyns Geburtstag natürlich in meinem Kalender stehen. Und letztes Jahr war er ohne einen Anruf von Arthur und ohne einen darauffolgenden Besuch von Felicia vergangen. Erst fühlte ich mich übergangen und nahm an, sie seien zu einer jüngeren Kollegin in einem der angesagteren Kaufhäuser desertiert, zu Barneys oder Bergdorf. Aber irgendwie schien mir das unwahrscheinlich. Die beiden waren doch immer so loyal gewesen. Irgendwann rief ich dann Felicia im Büro an unter dem Vorwand, sie zu einem Sonderverkauf für Freunde und Familie einladen zu wollen, und da überbrachte sie mir die furchtbare Nachricht. Bei Marilyn war im Sommer Hautkrebs im Endstadium diagnostiziert worden, und keine sechs Wochen später war sie gestorben. Arthur, sagte sie, sei am Boden zerstört. Ich schickte ihm eine Beileidskarte, und ein paar Wochen später kam ein Bote mit einem Päckchen und dem nettesten Brief, den ich je von einem Kunden bekommen habe. Ich las ihn so oft, dass ich ihn auswendig kenne.

Liebe Ruthie,
in den vergangenen zwanzig Jahren mit meiner Marilyn gehörten Sie zu jedem Geburtstag, jedem Valentinstag und jedem Hochzeitstag dazu. Sie haben mir unzählige Male dabei geholfen, ihr ein Lächeln auf ihr bildschönes Gesicht zu zaubern. Was würde ich darum geben, es noch einmal zu sehen. Bitte nehmen Sie dieses »Geschenk« als kleines Dankeschön für all die vielen Male, die Sie meine Frau zum Strahlen gebracht haben.
Hochachtungsvoll
Arthur Winters

Ich öffnete die Schachtel, und darin lag, ordentlich aufgefaltet in Seidenpapier, das schwarz-braun gemusterte Hahnentritttuch von Oleg Cassini.

»Arrrrrtttttiiie!«

Ach du lieber Himmel. Sie kreischte schon wieder nach ihm. Ich konnte mich nicht mehr beherrschen. »Was ist denn?«, fragte ich ziemlich brüsk. »Brauchen Sie irgendwas?«

Einen Knebel vielleicht oder einen Betäubungspfeil in den Hintern?

»Ja, ich brauche das Kleid eine Nummer kleiner. Sehen Sie, wie es hier absteht?«, nörgelte sie und wies auf eine imaginäre Falte. Sie trug das Max-Hammer-Kleid, das uns förmlich aus den Händen gerissen wurde, in M.

»Sie müssen schon noch atmen können, meine Liebe«, bemerkte ich. Sie guckte mich an, als hätte ich nicht mehr alle

Tassen im Schrank. »Bringen Sie mir einfach eine S, ja? Und sagen Sie Artie, er soll herkommen.« Die Frau war ein wandelnder Albtraum. Ich ging zu »Artie«. Und war mir fast sicher, in seinem Gesicht einen Anflug von peinlich betretener Verlegenheit zu entdecken, als ich ihn zu ihr zitierte. Ich ertrug es kaum, die beiden zusammen zu sehen, und musste mich rasch abwenden. Wie ein so wunderbarer Mann wie Arthur Winters an so eine geldgierige Zimtzicke geraten konnte, war mir ein Rätsel.

Tomás half mir bei der Suche nach einer S, und ich erzählte ihm währenddessen die ganze traurige Geschichte. Ihm schien das richtig zuzusetzen. Dass der liebenswerte Arthur seine reizende Frau verloren hatte und nun ein wandelndes Klischee war. »Und was ist mit Felicia?«, fragte er. »Er sollte mit Felicia zusammen sein – sie liebt ihn doch!« Ich konnte ihm nur zustimmen, aber was sollte man da machen? Plötzlich schien Tomás mit einem Ruck aus seinen romantischen Grübeleien zu erwachen.

»Dios mio! Wir wissen doch beide, dass wir das Kleid nicht mehr in S haben. Natalie hat das letzte davon. Wir haben nur noch die M, die sie anhat, und zwei in L.« Er hatte recht, aber ich hätte mich gerne darum gedrückt, ihr das sagen zu müssen.

Was er mir an der Nasenspitze anzusehen schien. »Ich sage es ihr. Warum machst du in der Zwischenzeit nicht eine kleine Zigarettenpause?«

Vor lauter Dankbarkeit fiel ich ihm um den Hals. Er war wirklich ein entzückender Kerl.

Ich zog den Mantel an und hörte sie aus der Umkleide lamentieren. Vorsichtig spähte ich durch den Schlitz und beobachtete die Szene.

»Ich brauche unbedingt eine S, können Sie mir die nicht aus

einem anderen Laden besorgen? Ich *brauche* dieses Kleid. Es ist perfekt. Artie, findest du nicht auch, dass es perfekt ist?« Er nickte zustimmend, ohne sie anzusehen.

»Könnten Sie bitte versuchen, das Kleid in der richtigen Größe zu bekommen, und es ihr dann zuschicken, wenn Sie es haben?« Tomás hatte Mitleid mit ihm und wusste, dass Natalie das Kleid zurückbringen würde, wenn sie um eins zur Arbeit kam.

»Ich besorge Ihnen eins, und wenn ich mich direkt an den Hersteller wenden muss. Bis spätestens morgen haben Sie es. Wäre das okay?« Er wirkte sehr erleichtert.

»Wunderbar. Schicken Sie es bitte an diese Adresse. Außerdem hat meine Sekretärin Geburtstag. Was halten Sie von einem der Kaschmirschals da drüben an der Schaufensterpuppe? Im Büro kann es manchmal ganz schön frisch sein.«

Tomás erzählte mir später, dass Arthur zwei Kärtchen geschrieben hatte.

Auf einem stand:

*Ein Kaschmirschal zum Warmhalten! Einen schönen Tag!*

Er steckte es sorgfältig in einen kleinen Umschlag und schrieb drauf »Felicia«.

Auf dem anderen stand:

*Das schönste Kleid der Stadt für die schönste Frau der Stadt.*
*Dienstagabend im Four Seasons feiern wir den großen Tag!*

Tomás konnte sich nicht verkneifen zu fragen: »Was gibt es denn zu feiern?«

»Ach, unser viermonatiges Jubiläum. Meine Freundin sagt, im ersten Jahr einer Beziehung feiert man jeden Monatstag.

Ich kenne mich da nicht so aus.« Flüsternd fügte er hinzu: »Ich bin Witwer, wissen Sie.«

Ich kam gerade aus der Zigarettenpause, als das Flittchen mit einem Arm voller Klamotten zur Kasse stakste.

»Nur das hier … Das mit dem Kleid macht mich völlig fertig!« Es machte sie fertig? Ein Kleid? Ernsthaft? Und in Afrika tragen Menschen Secondhand-T-Shirts mit dem Aufdruck »*Wir haben Beccas Bar-Mizwa gerockt*«!

Arthur bedachte Tomás mit einem vielsagenden Lächeln, als der »Nur das hier« zu einer schwindelerregenden Summe addierte. Im Gehen bedankte das Luder sich mit einem feuchten Schlabberkuss und einem weinerlichen »Danke, mein wunderbarer Artie«.

Nur ein paar Minuten später war Natalie mit dem Kleid zurück. Und Tomás strahlte über das ganze Gesicht.

## 5

# The Eye of the Tiger

*Von Jeremy Madison, Filmstar*

Es war schon spät, als ich am nächsten Morgen mit einem Lächeln im Gesicht und dem Gedanken an den Abend mit Natalie aufwachte. Da es äußerst unwahrscheinlich war, dass meine gute Laune jedwede Interaktion mit sozialen Medien oder der Außenwelt unbeschadet überstehen würde, beschloss ich, heute einfach offline zu bleiben und das Handy nicht einzuschalten. Bis auf den Lieferjungen von Three Guys, der mir wie jeden Sonntag meine doppelte Portion Bananen-Schoko-Pfannkuchen brachte, redete ich den ganzen Tag mit keinem Menschen. Im Fernsehen lief ein Rocky-Marathon, und irgendwann, nachdem Adrian ihre Brille gegen Kontaktlinsen eingetauscht hatte, schlief ich friedlich ein. Ich wachte gerade noch rechtzeitig auf, um Mickey sterben zu sehen, vergoss ein obligatorisches Tränchen und schlief wieder ein, bis der Türsummer mich weckte. Da planschten Rocky und Apollo Creed schon ultra-Achtzigerjahre-mäßig in den Wellen. *Die beiden* nannte niemand schwul.

Ich drückte auf die Gegensprechanlage, und der Portier sagte: »Ein Hank und ein Albert sind hier und möchten zu Ihnen.« Vor Schreck wäre mir fast der Pfannkuchen aus der Hand gefallen. Hank und Albert. Zusammen. Die gingen nie zusammen irgendwohin. Widerstrebend sagte ich ihm, er solle sie hochschicken, und flitzte dann zum Computer, um mich zu googeln und herauszufinden, was dieses seltene Naturereignis ausgelöst haben könnte. Bis sie vor der Tür standen und klingelten, hatte ich mir die ganze Geschichte bereits zusammengereimt.

Sie stürmten meine Wohnung wie ein Sondereinsatzkommando. Hank war überdreht, als hätte er mindestens neun Tassen Espresso intus, und Albert, der arme Albert, sah aus, als hätte er den ganzen Tag an seinen Xanax geknabbert, um nicht durchzudrehen. Das musste man mit eigenen Augen gesehen haben. Wahrscheinlich denkt er, es würde nicht zählen, wenn er immer nur die Spitze der Tablette abknabbert, aber am Ende summieren sich die vielen kleinen Krümelchen auf Gott weiß wie viele Tabletten. Sie drückten mir den Ausdruck eines Online-Artikels von TMZ.com, einer Promi-Klatschseite, in die Hand, als hätte ich nicht selbst einen Computer, und behandelten mich wie einen Kriminellen, nur weil ich mein Handy ausgeschaltet hatte. Ein seltsames Paar, mein Agent und mein Pressesprecher. Normalerweise waren sie, was mich und mein Privatleben anging, wie Löwenmütter, die ihr Junges verteidigten. Aber heute glichen sie eher blutrünstigen Tigern auf der Jagd. Hank brüllte Lösungsvorschläge in den Raum, und Albert brachte vor, was dabei alles schiefgehen könnte. Am Ende waren sie sich immerhin einig, dass die TMZ-Schlagzeile »Schwul oder hetero? Wer ist Jeremy Madisons geheimnisvolle Begleiterin?« besser für meine Karriere war als bloß »Schwul!«.

Was mich aus verschiedenen Gründen wurmte. Erstens, weil die Paparazzi damit einen Grund mehr hatten, mir auf Schritt und Tritt zu folgen, um herauszufinden, wer diese geheimnisvolle Fremde ist. Zweitens, weil ich meinem Bruder gegenüber ein schlechtes Gewissen hatte. Ehrlich wahr.

Er hatte sich schon früh geoutet und zu seinem Schwulsein gestanden, und vermutlich ging ihm das am Allerwertesten vorbei, aber ich hatte das Gefühl, ich müsste mich energisch gegen diese Art des unfreiwilligen Prominenten-Outings zur Wehr setzen. Und es gab auch noch ein Drittens: Wahrscheinlich hielten mich jetzt alle für einen fremdgehenden Scheißkerl, der jedermanns liebstem Victoria's-Secret-Model das Herz gebrochen hatte. Und ganz ehrlich? So ein skrupelloser Scheißkerl wollte ich nicht sein.

Aber meine Berater, von denen ich, wie schon gesagt, fürchtete, ohne sie sei ich nichts, waren anderer Meinung. Vor allem Hank wollte nichts von meiner Schwulenrechtskampagne wissen.

In dem Punkt war er unerbittlich. »Such dir eine andere gute Sache, den Regenwald oder illegalen Welpenhandel. Und was immer du auch machst – lass dich bloß nicht dabei erwischen, wie du irgendwelche Typen knutschst.«

Außerdem einigten sie sich darauf, die beste Antwort auf die Frage »Wer ist seine geheimnisvolle Begleiterin?« seien einige inszenierte Fotos von Natalie und mir auf dem roten Teppich, was auch gleich die Frage nach schwul oder nicht schwul beantworten würde. Das hieß natürlich, wir mussten das Mädel noch mal auftreiben.

Die beiden waren so aufgedreht, dass ich fast Angst hatte, sie könnten jeden Augenblick explodieren – wie sollte man sie überreden mitzumachen, würde man ihr Schweigegeld zahlen müssen, damit sie nicht an die Presse ging, wie konnte man dafür sorgen, dass das auch in Zukunft *niemals* an die Öffentlichkeit gelangte, und so weiter und so fort. Wie sie so in meinem Wohnzimmer auf und ab tigerten, hätte es nur schlimmer kommen können, wenn sie spontan detoniert und in kleinen Bröckchen an meine Wände geklatscht wären, also gab ich schließlich klein bei, ließ mich auf ihren hirnrissigen Plan ein und versicherte ihnen, die geheimnisvolle Fremde würde bestimmt nur zu gerne bei der ganzen Sache mitspielen. Sie waren so erleichtert, dass sie mir beide um den Hals fielen und mich abknutschten.

»Hey, ich soll doch keine Kerle küssen!«, schrie ich lachend und schubste sie weg.

Eigentlich machte ich nur Natalie zuliebe mit. Damit sie Flip Roberts so richtig eins auswischen konnte. Damit es ihm so richtig leidtat. Damit er für den Rest seines Lebens an die Frau dachte, die er hatte gehen lassen. Und ich war mir sicher, das würde er, denn ich musste schon nach einem Abend mit ihr ununterbrochen an sie denken. Und dieser Plan lieferte mir eine willkommene Ausrede, um sie bald wiederzusehen, ohne allzu großes Interesse zu zeigen.

Albert versank wieder in seinem üblichen Pessimismus. »Moment mal, woher willst du wissen, dass sie da mitspielt?«

Mit nur einem Satz wischte ich alle Bedenken beiseite. »Sie will sich an einem Kerl rächen, der sie sitzen gelassen hat.« Rache – das verstanden sie.

Ich zog also den Anzug und die rosa Krawatte vom Vorabend an, und dann machten Hank und ich uns auf den Weg zu Bloomingdale's, während Albert ins Büro fuhr, um das Fotoshooting zu arrangieren. Natalie hatte mir am Abend zuvor erzählt, dass sie heute arbeiten müsse, und ich freute mich, sie wiederzusehen, was ich Dick und Doof natürlich verschwieg. Weiß Gott, was sie sonst mit diesem Wissen für einen Medienrummel veranstaltet hätten.

Als wir in die 59th Street kamen, wurde ich etwas nervös, was Hank wohl irgendwie mitbekam. »Was ist denn los mit dir – du fängst wieder damit an, wie vor einer wichtigen Szene, wenn du dir immer auf die Unterlippe beißt.«

»Stimmt doch gar nicht.« Ich klang wie ein kleiner Junge, der trotzig seiner Mama widerspricht. Solange ich zurückdenken konnte, kaute ich auf der Unterlippe, wenn ich aufgeregt war.

Er ließ es gut sein und guckte wieder auf sein Handy. Ich war nervös, weil ich sie gleich wiedersehen würde. Nervös, weil ich sie mochte. Sie war süß und hatte so ein Keine-Angst-ich-fress-dich-nicht-und-spuck-dich-halb-verdaut-wieder-aus-Lächeln. Außerdem war sie normal. Vollkommen normal, was erfrischend war. Es schien ihr schnurzpiepegal zu sein, dass ich berühmt war. Sie redete mit mir wie mit einer ihrer Freundinnen. Und auf einmal traf mich die Erkenntnis wie ein Schlag. Das hatte ich bei Frauen schon lange nicht mehr erlebt: Sie stand nicht auf mich. Diesem hübschen, normalen, süßen Mädchen, das tat, als sei es ihr vollkommen egal, dass ich ein umwerfend gut aussehender Filmstar war, dem war es *tatsächlich* vollkommen egal, dass ich ein umwerfend gut aussehender Filmstar war. Ich würde sie als Stanley Trenton für mich gewinnen müssen. Ich wurde hibbelig und fühlte mich unsicher. Vielleicht waren das die Nachwirkungen des Traumas, meine Verlobte mit ihrem Fitnesstrainer im Bett ertappt zu haben. Vielleicht würde ich schnell feststellen, dass ich das Mädel gar nicht sooo toll fand. Hank schnauzte mich an: »Himmelherrgott noch mal, Jeremy, gleich hast du dir die Lippe blutig gebissen. Wir sind da, auf geht's.«

Wir stiegen aus dem Wagen. Ich wünschte, Albert wäre da, dann hätte ich ihn fragen können, ob ich mal an seiner Xanax knabbern darf. Hank knallte mir schwungvoll eine Baseballkappe auf den Kopf und zog sie mir tief ins Gesicht, dann fuhren wir mit dem Aufzug in den dritten Stock. Ich wollte irgendwas Nettes, Witziges zu ihr sagen, also durchforstete ich mein Hirn nach einem coolen Spruch, aber mir wollte einfach nichts einfallen. Ich wurde immer unsicherer und wünschte, ich hätte statt meines Agenten einen Drehbuchautor mitgenommen.

Da stand sie, und als sie aufschaute und mich sah, verfiel ich auf einen kleinen Witz, der total nach hinten losging. Ich griff nach einem roten Kleid und fragte: »Gibt es das vielleicht auch in meiner Größe?«

Sie schien den Witz nicht zu verstehen und antwortete ganz ernst: »Ähm, ich glaube nicht, dass dir das passt.«

»War nur ein Witz«, murmelte ich verlegen.

»Oh – tut mir leid. Ich … ich wollte bloß nicht politisch unkorrekt sein.«

Ich hatte nicht die geringste Ahnung, was sie da redete, aber dann strahlte sie mich mit ihrem süßen Lächeln an, und ich tat es einfach als beiderseits missglückten Versuch ab, witzig zu sein, und erklärte ihr dann, warum ich gekommen war. Sie war einverstanden mit einem Fotoshooting, aber es gab ein kleines Problem. Tomás, ihr Kollege, hatte das allerletzte Max-Hammer-Kleid in S gerade fertig gemacht, um es an eine Kundin zu verschicken. Sie rief ihn her, und aus unerfindlichen Gründen, die zu erklären er sich standhaft weigerte, sagte er, er sei sich absolut sicher, dass das Kleid bis spätestens Dienstag in eine größere Größe umgetauscht werden würde. Angesichts dieser unerwarteten Verzögerung war Hank zwar alles andere als erfreut, schrieb Albert aber dann doch, er solle das Shooting für Mittwoch ansetzen. Dann gab er Natalie und mir strikte Anweisungen, uns bis dahin unter gar keinen Umständen irgendwo gemeinsam blicken zu lassen, und zog ab, wobei er irgendwas über drei verschwendete Jahre Jurastudium in Harvard murmelte.

»Ich muss sagen, ich bin ein bisschen enttäuscht«, gestand

ich Natalie. »Ich hatte gehofft, wir könnten heute Abend wieder essen gehen.« Sie schien sich über die Einladung sehr zu freuen.

»Können wir – wir fahren einfach nach Queens! Da sucht dich garantiert keiner. Wir verstecken uns einfach. Ich hab bis Dienstag frei, bis dahin bleiben wir inkognito – und dann ist das Kleid wieder da.« Dienstag!, dachte ich. Dann steht sie wohl doch auf mich.

Ich trug noch den Anzug für das Fotoshooting, also ging ich nach unten in die Herrenabteilung, um mir für den Ausflug nach Queens ein paar lässigere Klamotten zu besorgen, während Natalie oben ihre Schicht noch zu Ende brachte. Sie sagte, sie käme dann zu mir nach unten und wir könnten einfach mit den Pendlermassen in der U-Bahn verschwinden. Die Baseballkappe ließ ich die ganze Zeit auf und fand das alles irgendwie aufregend geheimnisvoll. Außerdem war ich schon seit Ewigkeiten nicht mehr mit der U-Bahn gefahren, und in Queens war ich überhaupt noch nie gewesen. Als die Bahn schließlich aus dem Tunnel nach oben kam und oberirdisch weiterfuhr und ich die Welt aus dem rollenden Wagen sah, fühlte ich mich wie ein kleiner Junge. Und Natalie meinte, genauso sähe ich auch aus.

Wir liefen die paar Blocks von der Haltestelle Ditmars Boulevard zu ihrem Garten-Apartment. Es war schön, mal aus Manhattan rauszukommen. Ich stellte mir vor, wie die Paparazzi vor meiner Wohnung campierten, und freute mich diebisch bei der Vorstellung, wie sie die ganze Nacht vergeblich auf mich warteten. Ich wollte gar nicht daran denken, wieder nach Hause zurückzugehen.

Ihre Wohnung war winzig und entzückend. Genau wie sie. Ein L-förmiger Raum mit einem weichen weißen Bett am kurzen Ende und einer langen Couch am anderen. In der

Ecke hing ein großer Fernseher, sodass man sowohl vom Bett als auch vom Sofa aus fernsehen konnte. Natalie drückte mir die Fernbedienung in die Hand. »Hier«, rief sie. »Damit du was zu tun hast, während ich mich fertig mache.« Der Rocky-Marathon lief immer noch, und ungefähr an der Stelle, als Dolph Lundgren sich seine erste Dosis Steroide spritzt, zog Natalie sich direkt vor meiner Nase die Bluse aus und ein neues Oberteil an, als sei ich eine Mitbewohnerin aus ihrer College-WG. Der kurze Blick auf ihr Bauchnabelpiercing und den sexy Spitzen-BH brachte mich völlig aus der Fassung. »Na, wonach ist dir? Ich kann dir schnell aufzählen, welche Restaurants es in der Gegend gibt. Hier gibt es eigentlich nichts, was es nicht gibt.«

»Überrasch mich einfach«, murmelte ich. Ich hatte kein Wort von dem gehört, was sie gesagt hatte. Es war schwer, auf die Tonspur zu achten, wenn einen das Bild so … ablenkte. Die Antwort schien ihr zu gefallen, und sie sprang fröhlich aus dem Schlafzimmer, vermutlich, um sich irgendwas über den sexy Spitzen-BH und das Hüfthöschen zu ziehen, das gerade so bis an den süßesten kleinen Bauchnabel reichte, den ich je gesehen hatte. Noch nie hatte ich ein Mädchen kennengelernt, das so ungezwungen und natürlich war, und noch nie in meinem Leben als Promi war ich irgendwem begegnet, der sich so wenig für mich interessierte. Dieser Flip Roberts musste ja ein toller Hecht sein.

Vollständig bekleidet kam sie wieder herein, tupfte sich noch etwas Lipgloss auf die Lippen und klatschte zweimal in die Hände. »Auf geht's!« Wie ein Hündchen folgte ich ihr zu einem marokkanischen Restaurant, wo wir auf dem Boden saßen und mit den Händen aßen. Sie schwärmte begeistert: »Das ist wie in der einen Szene in Sabrina. Der neuen Verfilmung, nicht der alten mit Humphrey Bogart und

Audrey Hepburn, weißt du noch?« Wusste ich nicht. Sie konnte kaum glauben, dass ich keinen der beiden Filme gesehen hatte. Wir redeten über alles Mögliche, einschließlich der Tatsache, dass ich mir inständig wünschte, dieser Abend möge nie vorübergehen. Als mir dann aufging, was ich da gerade gesagt hatte, biss ich mir auf die Lippen und fügte als fadenscheinigen Verschleierungsversuch hinzu: »Wegen der Paparazzi vor meiner Wohnung natürlich!« Worauf sie noch mal bekräftigte, dass die Einladung, bei ihr zu übernachten, ganz ernst gemeint sei.

Zu Hause in ihrer Wohnung durchforstete sie ihre Sammlung aus, wie es schien, sämtlichen romantischen Komödien, die jemals gedreht wurden, bis sie schließlich die Originalversion von Sabrina gefunden hatte. »Damit fangen wir an«, erklärte sie fröhlich und reichte mir die DVD. Dann kramte sie in ihrer T-Shirt-Schublade, zog das größte, das sie finden konnte, heraus und klopfte aufs Bett. »Das ist meine Seite, bin gleich wieder da.« Ich zog mich aus und schlüpfte dann nur mit Boxershorts und einem T-Shirt, auf dem stand »ICH SCHWITZE NICHT, ICH GLITZERE«, unter die Decke. Krampfhaft bemüht, mich nicht noch mehr verunsichern zu lassen, wartete ich ungeduldig ab, ob sie in sexy Verführungsaufzug oder Beste-Freundinnen-Outfit zurückkommen würde. Schließlich tauchte sie in Jogginghose und Trägershirt wieder auf, stellte eine große Schüssel Popcorn zwischen uns, kletterte ins Bett und schaltete den Fernseher ein.

»Ich hatte schon seit Ewigkeiten keinen Übernachtungsbesuch mehr. Wie cool ist das denn?«, kicherte sie.

Das Mädel stand definitiv nicht auf mich. Ich hielt es nicht mehr aus. Ich musste mehr über diesen Exfreund erfahren, der mich offensichtlich in jeder Hinsicht so dermaßen in den Schatten stellte, dass sie keinerlei Interesse an mir zeigte.

»Ehe wir den Film sehen, muss ich dich was fragen. Ich bin so neugierig, hast du vielleicht ein Bild von Flip Roberts?«

Sie lachte. »Die habe ich alle verbrannt.«

Ich schaute mir das Cover der DVD an. Audrey Hepburn mit einem Mann an jedem Arm: Humphrey Bogart auf der einen Seite, William Holden auf der anderen. »Okay, wenn einer von den beiden ich wäre und einer Flip, wer wäre wer?«

»Du wärst natürlich William Holden! Humphrey Bogart ist so alt, der könnte glatt ihr Vater sein, und er ist nicht halb so traumhaft wie William Holden.«

Wieder sah ich mir das Bild an. »Und für wen entscheidet sich Sabrina?«

»Das musst du schon selbst rausfinden!«

Am nächsten Morgen wachte ich auf und wusste zwei Dinge, die ich am Abend zuvor noch nicht gewusst hatte: Erstens (Vorsicht, Spoilerwarnung), Sabrina / Audrey Hepburn entscheidet sich für Linus / Humphrey Bogart, und zweitens, ich konnte mit einem Mädchen in einem Bett schlafen, ohne mit ihr zu schlafen. Ich sah ihr eine Weile zu, wie sie friedlich schlummernd neben mir lag, und tröstete mich mit dem Gedanken, dass sie ganz bestimmt einen ausgeprägten Vaterkomplex hatte und ich ihr einfach nicht alt genug war. Ich verlor mich in ihrer schlichten Schönheit. Den leicht geöffneten Lippen und dem zerzausten Haar. Und fragte mich, was sie wohl gerade träumte.

Irgendwann riss ich mich los und machte ein bisschen Unruhe, damit sie aufwachte, aber nicht so viel, dass sie wusste, wovon sie wach geworden war. Sobald sie ansprechbar war, sagte ich: »Du hast gestern Abend beim Essen viel von deiner Mutter erzählt, aber deinen Vater hast du gar nicht erwähnt.«

»Dir auch einen guten Morgen!« Sie schwang die Beine aus dem Bett. »Mein Vater hat uns verlassen, als ich gerade sechs war. Ich saß im Wohnzimmer und habe mit meinen Barbie-Puppen gespielt, da ist er einfach rausspaziert und nie wiedergekommen.« Jetzt tat es mir schon wieder leid, dass ich sie gefragt hatte, auch wenn ich ein bisschen erleichtert war, dass ich mit meiner Vaterkomplexdiagnose wohl richtiggelegen hatte.

»Er ist gegangen? Einfach so, ohne sich zu verabschieden?«

Sie überlegte kurz. »Quasi. Er hat gesagt: ›Bye, meine Süße‹,und ich hab gesagt: ›Wo gehst du hin, Daddy?‹, und er hat gesagt: ›Daddy muss sich wegen einem Pferd mit jemandem treffen.‹ Und dann war er weg. Das war das letzte Mal, dass ich ihn gesehen habe.«

Und dann machte sie ihre Morgentoilette, und ich fühlte mich schrecklich. Ich entschuldigte mich bei ihr, als sie aufs Bett plumpste, um sich die Socken anzuziehen.

»Es tut mir leid, ich hätte dir keine so persönlichen Fragen über deinen Dad stellen sollen.«

Sie lachte. »Mein Vater wohnt nur ein paar Blocks weiter mit meiner Mom zusammen, eigentlich gleich um die Ecke, und da wohnen sie schon, seit ich noch ein kleines Kind war. Du glaubst aber auch wirklich alles!«

Ich schubste sie aufs Bett, und ein paar wunderbare Momente rangelten und kämpften wir spielerisch miteinander. Ich hätte sie schrecklich gerne geküsst, aber die Angst, mir eine gewaltige Abfuhr einzuhandeln, hielt mich davon ab. Sie schien weder Jeremy Madison noch Stanley Trenton anziehend zu finden. Also nahm ich mir vor, sie nach dem Shooting am Mittwoch nie wiederzusehen. Wenn ich mir eine Abfuhr einhandeln wollte, konnte ich auch zum Vorsprechen gehen.

# 6

# Die Gründung der Ostrich Detective Agency

*Von Andie Rand, Privatdetektivin*
*Alter: 39*

Nach dem Gespräch mit der Frau, die garantiert unsere einhundertste Klientin werden würde, legte ich den Hörer auf und konnte mir ein kleines Lächeln nicht verkneifen. Zugegeben, es war nicht alles nach Plan gelaufen, aber am Ende war doch alles gut geworden. Ich war stolz auf das neue Leben, das ich mir aufgebaut hatte, nachdem mir mein altes buchstäblich um die Ohren geflogen war. Stolz auf das gute Vorbild, das ich meinen Zwillingen bot. In drei Jahren kann sich eine ganze Menge verändern.

Auf den Tag genau vor drei Jahren hatte ich meine drei besten Freundinnen zu einer Krisensitzung in einem abgelegenen Coffeeshop nicht weit vom West Side Highway einberufen. Wenn man sich eingestehen muss, dass die zehnjährige Liebe-auf-den-ersten-Blick-Bilderbuch-Liebling-bleib-du-zu Hause-bei-den-Kindern-während-ich-die-dicke-Kohle-verdiene-Ehe in die Brüche gegangen ist, dann will man das nicht ausführlich in variierender Lautstärke in der eigenen Nachbarschaft diskutieren. Ganz besonders nicht, wenn die eigene Nachbarschaft die Upper West Side von Manhattan ist. Wobei ich vermute, dass es betrogenen Ehefrauen von

Chappaqua bis Chattanooga nicht viel anders ergeht. Wenn sie erst mal aus dem Sack ist, lässt sich eine sprichwörtliche Katze wie eheliche Untreue unmöglich wieder einfangen. Aber da es drohte, mich buchstäblich von innen heraus aufzufressen, trommelte ich meine alten Mitbewohnerinnen vom College zusammen. Wir sahen uns zwar eher selten, hatten aber immer Kontakt zueinander gehalten. Und ich wusste, sie würden für mich bis ans Ende der Welt gehen. Oder wie in diesem Falle bis zum Diner an der 11th Avenue, der aussah, als sei er geradewegs aus einer Kleinstadt von anno 1969 dorthin gebeamt worden. Das Ding hatte sogar einen eigenen Parkplatz, was in Manhattan undenkbar war, außer bei *Tavern on the Green* und einem McDonald's irgendwo in Hell's Kitchen.

Allison war die Erste, die kam, aber nicht die Erste, die etwas sagte. Zumindest nicht zu mir. Sie kam mit dem Handy am Ohr rein und packte erst einmal den Inhalt ihres Aktenkoffers auf den Tisch. Offensichtlich suchte sie nach einer Akte und fing an – in einem überaus chaotischen Versuch, alles Unwichtige auszusortieren, der mir noch aus Collegezeiten allzu vertraut war –, mir einen Gegenstand aus ihrem Aktenkoffer nach dem anderen in die Hand zu drücken. Das kannte ich noch, schließlich hatte ich bereits Stunden damit zugebracht, ihr dabei zu helfen, das ganze Zimmer auf den Kopf zu stellen, um eine wichtige Arbeit oder ihre Antibabypillen oder was auch immer sie gerade wieder verlegt hatte zu suchen. Schließlich fand sie, was sie suchte, und ich sah die Erleichterung in ihrem beruhigten Lächeln. Mit großer Autorität sprach sie ins Telefon.

»Den Unterlagen vom 11. Januar ist eindeutig zu entnehmen, dass Mr Ackerman an dem betreffenden Wochenende gar nicht in der Stadt war.«

Die Person am anderen Ende der Leitung sagte etwas, aber Allison hörte schon nicht mehr zu. Ein überlebensgroßes Plüschtier ließ sich unvermittelt auf den Platz zwischen uns fallen, und wir wurden beide jäh aus unseren Gedanken gerissen – Allison aus was für einem Fall auch immer sie gerade vertrat, ich aus dem Ende meines Lebens, wie ich es bisher kannte. Wenn Sie im letzten Jahrzehnt ein Kind oder einen Enkel bekommen haben, hätten Sie das Plüschviech auf Anhieb als Dora erkannt. Aber auch dieses Wissen hätte den Umstand, dass sich eine riesengroße Plüschfigur gerade zu uns in die winzig kleine Sitzecke gequetscht hatte, nicht weniger bizarr gemacht. Allison sagte etwas brüsk: »Entschuldigung, Sie sehen in dem Ding vielleicht nicht so viel, aber dieser Platz ist schon besetzt!«

Worauf Dora sich den Plüschkopf auszog. »Hola, Ladys!«

Es war CC, unsere andere Mitbewohnerin vom College. Ich war anscheinend nicht die Einzige, bei der gerade nicht alles ganz nach Plan lief.

»Ich muss Schluss machen«, sagte Allison ins Handy und legte auf. »Was zum Geier, CC?«, raunzte sie lautstark, als reichte Dora allein noch nicht, damit alle anderen Gäste zu uns rüberguckten.

CC zuckte bloß mit den Achseln. »Brett ist seit einem halben Jahr arbeitslos«, erklärte sie trocken. »Ich brauche das Geld.«

»Du hast dein Examen am Wesleyan mit Auszeichnung gemacht, verdammt. Sag mir nicht, dass das der einzige Job ist, für den du qualifiziert bist!« Allison war noch ganz im Aufgebrachte-Anwältinnen-Modus.

Zu CCs Verteidigung wagte ich einzuwenden: »Aber sie hat doch Spanisch studiert.« Allison hat keine Kinder. Sie schaute mich nur verständnislos an. »Dora ist Spanierin«, erklärte ich lächelnd.

»Hat tatsächlich geholfen, den Job zu bekommen«, stimmte CC mir fröhlich zu. Sie sah in Allisons enttäuschtes Gesicht. »Komm schon, Allison. Was meinst du, wie mein Lebenslauf heutzutage aussieht? Ich stand quasi vor der Wahl, das hier oder Prostitution.«

Aber davon wollte Allison nichts hören. »Das ist doch Bockmist, du kannst alles machen.«

Von CCs Problemen zu hören beruhigte mich einerseits, andererseits jagte es mir eine Höllenangst ein. Während Allison ihr Kreuzverhör fortsetzte, kreisten meine Gedanken um mein eigenes Dilemma. Ich wusste, es konnte sich nur noch um Minuten handeln, dann würde CC die Nase gestrichen voll haben und das Thema wechseln, und dann würde die Sprache auf mich kommen. Schließlich war ich diejenige, die diese Krisensitzung einberufen hatte.

Ich sah CC an, wie sie dasaß, den Dora-Rucksack gegen die Tischkante gedrückt, und beschloss, ihr weitere Unannehmlichkeiten zu ersparen und einfach die Karten auf den Tisch zu legen. »Derek betrügt mich«, erklärte ich, und beide starrten mich an wie eine Kuh wenn's donnert. Herrlich, wenn Menschen genau so reagieren, wie man es von ihnen erwartet. Ich zog eine Mappe aus der Tasche. Darin hatte ich sämtliche erdrückenden Beweise gesammelt, die belastenden Fotos und die daraus zu ziehenden logischen Schlüsse. Ich neige nicht zu überstürzten Schlussfolgerungen, Paranoia oder selbstmitleidiger Opferhaltung, und das wissen Allison und CC nur zu gut. Der Ernst der Lage war ihnen also bewusst.

Ich verfüge über eine gute Menschenkenntnis und kann mich auf mein Bauchgefühl verlassen. Wenn der Bauch sagt, da stimmt was nicht, dann hat er normalerweise recht. Es gab keinen der tausend kleinen Hinweise auf einen Seitensprung, von denen es immer heißt, man solle darauf achten. »Benutzt Ihr Mann ein neues Aftershave?« Tat er nicht. »Macht er neuerdings Sport, legt er gesteigerten Wert auf sein Äußeres?« Derek war schon immer eitel und gut in Form gewesen. Es gab nur eine klitzekleine Kleinigkeit, die mich stutzig gemacht hatte. Ich erzählte ihnen die ganze Geschichte.

Jahrelang hatten wir uns immer auf die gleiche Art und Weise gestritten, und plötzlich stritt er anders. Als suchte er bewusst Streit, um dann aufgebracht aus der Wohnung zu stürmen und sich erst mal zu »beruhigen«. Das war ein paarmal vorgekommen, und ich hatte schon den Verdacht, dass er vielleicht wieder angefangen hatte zu rauchen. Vor ein paar Jahren hatten wir einen Pakt geschlossen, gemeinsam aufzuhören, und ich dachte, er versuchte vielleicht, mir das zu verheimlichen. Unauffällig fing ich an, an ihm zu schnuppern, wenn er zurückkam, und zuerst dachte ich, ich hätte ins Schwarze getroffen. Er roch zwar nicht nach Zigaretten, aber er roch immer so *sauber*. Als versuchte er, Zigarettengeruch mit Seife und Zahnpasta zu überdecken. Monatelang ging das so, ohne dass ich ihn zur Rede stellte. Ich dachte, es gäbe Schlimmeres, als heimlich zu rauchen. Wie fremdgehen beispielsweise. Einmal brach er einen Streit vom Zaun, als wir zusammen »Words with Friends« spielten. Ich setzte »Muzjiks« auf doppelten Wortwert und brauchte alle sieben Buchstaben, was insgesamt 147 Punkte ergab. Und er nur so: »Was soll Muzjik denn überhaupt heißen?« Und ich wusste zwar so in etwa, was es bedeutet, wollte mich aber nicht verteidigen müssen, also sagte ich nur, ich wüsste es nicht mehr. Worauf er mir vorwarf, ich würde betrügen. Sagte, es gäbe so eine »Words with Friends«-Betrugsseite im Netz, und ich sei eine Betrügerin. Dann stürmte er ohne Mantel aus dem

Haus, und das, obwohl es draußen regnete. Worauf ich zu seinem Computer ging und auf den Browserverlauf klickte, und da war es – »Words with Friends«-Betrug. *Er* war der Betrüger. Das musste ich mir erst mal selbst laut sagen, allein in unserer Wohnung. *Er ist der Betrüger.*

»O Gott, Andie, im Ernst?«, unterbrach Allison mich lachend. »Und wir haben uns schon ernsthaft Sorgen gemacht.«

CC war empört. »Ich habe eine Buchmesse in Tribeca sausen gelassen, um hierherzukommen, und er betrügt dich bei ›Words with Friends‹?«

Allison sah CC an und schüttelte enttäuscht den Kopf. CC versuchte, sich zu verteidigen. »Swiper und Diego mussten für mich einspringen.«

»Lasst mich doch erst mal zu Ende erzählen!«, protestierte ich. »Ich will nur sagen, vorher wäre es mir niemals in den Sinn gekommen, dass er mich betrügen könnte. Aber als ich das Wort da schwarz auf weiß vor mir gesehen habe, war es, als hätte jemand eine Glühbirne in meinem Kopf angeknipst. Ich bin in den Aufzug gesprungen und in die Lobby runtergefahren in der Hoffnung, ihn da mit Miguel, unserem Pförtner, beim Rauchen zu erwischen.

Miguel stand zwar draußen und hat geraucht, aber allein. Also habe ich ihn gefragt: ›Miguel, wissen Sie, wo Mr Banks hingegangen ist, als er eben weg ist?‹

Miguel wirkte nervös und behauptete, er habe ihn nicht gesehen. Aber ich habe nicht lockergelassen. Habe ihm gesagt, es sei halb so wild, ich wüsste, was Mr Banks hinter meinem Rücken treibt, und dass ich ihm nicht böse sei, weil er versucht ihn zu decken.

Er wirkte richtig panisch und fing an irgendwas zu blubbert, von wegen, *ich* sei vielleicht nicht böse, aber Mr Prescott würde ausflippen, und er wollte eigentlich gar nicht

Schmiere für ihn stehen, aber er hätte Angst, seinen Job zu verlieren, aber da hörte ich ihm schon gar nicht mehr richtig zu, weil ich längst zwei und zwei zusammengezählt hatte: Derek hat eine Affäre mit Chelsea Prescott aus dem sechsten Stock. In unserem Haus. Immer wenn Rick Prescott mit dem Fahrrad die große Runde um den Central Park fährt, vergnügt mein Mann sich mit seiner Frau in ihrem ehelichen Schlafzimmer.«

Ich wies auf Beweisstück D in meiner Mappe, ein Foto von Derek, wie er gerade im sechsten Stock aus dem Aufzug steigt. »Miguel spioniert jetzt für mich«, erklärte ich. »So bin ich auch an die belastenden Aufzugfotos gekommen.« CC sagte kein Wort mehr.

Allison dagegen war außer sich. »Hast du ihn zur Rede gestellt?«

»Nein. Noch nicht. Aber ich habe angefangen, überall nach Beweisen zu suchen – vom Müll in unserem Schlafzimmer bis zum Müll auf seinem Rechner. Dann habe ich ein GPS in seinen Aktenkoffer geschmuggelt. Manchmal ist er schon eine Stunde, bevor er nach Hause kommt, bei uns im Haus, und manchmal sogar mitten am Tag. Ich habe eine App auf seinem Handy installiert, damit ich sehen kann, wen er anruft.« Ich zeigte ihnen den Ausdruck. »Hier, seht ihr? Die markierten Telefonnummern sind Anrufe an ihr Handy.« Allison bekam den Mund kaum noch zu. Ich war erstaunt. »Es überrascht mich, dass du so schockiert bist. So was musst du doch bei deinen Klienten tagtäglich mitbekommen.«

»Ich bin schockiert, weil du eine wasserdichte Beweiskette gegen ihn zusammengestellt hast. Hast du das ganz allein gemacht?« Ich nickte und war zum ersten Mal seit Langem ein bisschen stolz auf mich.

»Weißt du, die meisten Frauen in deiner Situation stecken

den Kopf in den Sand«, erklärte sie bewundernd. »Bei der Scheidung kannst du ihn so was von fertigmachen!« Jetzt, wo sie das Wort laut ausgesprochen hatte, erschien es mir plötzlich wie eine unausweichliche Tatsache. Und dann fing ich seltsamerweise an zu lachen. Bald lachten wir alle drei, obwohl keine von uns wusste, was daran eigentlich so komisch war. Allison fing sich als Erste.

Sie sah CC an und fragte: »CC, was ist ein ›Muzjik‹?«

CC lachte. »Ein russischer Landarbeiter.«

Allison schüttelte den Kopf. »Dora ist gestorben. Ihr beiden seid mit Abstand die klügsten Frauen, die ich kenne.«

Wir hörten auf zu lachen. Sie hatte recht.

Und an diesem Tag wurde die Idee für die Ostrich Detective Agency geboren. CC und ich besorgten uns die notwendigen Lizenzen. Allison vermittelte uns die ersten Klientinnen. Und Mundpropaganda und jede Menge Empfehlungen erledigten den Rest. Drei Jahre später, und ich saß da und sprach gerade mit unserer einhundertsten Klientin. Sie hieß Caroline Westmont, und sie erinnerte mich sehr an mich selbst. Ich freute mich schon darauf, sie kennenzulernen.

## 7

# Rate mal, wer zum Essen kommt?

*Von Tomás, 3. Stock, Damenbekleidung*
*Alter: 27*

Es war jetzt schon ein paar Tage her, und ich wurde langsam kribbelig beim Gedanken daran, was ich mit dem Kleid angestellt hatte. Ich weiß nicht, warum ich so ein *metiche* bin, der sich überall einmischen muss. Im Jahrbuch der Highschool haben sie eigens für mich eine neue Kategorie eingeführt: Größter Einmischer. Während ich unser letztes Max-Hammer-Kleid wie ein Lamm zum Schlachter dieser undankbaren Person brachte, wurde mir klar, dass wir vermutlich kein weiteres mehr bekommen würden. Ich war ganz vernarrt in dieses Kleid. Es war ein echter Hingucker, in dem sich jede Frau wie die Ballkönigin fühlte. Ich konnte den Gedanken einfach nicht ertragen, diesem Drachen so einen Schatz in den Rachen zu werfen – das galt für das Kleid genauso wie für Arthur Winters. Perlen vor die Säue. Ich musste mich einfach einmischen! Also habe ich das Kleid zusammen mit der Einladung zum Abendessen an Arthurs altersmäßig viel besser passende Sekretärin geschickt und den matronenhaften Kaschmirschal an das geldgierige Flittchen! Nun dachte ich über die möglichen Folgen nach. Schlimmstenfalls würde ich meinen Job verlieren, weil ich eine Bestellung vertauscht hatte. Was ich allerdings sehr bezweifelte.

Charlene aus der Dessousabteilung erzählt heute noch gerne die Geschichte, wie sie einmal einen Spitzenteddy an die Frau eines fremdgehenden Ehemanns geschickt hatte, statt an seine Geliebte. Auf der Karte stand: »Nur noch vierundzwanzig Stunden, dann fährt sie zu ihrer Mutter!« Dagegen war meine kleine Verwechslung vollkommen harmlos.

Die zweitschlimmste Möglichkeit wäre die, dass sich Arthurs Sekretärin falsche Hoffnungen machte, weil sie glaubte, er hätte sie zum Essen eingeladen – und dann macht er ein langes Gesicht, wenn sie statt seiner Geliebten bei der Verabredung auftaucht. Bei dem Gedanken wurde mir ganz schlecht. Ich stellte mir vor, wie die entzückende, liebenswürdige Felicia ganz aus dem Häuschen war vor Freude, weil er sie endlich bemerkt hatte, aber Artie noch zu sehr trauerte, um die wahre Liebe zu erkennen. Es war wie eine Geschichte aus einer meiner Telenovelas. *Dios mio!* Was hatte ich da nur angerichtet?

»Entschuldigung, ich würde dieses Kleid gerne in die nächstgrößere Größe umtauschen.« Urplötzlich stand sie da, direkt vor mir, mit dem Kleid in der Hand. Nur unter Aufbietung aller Willenskraft schaffte ich es, ihr nicht um den Hals zu fallen und zu schreien: »Felicia!« Ich war mir sicher gewesen, dass die nicht mehr ganz so jugendliche Felicia nicht dieselbe Größe tragen würde wie das klapperdürre Kleidergestell, und ich hatte recht behalten! Ein Glück, dass sie das Teil vorher anprobiert hatte. Aber natürlich. Auf diesen großen Tag hatte sie schließlich siebzehn Jahre lang gewartet.

»Könnten Sie mir vielleicht helfen?«, fragte sie, nicht das kleinste bisschen verärgert, dass ich mit den Gedanken ganz woanders war. Ich schreckte hoch. »Tut mir leid, ich war gerade in Gedanken, ja, natürlich, ich helfe Ihnen gerne.«

Ich führte sie zur Umkleide, und als ich dann klopfte und

fragte, ob alles in Ordnung sei, machte sie auf und fragte mich, ob das Kleid so richtig saß.

»Absolut perfekt!«, schwärmte ich und meinte es auch.

»Ja, nicht wahr!«, entgegnete sie fröhlich. Sie drehte eine kleine Pirouette wie ein aufgeregtes Schulmädchen. »Ich glaube, das ist das schönste Kleid, das ich je getragen habe.«

Und dann meldete er sich wieder, der Einmischer. »Welche Schuhe wollen Sie denn dazu tragen?« Worauf sie auf die alten schwarzen Pumps an ihren Füßen zeigte, die *mindestens* aus der vorletzten Saison waren. Die gingen gar nicht. »Wir haben heute einen kleinen Sonderverkauf«, schwindelte ich – ich würde ihr einfach meinen Angestelltenrabatt geben. »Wenn Sie möchten, schließe ich hier ab, und wir gehen zusammen in die Schuhabteilung!«

»Oh, danke sehr«, strahlte sie mich an. »Das ist nämlich ein ganz besonderer Abend.«

»Ach, tatsächlich?«, fragte ich, dabei wusste ich das doch nur zu gut. »Das müssen Sie mir auf dem Weg alles ganz genau erzählen.«

Gemeinsam gingen wir in die Schuhabteilung im zweiten Stock, und ich suchte für sie ein Paar sexy schwarze Wildledersandaletten mit Absatz aus. Fast hätte ich es nicht geschafft, sie von den praktischen Pumps wegzulotsen, die sie sonst immer trug.

»Sie haben einen ausgezeichneten Geschmack, Tomás. Vielen lieben Dank.«

»Das kommt davon, dass ich mich mein halbes Leben im Schrank versteckt habe.«

Sie lachte. Und wie sie so dasaß, auf der weichen Couch in der Schuhabteilung, schüttete sie mir ihr Herz aus und erzählte mir alles über Arthur und ihre unerwiderte Liebe zu ihm. Sie vertraute mir an, dass es ihr das Herz gebrochen hatte, Arthur so leiden zu sehen, nachdem seine Frau gestorben war. Und wie ihre Freunde bei der Arbeit sie gedrängt hatten, sich ihm endlich zu offenbaren. Denn ihre Kollegen wussten alle seit Jahren, dass sie ihr Herz an ihn verloren hatte. Das war allen sonnenklar. Allen außer Arthur. Felicia war taktvoll und wartete eine Weile ab. Sechs Monate erschienen ihr angemessen. Aber auch dann brachte sie einfach nicht den Mut auf. Und dann hatte eines Tages Arthurs älteste Tochter Jessica bei ihr angerufen und sie eingeladen, am Labor-Day-Wochenende zum Grillen zu kommen. Es war Felicia, als hätte Arthurs Tochter ihr mit der Einladung ihren Segen gegeben. Felicia hatte sich schrecklich gefreut und eine perfekte Torte mit sieben verschiedenen Schichten gebacken. Drei Anläufe hatte sie dafür gebraucht, aber es war ihr gelungen. Die anderen, nur fast perfekten vierzehn Schichten hatte sie in die Suppenküche gebracht, in der sie sich ehrenamtlich engagierte. Die Frau war einfach eine Perle.

Wir kauften die Schuhe für sie, und ich überredete sie, sich in der Kosmetikabteilung im ersten Stock schminken zu lassen. Mal im Ernst, vermutlich hätte ich sie auch dazu überreden können, sich ein »ICH LIEBE ARTIE«-Tattoo stechen zu lassen. Während sie sich aufhübschen ließ, erzählte sie mir mit gespitzten Lippen und weit aufgerissenen Augen die Geschichte vom Labor-Day-Debakel. Sie war also fröhlich hineinspaziert mit der Torte in der Hand, und Arthurs Tochter hatte sie herzlich begrüßt. Sie hatte sich für die Torte bedankt und sie dann beiseitegenommen.

»Felicia, ich weiß, seit dem Tod meiner Mutter ist mein Vater am Boden zerstört, und es wird sicher noch eine Weile dauern, bis er das überwunden hat. In ihren letzten Wochen hat meine Mutter mir gestanden, dass ihre größte Angst nicht die vor dem Sterben war, sondern dass mein Vater ganz allein zurückbleibt. Sie hat mich darum gebeten, ihm zu helfen, eine wunderbare neue Frau zu finden. Sie hat sogar ausdrücklich gesagt: ›Jemanden wie Felicia.‹«

Felicia war so verblüfft gewesen, dass sie plötzlich Tränen in den Augen gehabt hatte. Und gerade, als sie sie wegzublinzeln versuchte, kam Arthur mit einer spärlich bekleideten und überparfümierten jungen Dame herein. (Nur eine wahre Perle würde dieses überkandidelte Flittchen als junge Dame bezeichnen.) »Es hat mir das Herz gebrochen«, sagte sie. »Meine Hände fingen an zu zittern, und ich musste seiner Tochter die Torte in die Hand drücken, weil die auch so schrecklich gezittert hat.« Arthur stellte seine Begleiterin allen Anwesenden vor und fragte seine Tochter, ob es Umstände machen würde, noch ein Gedeck aufzulegen. Arthurs Tochter ließ sich nichts anmerken – aber sie hatte ja auch eine großartige Lehrmeisterin gehabt. Sie nahm Sherri an die Hand und stellte ihr Felicia vor. Als die beiden so unerwartet in der Tür gestanden hatten, hatte sie Felicia zugeraunt: »Es tut mir so leid, Felicia, ich hatte ja keine Ahnung.« Worauf Felicia ihr lächelnd versichert hatte, sie bräuchte sich keine Gedanken zu machen, es sei alles in bester Ordnung. War es aber nicht.

Und dann hatte Arthur sie für heute Abend ins Four Seasons eingeladen – das war das Aufregendste, was ihr passiert war, seit … eigentlich überhaupt jemals. Der Visagist drehte Felicia in seine Richtung, damit sie sich konzentrierte. Während ich beobachtete, wie sie sich im Spiegel betrachtete, wurde mir ganz flau bei dem Gedanken daran, was für ein schlimmes, enttäuschendes Ende der Abend für sie nehmen könnte. Ich schwor mir, mich nie wieder in fremde Angelegenheiten einzumischen. Dann musste ich daran denken, wie Gott und Ruthie mich wohl dafür bestrafen würden, doch dann, »Voilà!«, drehte der Visagist Felicia schwungvoll im Stuhl zu mir herum. Sie sah umwerfend aus. All meine Bedenken lösten sich in Luft auf. Wenn Arthur Winters nicht die Augen aus dem Kopf fielen bei diesem Anblick, dann hatte er diese Frau einfach nicht verdient. Es wurde Zeit, dass Felicia entweder bei ihm landete oder weiterflog. Und das sagte ich ihr dann auch, und beim Hinausgehen trug sie den Kopf ein kleines bisschen höher als gewöhnlich.

Gut möglich, dass ich nie erfahren werde, wie der Abend ausgegangen ist. Das gehört zu den eher undankbaren Seiten des Lebens als Verkäufer. Ständig kommen Menschen herein auf der Suche nach dem perfekten Kleid für einen superwichtigen Tag: die Highschool-Abschlussfeier oder das fünfzigjährige Klassentreffen. Und das Kleid muss nicht nur zu den Schuhen passen. Es muss zu den jeweiligen Hoffnungen und Erwartungen passen. Es muss alle Zweifel und Bedenken auflösen, damit man sich keine Gedanken mehr darüber macht, ob man auch wirklich gut aussieht, und sich auf das Wesentliche konzentrieren kann. Während ich also die ganze Vorarbeit leiste, sehe ich selten das Endergebnis. Diesmal war ich allerdings noch mehr als üblich involviert und würde noch lange, nachdem Felicia Bloomingdale's verlassen hatte, an sie denken.

Wie versprochen versteckte ich das Max-Hammer-Kleid in Größe S im Hinterzimmer, damit Natalie es bei dem Fotoshooting mit diesem Filmstar tragen konnte. Ich hatte ihr hoch und heilig versprechen müssen, ihn nicht anzubaggern, sollte er je wieder hereinkommen. Wofür sie mir dann versprechen musste, uns miteinander zu verkuppeln, sobald er sich öffentlich geoutet hatte!

## 8

# Die einhundertste Klientin der Ostrich Detective Agency

*Von Andie Rand, Privatdetektivin*

Caroline Westmont betrat mein Büro um Punkt fünfzehn Uhr, von der Sonnenbrille bis zu den Schuhen komplett (und sehr elegant) in Chanel gekleidet. Sie wirkte sehr gefasst, bis sie die Sonnenbrille abnahm und darunter verquollene, tränenfeuchte Augen zum Vorschein kamen. Ich konnte mich nur zu gut an die Zeit der ständigen Heulerei erinnern. Wie ich versucht habe, mir vor den Kindern nichts anmerken zu lassen, so wie sie es womöglich vor ihren Kindern zu verstecken versuchte. Im ersten Jahr nach der Trennung hat mein armer Hund Franny eine wahre Tränenflut abbekommen. Manchmal wunderte es mich fast, dass sie Derek nicht jedes Mal, wenn sie ihn sah, ins Bein biss. Mal abgesehen von dem dringenden Rat, sich einen Hund zuzulegen, möchte ich meinen Klientinnen am liebsten immer sagen: »Alles wird gut, sehen Sie mich an, ich war da, wo Sie jetzt sind, und mir geht es blendend!« Aber das steht mir nicht zu. Ich bin keine Therapeutin, und in diesem Job habe ich rasch lernen müssen, dass ähnliche Situationen oft sehr unterschiedlich ausgehen können. Nicht für jede ist ein Seitensprung so unverzeihlich wie für mich. Für mich gab es danach kein Zurück mehr. Aber es gibt viele Paare, die auf der anderen Seite dieser Katastrophe herauskommen und bis dass der Tod sie scheidet zusammenbleiben – wobei dieser hoffentlich nicht frühzeitig vom gehörnten Ehepartner herbeigeführt wird!

Wie immer erkundigte ich mich ausführlich nach der Geschichte von John und Caroline Westmont. Sie berichtete die ganze brutale Wahrheit in allen Einzelheiten, und wie so oft in solchen Fällen traf sie damit einen wunden Punkt bei mir. Wenn ein Ehepartner fremdging, ließ mich das nicht kalt. Es fiel mir schwer, nicht immer gleich das Schlimmste zu vermuten, vor allem wenn der Mann in Verdacht stand. Ich wollte keine verbitterte, misstrauische Männerhasserin werden. Und in meinem Job wollte ich diesen Eindruck erst recht nicht vermitteln. Ich arbeite hart daran, offen zu bleiben und mir nur auf der Grundlage von Fakten und Beweisen eine Meinung zu bilden. Aber in diesem Fall lagen die Fakten klar auf der Hand.

Caroline war sich sicher, dass ihr Mann sie mit seiner Masseurin betrog, hatte aber keinerlei Beweise für diesen Verdacht. Bei ihrer Heirat vor zwölf Jahren hatte sie einen absolut wasserdichten, knallharten Ehevertrag unterzeichnet, und es gab darin nur eine einzige Klausel: Sollte eine der beiden Parteien fremdgehen, wurde der ganze Vertrag null und nichtig. John stammte aus einer sehr wohlhabenden Familie mit altem Geld, und die hatte in diesem Punkt nicht mit sich spaßen lassen. Nach langem Hin und Her hatte man sich schließlich auf einen Kompromiss geeinigt: besagte Untreueklausel. Sollte er eine außereheliche Affäre haben, würde er ihr bei der Scheidung fünf Millionen Dollar zusätzlich zahlen müssen. Eine Woche vor der Hochzeit unterschrieb sie die Papiere.

Es war eine wunderschöne Hochzeit in der Kathedrale St John the Divine, und die Frischvermählten zogen in eine Wohnung gleich um die Ecke in der 116th Street. Die zwar klein war, verglichen mit der riesigen 16-Zimmer-Wohnung an der Fifth Avenue, in der John aufgewachsen war, aber er hatte es nicht weit zur Arbeit, und sie fühlten sich unkonventionell und freigeistig wie Bohemiens. Während sie so ihre Geschichte erzählte, fragte ich mich, was sie wohl derart verändert haben konnte, denn unkonventionell und freigeistig war so ziemlich das Letzte, als das ich diese Frau beschreiben würde.

John war Professor für Filmwissenschaft an der Columbia University. Nach fünf Jahren Ehe – ihre Tochter Chloë war gerade zwei – kamen Johns Eltern bei einem schrecklichen Autounfall an der italienischen Amalfiküste ums Leben. (Sollten Sie je auf dieser ebenso malerischen wie halsbrecherischen Küstenstraße unterwegs gewesen sein, haben Sie sich sicher schon ausgemalt, wie Sie ein ähnliches Schicksal ereilt.) Nach Erledigung aller Formalitäten und nachdem ein bisschen Zeit vergangen war, zogen John, Caroline und Chloë in die großzügige Wohnung seiner Eltern an der Fifth Avenue. Und mit einem Schlag veränderte sich ihr ganzes Leben. Das Geld, das zwar schon immer da gewesen war, das sie aber weder gebraucht noch ausgegeben hatten, war mit einem Mal allgegenwärtig. Das Personal seiner Eltern wartete wie herrenlose Welpen im Tierheim mit großen Augen darauf, übernommen zu werden und ihre Arbeitsstellen behalten zu können. Natürlich übernahmen sie die Leute. Dazu fühlten sich John und Caroline verpflichtet. Der Stuck musste abgestaubt werden, und der Tisch mit den 24 Stühlen im Esszimmer schrie geradezu danach, dass man ihn deckte und sich in großer Runde daran setzte. »Also«, erklärte sie, »habe ich mich der Herausforderung gestellt. Zuerst war es sehr ungewohnt für mich, solche Gesellschaften zu organisieren. Eigentlich ist John der Geselligere von uns beiden. Aber ich liebte ihn und gab mir große Mühe, meiner neuen Aufgabe gerecht zu werden.«

Wir spulen vor durch zehn Jahre Dauerlächeln, während derer Caroline private Cocktailpartys für Chloës Klasse an der Spence gab, Fakultätsdinner für Johns Kollegen von der Columbia und Lunches für die Junior League. Caroline schien glücklich und hatte sich gut in ihre neue Rolle eingefunden. Bis eines Tages eine durchtrainierte Masseurin namens Anna die Bühne betrat und die scheinbar so wohlgesinnten Sterne vollkommen durcheinanderbrachte.

An diesem Punkt musste ich sie kurz unterbrechen.

»Moment, Caroline, Sie sagten, John sei Professor an der Columbia, und Sie glauben, er ist Ihnen bisher immer treu gewesen? Ich meine, Studentinnen und Professoren – das Klischee gibt es nicht umsonst.«

Sie dachte einen Augenblick nach.

»Das wäre John zu platt. Nach außen gibt er sich gerne als Gutmensch. Er würde nicht wollen, dass man schlecht über ihn redet, vor allem nicht an seiner Uni.«

»Klingt nach einem Heuchler«, stellte ich fest.

Sie lächelte. »Ganz genau.« Zum Abschied umarmte sie mich und sagte dann sehr nachdrücklich: »Anfangs wollte ich ihn ohne Wenn und Aber verlassen, so viel liegt mir nicht an dem Geld. Aber dann dachte ich mir, dass er dafür bezahlen sollte.«

Wir einigten uns darauf, dass sie mir Zugang zu ihrer Wohnung und seinem Terminkalender verschaffen und sie von mir hören würde, sobald ich etwas in der Hand hatte. Wie es der Zufall so wollte, hatte sie kürzlich neue Smartphones gekauft, und ihr Name stand auf allen drei Verträgen, also war es kein Problem, sie orten zu lassen. Ich war mir sicher, mit diesen Methoden würde es nicht lange dauern, John als den Mistkerl bloßzustellen, der er war.

# 9

# Dinner im Four Seasons

*Von Felicia (alias Arthur Winters' Sekretärin)*
*Alter: 52*

Das Four Seasons ist eines der gefeiertsten Restaurants von ganz Manhattan, das mittlerweile zu einer kulturellen Ikone und echten Institution avanciert ist. Es gehört ebenso zur Stadtgeschichte wie allseits beliebte und bejubelte New Yorker Bürger – wie der Basketballspieler Walt Frazier oder der ehemalige Bürgermeister Fiorello LaGuardia – und wird in einem Atemzug genannt mit dem Rainbow Room oder dem Carnegie Deli. Wie bei der Frage nach dem Huhn und dem Ei ist es schwer zu sagen, ob New York diese Legenden erschaffen hat, oder ob diese Legenden New York erschaffen haben.

Bisher hatte ich noch nie auch nur einen Fuß ins Four Seasons gesetzt. Wobei, das stimmt nicht so ganz. Einmal, vor langer, langer Zeit, war ich kurz dort, um etwas an der Garderobe abzugeben. Die nette Garderobiere hatte versprochen, meinem Boss Mr Winters die wichtige Akte hineinzubringen, die er im Büro liegen gelassen hatte. Er war zu einem »Power Lunch« verabredet gewesen. Der Begriff »Power Lunch« wurde, glaube ich, im Four Seasons erfunden. Leider gibt es Gerüchte, es müsse bald schließen, weil der Pachtvertrag ausläuft. Sollte dieser Tag je kommen, stelle ich mir vor, wie unzählige New Yorker Topmanager ziellos wie Zombies durch die Straßen ziehen auf der Suche nach einem neuen Ort zum Sehen und Gesehenwerden. Eigentlich müsste man doch denken, irgendwer würde aufstehen und für eine derartige Legende kämpfen.

Damals nannte ich ihn noch Mr Winters. Nicht lange danach durfte ich ihn beim Vornamen nennen. Und nicht lange nachdem ich ihn Arthur nennen durfte, habe ich mich in ihn verliebt. Heute Abend waren wir im Four Seasons verabredet, und ich hoffte, wir würden im berühmten Pool Room essen. Aber eigentlich war es ganz egal, wo wir saßen. Ich hatte eine Verabredung mit Arthur Winters. Dem Mann, den ich seit siebzehn Jahren heimlich liebte. Ich hätte nie gedacht, diesen Tag einmal erleben zu dürfen. Ich schaute auf die Uhr. Beinahe fünf Minuten zu früh. Unmöglich. Ich ging also rasch zur Damentoilette, um einen Blick in den Spiegel zu werfen.

Heute war zwar meine erste Verabredung mit Arthur Winters, aber eigentlich führte ich bereits seit siebzehn Jahren eine heimliche Beziehung mit ihm. Doch anders als sonst bei einer heißen Affäre, wo die betrogene Ehefrau die Ahnungslose ist, war in diesem Fall auch der Ehemann vollkommen blauäugig. Manchmal dachte ich mir, Marilyn müsse gewusst haben, dass ich in ihren Mann verliebt war. Und ich war mir ganz sicher, dass das halbe Büro Bescheid wusste. Aber Arthur? Arthur selbst hatte keinen Schimmer. Was Liebe und Romantik anging, hatte er einen regelrechten Tunnelblick. Seine Frau und seine Töchter bedeuteten ihm alles. Marilyn schien nicht den geringsten Zweifel an seiner Treue gehabt zu haben und war mir nie anders als mit aufrichtiger Dankbarkeit begegnet, weil ich mich von Montag bis Freitag von 9 bis 17 Uhr so gut um ihren über alles geliebten Mann kümmerte. Arthur liebte seine Frau abgöttisch und hatte nur Augen für sie. Das war eine seiner Eigenarten, deretwegen ich mich in ihn verliebt hatte. In all der langen Zeit, die ich nun schon für ihn arbeite, hatte er sich immer absolut korrekt verhalten.

Glauben Sie jetzt bitte nicht, ich sei ein hoffnungsloser Fall und altjüngferlich bis zum Gehtnichtmehr. Natürlich habe ich mich mit anderen Männern verabredet. Zeitweise war ich richtig umtriebig, habe Singleveranstaltungen besucht und meine Freundinnen angestiftet, mich ihren alleinstehenden Freunden und Bekannten vorzustellen. Manchmal war ich den ganzen Zirkus aber auch einfach nur leid und glücklich und zufrieden mit meinem Singledasein. Ich habe Zeit mit Freundinnen verbracht, bin Film- und Theaterclubs beigetreten und so einiges mehr. Ich habe durchaus versucht, den Mann fürs Leben zu finden. Aber wenn das Herz schon vergeben ist, fällt es schwer, es an jemand anderen zu verschenken. Man hätte mir vermutlich einen Baseballschläger über den Schädel ziehen müssen, damit ich Augen für einen anderen Mann als Arthur gehabt hätte, aber dieser entscheidende Schlag ist immer ausgeblieben.

Und wenn ich in den vergangenen Jahren doch mal mit einem Mann im Bett gelandet bin, habe ich dabei immer an Arthur gedacht. Als damals der Mann, mit dem meine Cousine Stacey mich verkuppeln wollte, nach einigen Margaritas zu viel im Rosa Mexicano mit zu mir nach Hause gekommen ist, da war es Arthurs Hand, die zärtlich den Reißverschluss meines Kleides aufzog und mir über den Rücken strich. In den vergangenen siebzehn Jahren war nie ein anderer als Arthur das Objekt meiner Begierde. Nie habe ich dabei die Augen aufgemacht und den Mann angesehen, mit dem ich gerade schlief. Nie habe ich mir vorgestellt, mit jemand anderem zu schlafen als mit ihm. Inzwischen glaube ich, sollte ich jemals im wahren Leben mit ihm zusammenkommen und er würde mich an der richtigen Stelle berühren, ich würde auf der Stelle explodieren!

Sie denken jetzt womöglich, ich wäre verrückt, aber glauben Sie mir, man kann sich nicht aussuchen, in wen man sich verliebt. Vielleicht haben Sie sich in den richtigen Menschen verliebt, jemanden, der ungefähr so alt ist wie Sie, derselben Religion angehört, jemanden, von dem Ihre Eltern entzückt wären, wenn Sie ihn oder sie mit nach Hause brächten. Wenn dem so ist – dann glauben Sie mir vermutlich nicht. Aber Sie hätten sich genauso gut in Ihre Laborpartnerin am College verlieben können, die aus einem kleinen Ort in den Appalachen stammte, und in dem Moment, als sie die Hand nach dem Becherglas ausstreckte und Ihre Finger sich zufällig streiften, da wäre es rettungslos um Sie geschehen gewesen. Und es wäre ganz egal gewesen, ob er eine Sie ist oder sie ein Er oder ob sie oder er schon einen Freund oder eine Freundin hat. Das ist im ersten Collegejahr meiner Mitbewohnerin aus dem Wohnheim passiert. Eigentlich hatte sie was mit dem Star des Footballteams, und dann kam so ein Mädchen aus Kentucky und hat ihr hinterrücks das Herz gestohlen. Einfach so. Man kann nichts dafür, in wen man sich verliebt. Die Liebe trifft einen wie ein Blitz aus heiterem Himmel, sie packt einen und schüttelt einen durch, und selbst wenn man Chemie abwählt oder den Arbeitsplatz wechselt, was ich schon vor einer Ewigkeit hätte tun sollen, bestimmt sie noch immer unser Begehren, und es ist verdammt schwer, sich aus ihren Klauen zu befreien.

Ich liebte also Arthur Winters, und das schon sehr, sehr lange. Und bis gestern, als mir dieses umwerfende Kleid und die Einladung zum Abendessen im Four Seasons ins Haus flatterten, hätte ich nie gedacht, dieses Gefühl könne tatsächlich auf Gegenseitigkeit beruhen. Wobei ich nicht vergessen darf, dass das alles nur sein kann, weil seine wunderbare Frau nicht mehr unter uns ist. Aber gleichzeitig werde ich ganz kribbelig vor Aufregung bei dem Gedanken daran, dass sich zwischen uns etwas ergeben und ich ihn wieder von Herzen glücklich machen könnte.

Als ich vor vierunddreißig Jahren in unserer Firma anfing, war mir bewusst, dass es langsam Zeit wurde, sich nach dem Mann fürs Leben umzuschauen. Ehrlich gesagt war ich damals schon recht spät dran, aber ich wollte nicht den Erstbesten nehmen, so wie einige meiner Freundinnen es zu ihrem späteren Leidwesen getan hatten. Meine biologische Uhr hörte ich noch nicht ticken, und ich war fest davon überzeugt, dass es passieren würde, wenn es passieren sollte. Und was die Arbeit anging, so war ich da auch nicht gerade überambitioniert. Ich wollte nicht um jeden Preis Karriere machen. Damals stellte ich mir vor, ich würde ein paar Jahre in der Firma bleiben, mich verlieben, heiraten, ein Kind bekommen und nach der Babypause woanders arbeiten. Nicht im Traum wäre ich darauf gekommen, eines schönen Tages die dienstälteste Chefsekretärin des gesamten Unternehmens zu werden (die Auszeichnung wurde mir vor drei Jahren verliehen), und ich hatte ganz sicher nicht vor, als alte Jungfer zu enden. Aber mit vierundfünfzig schien ich auf dem besten Weg dorthin. Seit beinahe zwei Jahrzehnten hatte ich eine einseitige Liebesaffäre mit einem verheirateten Mann. Heute Abend würde sie nun endlich tatsächlich beginnen, oder ich würde die Hoffnung für alle Zeiten begraben.

# 10

# Dinner im Four Seasons

*Von Arthur Winters, Rechtsanwalt*
*Alter: 60*

Ich war spät dran. Sherri konnte es nicht ausstehen, wenn ich zu spät kam. Eigentlich hatte ich vorgehabt, schon vor ihr da zu sein und sie von Julian, dem Oberkellner, an unseren Tisch führen zu lassen. Der Grund für meine Verspätung ist mir offen gestanden etwas peinlich – ich hatte mich sage und schreibe fünfmal umgezogen. Sherri hatte nach und nach angefangen, mich etwas »hipper« stylen zu wollen, und ich hatte sie mehr oder weniger gewähren lassen. Erst als sie mir schließlich eine Brille von einem Laden namens Warby Parker aufschwatzen wollte, hatte ich mich zur Wehr gesetzt. Sie meinte, mit meiner Brille sähe ich aus wie Warren Buffet, dabei sollte ich mehr auf Warren Beatty machen. Ich war schon froh, dass ich ausnahmsweise wusste, von wem die Rede war, aber ich habe trotzdem nicht nachgegeben. Ich mochte meine Brille; die hatte meine Frau für mich ausgesucht.

Sie brauchen mir nicht erst zu sagen, wie lächerlich das alles klingt. Ich bin mir der Tatsache sehr wohl bewusst, dass ich mit einer Frau zusammen bin, die meine Tochter sein könnte und mit der ich kaum etwas gemeinsam habe. Ich meine, nehmen wir nur mal den heutigen Abend. Die Reservierung im Four Seasons habe ich nicht aus einem der wunderbaren

Gründe gemacht, die man sonst hat, wenn man sich zu einem besonderen Anlass für das Four Seasons entscheidet. Nein, ich habe uns dort einen Tisch reserviert, weil Sherri mir gesagt hatte, sie wollte schon immer mal dorthin. Worüber ich mich sehr gefreut hatte, bis sie mir den Grund dafür nannte.

»Weil mein Lieblingsstar aus ›Real Housewives of New York‹ da geheiratet hat! War alles im Fernsehen!« Worüber ich lachen musste, mehr über mich als über sie, als ich mir vorstellte, welche Diskussionen sich ergeben würden, sollten wir irgendwann in Zukunft mal zusammen fernsehen wollen.

Ich bin kein Idiot, auch wenn ich vielleicht so wirke. Mir macht das nichts aus. Ich habe die Liebe meines Lebens verloren, und die kleine Sherri ist in allem so ziemlich das genaue Gegenteil von meiner Marilyn – sie erinnert mich nicht im Geringsten an meine verstorbene Frau. Und das ist gut so.

Ich hatte nie vor, mir ein junges Mädchen wie Sherri anzulachen. Ich habe sie bei einem Doppel-Blind-Date kennengelernt, als mein frisch geschiedener Mitbewohner aus Collegezeiten mich fragte: »Das Mädchen, mit dem ich mich verabredet habe, hat eine Schwester, willst du sie nicht mal kennenlernen?«

Eigentlich fühlte ich mich noch lange nicht bereit für eine Verabredung, aber langsam beschlich mich die Angst, es womöglich nie zu sein, also sagte ich zu. Ich hielt das für eine gute Gelegenheit, vorsichtig einen Zeh ins Wasser zu tauchen – mit vier Personen an einem Tisch zu sitzen klang wesentlich harmloser, als mit einem Tisch für zwei anzufangen. Aber dort angekommen musste ich feststellen, dass die Verabredung meines Freundes gut zwanzig Jahre jünger war als er und ihre kleine Schwester Sherri aussah, als sei sie ungefähr so alt wie meine Töchter. Offen gestanden war ich etwas entsetzt, aber ich versuchte, mir nichts anmerken zu lassen. Sherri schien es entweder nicht zu bemerken, oder es machte ihr nichts aus. Der Wein floss reichlich, und wir unterhielten uns angeregt. Ich lachte zum ersten Mal seit Marilyns Tod wieder laut, ohne mich dafür zu schämen. Als Sherris Schwester beiläufig erwähnte, wie gerne sie Tony Bennett und Lady Gaga in der Radio City Music Hall sehen würde, und mein Freund anbot, für uns alle Karten zu besorgen, willigte ich ein mitzukommen. Sherri schien ganz aufgeregt deswegen, und eigentlich fand ich die Mädchen beide sehr nett. Aus zwei Verabredungen wurden irgendwann immer mehr gemeinsame Abendessen, bis sie schließlich über Nacht und zum Brunch blieb, und ehe ich michs versah und ohne dass ich es gewollt oder vorgehabt hätte, feierten wir nun das viermonatige Jubiläum unserer ersten Verabredung.

Als ich ankam, freute ich mich sehr darauf, Sherri das Four Seasons zu zeigen, auch wenn sie es aus mir nicht nachvollziehbaren Gründen sehen wollte. Julian, der Oberkellner, begrüßte mich herzlich – ich war schließlich seit Jahren Stammgast – und führte mich zu meiner Verabredung, die mit dem Rücken zu uns an der Bar saß. Von hinten sah ich das kleine Schwarze, das Bloomingdale's Sherri hatte zuschicken sollen –, aber das war nicht Sherris Rücken. Die Frau in dem Kleid stand auf und drehte sich zu mir um. Sie lächelte mich strahlend an. Sie war atemberaubend. Es war Felicia.

Ich war sprachlos und doppelt verwirrt. Nicht nur war das nicht die Frau, die ich hier erwartet hatte, nein, sie sah auch noch so ganz anders aus als sonst. So hatte ich sie noch nie gesehen. Sie begrüßte mich mit einem Küsschen auf die Wange.

»Hallo Arthur, Sie wirken so verblüfft, mich hier zu sehen!« Ich sagte kein Wort. »Ich weiß, ich sehe ganz anders aus als im Büro.« Noch immer kein Wort. »Ist bloß ein bisschen Make-up und …«

Ich riss mich zusammen und unterbrach sie. »Nein, Sie sehen hinreißend aus, es ist schön, Sie mal woanders zu sehen … so am Abend. Es ist nur so ungewohnt.« Rasch und unauffällig sah ich mich um, ob Sherri nicht irgendwo anders saß.

»Na, Sie haben mich ja schließlich selbst eingeladen!« Sie lachte. »Und mir sogar das passende Kleid dazu geschickt. Also dachte ich, ich sollte es auch tragen!«

»Aber natürlich!« Ich nahm ihren Arm, vollkommen verwirrt, aber unerklärlicherweise auch nicht unglücklich über diese unerwartete Wendung. »Gehen wir doch zu unserem Tisch.«

Sie nahm ihre Handtasche. »Danke. Ich wollte immer schon mal ins Four Seasons. Wissen Sie, dass Jack Kennedy an dem Abend, als Marilyn Monroe ›Happy Birthday‹ für ihn gesungen hat, hier zu Abend gegessen hat?«

»Wirklich? Das wusste ich nicht.« Wieder lachte ich leise über mich. Es war schön, ausnahmsweise zu verstehen, wovon die Rede war.

»Keine Sorge«, sagte sie. »Ich erwarte nicht, dass Sie für mich singen.«

Ach ja, *richtig* – sie hatte ja heute Geburtstag. Endlich fügten sich die Puzzleteilchen zusammen. Das Ganze war eine Verwechslung. Sherri würde schäumen vor Wut.

Das Abendessen war wunderbar. Essen und Wein waren hervorragend, das Gespräch entspannt, und irgendwann fing ich an, das unablässig vibrierende Handy in der Tasche zu ignorieren, das von Sherris Nachrichten und Anrufen zu implodieren drohte. Sicher sprang sie schon im Dreieck vor Wut. Wir redeten über alles und nichts, aber am meisten berührte es mich, wie sie über Marilyn redete. »Wissen Sie noch, wie Marilyn die Überraschungsparty für Sie organisiert hat und ich Sie einfach nicht dazu bringen konnte, das Büro zu verlassen?« Oder: »Wissen Sie noch, wie Marilyn die neue Freundin von Stanley aus der Buchhaltung, die seiner Frau den Mann ausgespannt hatte, immer mit dem Namen seiner Exfrau angesprochen hat, nur um sie zu ärgern?« Wir lachten und lachten, bis mir irgendwann aufging, dass alle anderen um mich herum es tunlichst vermieden, Marilyns Namen auch nur zu erwähnen, aus Angst, mich wieder an sie zu erinnern. Als würde ich nicht an sie denken, wenn niemand über sie redete. Es war, als wüsste Felicia als Einzige, dass ich sowieso ständig an sie dachte und dass es irgendwie etwas Tröstliches hatte, ihren Namen laut auszusprechen. Abgesehen von dem Essen und dem Wein und dem angeregten Gespräch kam ich aus dem Staunen nicht heraus, wie hübsch sie aussah. Die Frau, die ich seit siebzehn Jahren an beinahe jedem einzelnen Arbeitstag gesehen hatte, war wirklich bildhübsch. Ich hatte ihr nur nie gegenübergesessen und in ihre schönen blauen Augen geschaut. Mein Telefon hörte gar nicht mehr auf zu vibrieren.

Schließlich entschuldigte ich mich kurz und rief von der Herrentoilette aus Sherri an. Wie erwartet war sie außer sich vor Wut. Vor Wut über den »Oma«-Kaschmirschal und die »nichtssagende« Karte, vor Wut über unser geplatztes Jubiläum und vollkommen außer sich, weil ich diese blöde Geschichte nicht gleich, als ich Felicia gesehen hatte, aufgeklärt hatte und, was das *Allerschlimmste* war, dass Felicia jetzt *ihr* kleines Schwarzes trug. Ich beruhigte sie, so gut ich konnte, und versprach ihr, es kurz zu machen und anschließend gleich zu ihr zu kommen. Ich sagte ihr, wir würden etwas Neues ausmachen, und das würde dann zum Trost doppelt so schön. Und gerade, als ich schon dachte, ich hätte die Kuh vom Eis, sagte sie: »Und sag ihr, ich will das schwarze Kleid zurück.« Ach herrje. Das konnte ich doch nicht machen. Ich ging zurück an unseren Tisch, und da passierte etwas Seltsames. Ich sah Felicia, und plötzlich hatte ich ein leises Kribbeln im Bauch. Ich konnte doch unmöglich etwas für eine Frau empfinden, mit der ich seit Jahrzehnten zusammenarbeitete. Ich schob es also auf meinen Zuckerheißhunger – nach einem guten Essen habe ich anschließend immer Lust auf etwas Süßes. Die Spezialität des Hauses, die Zuckerwatte, und die Schwarzwälder Kirschtorte, die ich bestellt hatte, würden meinen Appetit auf Süßes hoffentlich stillen.

»Was steht denn außer dem Four Seasons noch auf Ihrer ›Was ich immer schon mal machen wollte‹-Liste?«, fragte ich.

»Ich habe noch nie eine Show im Carlyle gesehen«, erwiderte sie prompt.

Es entstand eine kleine Pause – die ich vermutlich mit einer Einladung ins Carlyle hätte füllen sollen, aber ich wollte ihr keine falschen Hoffnungen machen. Ihr schien es nicht weiter aufzufallen, dass eine Einladung meinerseits ausblieb, und stattdessen fragte sie mich: »Und bei Ihnen?«

»Hmmm …« Ich überlegte. »Ich bin noch nie über die Brooklyn Bridge spaziert.«

»Wirklich nicht?«, rief sie. »Na, das ist ja einfach. Ich kenne die beste Pizzeria der Stadt, gleich auf der anderen Seite. Die Pizza geht auf mich!«

Ich lächelte und ging auf ihren unausgesprochenen Vorschlag ein. »Klingt gut.«

»Wie wäre es mit nächsten Sonntag?«, fragte sie mit blitzenden Augen. »Am Sonntag soll das Wetter ganz herrlich werden.«

Eigentlich hätte ich sagen müssen, dass ich da schon etwas anderes vorhätte, aber irgendetwas hielt mich davon ab.

# 11

# Eine außerhäusige Erfahrung

*Von Albert, Jeremys Pressesprecher*
*Alter: 35, gefühlt stramm auf die 60 zugehend*

Ich wachte wie immer eine halbe Stunde vor dem Wecker auf, und wie immer blieb ich liegen und wartete, bis er klingelte. Es ist ein Ritual. Ich weiß auch nicht, warum ich das mache. Ich hoffe immer, dass ich noch mal kurz einnicke. Tue ich aber nicht. Würde in dieser halben Stunde ein Seelenklempner in meinen Kopf klettern und sich die vielen Gedanken, Erinnerungen und düsteren Zukunftsvisionen anschauen, die wahllos miteinander kollidieren wie Kugeln auf einem Billardtisch, würde er sicher mehr als genug Material für eine eingehende Analyse finden. Heute allerdings galt meine ganze Sorge dem bevorstehenden Tag.

Hank hatte mich am Abend vorher angerufen. Er hatte eine, wie ich fand, ziemlich gute Idee. Und jetzt machte ich mich verrückt, weil ich sie nicht hatte umsetzen können. Da niemand das Mädchen von vorne gesehen hatte, fand er, wir sollten lieber unser eigenes Mädel engagieren, eine, die der Kleinen von Bloomingdale's ähnlich sah, und sie statt ihrer für die inszenierten »Paparazzi«-Fotos nehmen. Hank wollte immer alles unter Kontrolle haben. Er sorgte sich, dass wir dem Mädel von Bloomingdale's nicht trauen konnten, und wollte die blühenden Gerüchte um Jeremys angebliche

Homosexualität im Keim ersticken. Ehrlich gesagt war ich ein bisschen stolz darauf, wie standhaft Jeremy sich geweigert hatte, irgendeinen Kommentar dazu abzugeben. Und ein bisschen gekränkt, weil Hank »schwul« im gleichen Tonfall sagte wie »Nazi« oder »Republikaner«. Der Mann hatte einfach keine Hirn-Mund-Schranke.

Ich rief Jeremy an und erzählte ihm von der Idee, ein anderes Mädchen als seine Pseudofreundin zu casten, aber er bestand darauf, das Mädel von Bloomingdale's zu nehmen. Natalie heißt sie wohl. Und erzählte mir endlos irgendwas über einen Typen namens Flip Roberts. Als mir klar wurde, dass er sich nicht umstimmen lassen würde, hörte ich gar nicht mehr richtig hin und spielte stattdessen eine Runde Candy Crush Saga. Auf ganzer Linie versagt.

Nachdem ich den Morgen damit verbracht hatte, einer handverlesenen Auswahl unterschiedlichster Medien die Fotos anzubieten, machte ich mich gegen Mittag auf den Weg zum Fotoshooting. Wir trafen uns vor den Astoria Studios in Queens. Ein Freund von HBO hatte alles für mich organisiert. Sie drehten dort für eine Lana-Turner-Biografie gerade eine Szene auf dem roten Teppich, und er hatte mir versprochen, dass wir in der Mittagspause das Set nutzen durften. Das Set und ein bisschen Photoshop, und wir hätten die perfekten Bilder vom roten Teppich, und alle Probleme wären gelöst. Hank bestand darauf, dass ich Jeremy mit dem Wagen abholte, aber davon wollte Jeremy nichts wissen. Er sagte, er käme mit der U-Bahn nach Queens. Keine Ahnung, was in ihn gefahren ist. Ich hätte gedacht, er weiß nicht mal, wie man U-Bahn fährt, geschweige denn, dass er allein nach Queens finden würde. Die Horrorvorstellung, wie er im R Train von Fans umlagert wurde, brachte mich dazu, die erste Xanax des Tages anzuknabbern. Die Geschichte hatte das Potenzial, sich zum schlimmsten Albtraum jedes Pressesprechers zu entwickeln, und ich hatte Angst, dass uns das alles um die Ohren fliegen und uns ruinieren könnte.

So stand ich also vor dem HBO-Gebäude und wartete auf das Mädchen. Und als ich sie sah, wusste ich sofort, was in Jeremy gefahren war oder vielmehr wer – Natalie aus Astoria. Um 13.15 Uhr hielt ein Taxi vor dem Gebäude, und er stieg aus. Etwas spät, aber in ganzer Pracht und Herrlichkeit. Sein Anblick verschlug mir immer noch den Atem. Er hatte Haare wie Ben Affleck, ein Lächeln wie Robert Redford, ein Sixpack wie Ryan Gosling und einen Gang – einen Gang wie Denzel Washington. Ich konnte mir lebhaft vorstellen, dass jeder schwule Mann elektrisiert war von den letzten Meldungen und hoffte, er könne tatsächlich einer von uns sein. Fast hatte ich ein schlechtes Gewissen, sie so bitter enttäuschen zu müssen.

»Wieso habe ich immer, wenn ich spät dran bin, das Gefühl, dass die ganze Stadt sich gegen mich verschworen hat?«, fragte er und strahlte uns mit seinem Heller-als-die-Sonne-Filmstarlächeln an. Die Verspätung war sofort verziehen.

»Ich dachte, du wolltest mit der U-Bahn kommen?«, fragte ich und klopfte ihm zur Begrüßung kurz auf die Schulter.

»Ich hatte keine Karte.« An Natalie gewandt fragte er: »Wo kriegt man denn diese Karten her, die wir letztens benutzt haben?«

Lachend verdrehte sie die Augen. »Das ist eine Metro Card. Äußerst exklusiv, das kann ich dir leider nicht verraten.«

»Sie zieht mich immer auf«, murmelte er mit Dackelblick. Dann runzelte er die Stirn, biss sich auf die Lippe und fragte, ob Hank auch käme.

»Nein, nur wir drei«, entgegnete ich, worauf er aufhörte, auf seiner Lippe herumzukauen, und sein Tausend-Watt-Strahlen wieder anknipste. Ich schmolz wie Eis in der Sonne. Natalie, die Pseudofreundin, sah es und lächelte mir vielsagend zu, während wir gemeinsam auf das Studiogelände gingen.

Sie war wirklich sehr niedlich. Große Augen wie ein Kind im Süßigkeitenladen. Sie versuchte nicht mal, cool oder unbeeindruckt zu wirken. Mit lauten Ohs und Ahs schaute sie sich staunend um, und als mein Bekannter uns mit einem viel zu kleinen Golfkarren abholte, bestürmte sie ihn mit einer Million Fragen über das Set und das Studio, und dann hopste sie Jeremy so selbstverständlich auf den Schoß, als hätte sie das schon ihr ganzes Leben lang getan. Die beiden wirkten nicht, als hätten sie sich erst vor ein paar Tagen kennengelernt. Das schrie geradezu nach einer kleinen Trostpflasteraffäre, was nur die Wahrscheinlichkeit erhöhte, dass uns die ganze Geschichte unbarmherzig um die Ohren fliegen würde. Wenn Jeremy was mit ihr anfing und sie dann sitzen ließ, musste ich das sofort erfahren, damit wir umgehend Gegenmaßnahmen einleiten konnten, um sie davon abzuhalten, an die Presse zu gehen. Ein Pressesprecher hat nie Feierabend. Während sie sich umzog, fragte ich ohne Umschweife nach. »Und, hast du schon mit ihr geschlafen?« Ich rückte ihm die Krawatte zurecht, während er einen Kussmund zog und amüsiert über meine Frage schmunzelte.

»Natürlich nicht, Albert, du weißt doch, dass sie nicht mein Typ ist.«

Der Fotograf prüfte die Lichtverhältnisse, und Jeremy bat ihn, ein Foto von uns zu machen. Wir lächelten in die Kamera, und er legte einen Arm um meine Schultern. »Der Mann ist die Liebe meines Lebens!« Und dann packte er mein Gesicht mit beiden Händen und drückte mir einen dicken, fetten Schmatzer mitten auf den Mund!

Unwirsch schob ich ihn beiseite. »Okay, okay, genug herumgealbert, du weißt doch, was Hank gesagt hat. Du sollst keine Kerle knutschen!«

»Egal. Wer braucht schon Hank Haberman!«, rief er inbrünstig.

Ich musste lachen. Die Antwort auf diese Frage kannten wir beide nur zu gut. Insgeheim freute ich mich über diese kleine Freundschaftsbezeugung. Er war wirklich ein Schatz. Er hatte so eine Art, die einem das Gefühl gab, etwas ganz Besonderes zu sein. Als wäre man selbst der Star. Es gab nicht viele Menschen, die das in ihm sahen. Die meisten sahen nur das Lächeln, die Haare, das Sixpack und den coolen Gang und übersahen den Menschen dahinter.

Natalie kam in dem kleinen Schwarzen heraus. Sie sah umwerfend aus. Nicht im Hollywood-Sinn umwerfend. Sie schien von innen heraus zu strahlen, als sie Jeremy anschaute, als wollte sie sagen: »Bin ich okay so?« Sie hatte so etwas Süßes, Unschuldiges. Sie schien überhaupt nichts von ihm zu wollen.

»Ehrlich gesagt finde ich, so ein Mädchen würde besser zu dir passen, als deine Ex je zu dir gepasst hat«, raunte ich ihm zu, während er sie sehnsuchtsvoll anschmachtete.

»Ich auch, aber sie steht nicht auf mich.«

»Das kann ich mir nicht vorstellen.«

»Stimmt aber. Sie ist echt toll, ich mag sie sehr. Aber sie hängt noch an ihrem Ex. Echt, ich wünschte, ich könnte diese ganze Woche aus meinem Gedächtnis löschen. Erst werde ich betrogen, dann kriege ich eine fette Abfuhr. Ich fühle mich … grauenhaft. Bringen wir's hinter uns.«

Also machte ich mich an die Arbeit und sorgte dafür, dass alles schnell und reibungslos über die Bühne ging. Einen depressiven Schauspieler konnte ich im Moment wirklich nicht brauchen, und, ehrlich gesagt, tat er mir auch ein bisschen leid. Er war viel empfindsamer, als es den Anschein hatte. Es dauerte nur ein paar Minuten, bis wir die perfekten Fotos im Kasten hatten, einschließlich etlicher Nahaufnahmen, und mit ein bisschen Photoshop würde man den Hintergrund nicht mehr von dem bei der Premiere unterscheiden können. Ich gab vor, ich hätte noch etwas Wichtiges mit Jeremy zu besprechen, damit er eine Entschuldigung hatte, mit mir statt mit ihr zurückzufahren, und dann standen wir auch schon wieder draußen. Natalie schien enttäuscht zu sein, aber das war mir egal. Besser, *sie* war enttäuscht als mein Junge.

Zum Abendessen war ich wieder zu Hause. Ich saß mit meinem Freund auf der Couch, und wir aßen gerade was von Havana Shanghai, dem göttlichen chinesisch-kubanischen Laden einen Block weiter. Alles in allem war der Tag eigentlich kurz und schmerzlos verlaufen. Bis um halb acht an diesem Abend, als der Schmerz zehnfach über uns hereinkrachte, und zwar zur allzu vertrauten Titelmusik von *Entertainment Tonight*.

Sie wissen schon … ich muss Ihnen das jetzt nicht vorsingen.

»EXKLUSIVES VIDEO. FRAUENSCHWARM JEREMY MADISON ZEIGT SEINE NUN-NICHT-MEHR-GEHEIME LIEBE, SEINEN PRESSESPRECHER ALBERT STEIN, NUR HIER BEI ENTERTAINMENT TONIGHT!«

Gut möglich, dass Sie das haben kommen sehen. Ich, wie unschwer zu übersehen war, jedenfalls nicht. Irgendwer im Filmstudio musste Jeremys Liebeserklärung an mich mitgefilmt und das Video an *Entertainment Tonight* verkauft haben. Während Schwule auf der ganzen Welt vor Entzücken jubelten, wäre ich beinahe an meinem kubanischen Schweinefleischbällchen erstickt, mein Freund schüttete mir ein Glas sehr teuren Wein ins Gesicht und stürmte wutentbrannt aus der Wohnung, und Jeremy rief mich in heilloser Panik auf dem Handy an.

»O Gott, o Gott, o Gott! Jemand hat mich gefilmt, wie ich gesagt habe, wer braucht schon Hank Haberman!« Sein Wortschwall entbehrte jeglicher Logik. »Ich brauche Hank Haberman! *Ich brauche Hank Haberman!* Jetzt wird er mich fallen lassen. Ich komme zu dir!«

»Komm nicht her!«, kreischte ich und tupfte mir den Wein aus dem Gesicht. »Du machst alles nur noch viel schlimmer! Wir dürfen nicht zusammen gesehen werden!« Aber da hatte er schon aufgelegt. Hektisch kramte ich in der Tasche nach einer Xanax zum Anknabbern und tippte ihm eine wirre Nachricht, er solle bloß wegbleiben, aber schneller als der Lieferjunge von Havana Shanghai stand Jeremy bei mir vor der Tür. Ich wappnete mich schon für einen weiteren hysterischen Ausbruch, aber er wirkte recht gefasst.

»Du hast dich beruhigt«, stellte ich misstrauisch fest.

»Vor dem Haus steht eine ganze Horde Reporter und Paparazzi«, meinte er achselzuckend. »Ich habe also das ganze Missverständnis aufklären können.«

»Gott sei Dank«, seufzte ich und wurde plötzlich auch ganz ruhig. Puh. Er war zur Besinnung gekommen, er hatte alles aufgeklärt, er hatte der Welt gesagt, dass er nicht schwul war und mich auch nicht liebte. Ich hörte auf, an meiner Xanax zu knabbern. Dann setzte ich mich auf die Couch und atmete tief durch. »Was hast du ihnen denn gesagt?«

Er schien sehr zufrieden mit sich. »Ich habe gesagt: ›Hank Haberman ist der beste und fähigste Agent, den man sich wünschen kann, und mein Kommentar wurde vollkommen aus dem Zusammenhang gerissen.‹« Und dann strahlte er mich an, als hätte er gerade den Weltfrieden ausgehandelt, dabei hatte er sich bloß bei Hank eingeschleimt. Ich steckte mir die ganze Xanax in den Mund.

## 12

# Eine Sonntagsliebe

*Von Arthur Winters, Rechtsanwalt*

Ich kam schon wieder zu spät zu meiner Verabredung mit Felicia, weil ich mich wieder fünfmal umgezogen hatte. Seit Jahren sah ich diese Frau jeden Tag, und plötzlich machte ich mir Gedanken um mein Erscheinungsbild. Das war doch absurd. Das war keine romantische Verabredung, es war bloß ein Spaziergang über eine Brücke, die ich schon unzählige Male gesehen, über die ich aber noch nie gegangen war. Ich betrat also in mehr als einer Hinsicht Neuland.

Und obwohl es keine romantische Verabredung war, hatte ich Sherri nichts davon erzählt. Ich hatte ihr gesagt, ich hätte einen Geschäftstermin. Sie war so sauer auf mich gewesen, weil ich die Verwechslung im Four Seasons nicht auf der Stelle aufgeklärt hatte, dass sie wohl kaum verstehen würde, warum ich nun auch noch meinen Sonntag mit Felicia verbrachte oder, wie Sherri sie nannte, meine olle vertrocknete Sekretärin. Langsam musste ich mich allerdings selbst fragen, was ich da eigentlich tat. Schließlich hatte ich gelogen. Und irgendwie fühlte es sich fast ein bisschen an wie eine Affäre. Nicht dass ich je eine gehabt hatte. Ich war wahrscheinlich der einzige Mann auf der Welt, der es fertigbrachte, eine junge Blondine mit einer mittelalten Sekretärin zu betrügen. Wobei eine Affäre mit der eigenen Sekretärin ja ein absolutes

Klischee ist. Aber was rede ich denn da, ich habe doch keine Affäre! Ich nahm mir vor, ein bisschen über irgendetwas Geschäftliches zu reden, damit ich Sherri später nicht anzulügen brauchte. Na ja, zumindest nicht von vorne bis hinten.

Das Taxi hielt vor der City Hall, und ich sah Felicia schon auf dem Bürgersteig stehen und warten. Sie trug Tennisschuhe und eine Caprihose. Sie sah … ganz reizend aus. Sie trat ans Taxi, und als ich ausgestiegen war und den Fahrer bezahlt hatte, beugte sie sich vor und gab mir zur Begrüßung ein Küsschen. Eigentlich wollte sie mich auf die Wange küssen, aber irgendwie muss ich den Kopf gedreht haben, und ihre Lippen landeten versehentlich auf meinen. Und in dem Moment war es, als fielen alle Schranken, und plötzlich standen wir mitten auf dem Bürgersteig und knutschten hemmungslos wie Teenager. Wir wollten gar nicht mehr aufhören, und erst als der Taxifahrer entnervt rief: »Mister – Ihr Wechselgeld!«, lösten wir uns widerstrebend voneinander. Ich sah Felicia in die Augen.

»Willst du wirklich heute über die Brücke gehen?«

Sie brachte kein Wort heraus. Stumm schüttelte sie den Kopf. Zum Taxifahrer sagte ich: »Behalten Sie das Restgeld. Fahren Sie uns bitte zum Sutton Place 57.« Und dann zog ich sie hinter mir her auf den Rücksitz des Taxis.

Den ganzen Weg zu mir nach Hause konnten wir die Finger nicht voneinander lassen. Ich weiß gar nicht, wie wir es geschafft haben, uns lange genug voneinander loszureißen, um einigermaßen gesittet am Portier vorbeizugehen. Im Aufzug wies ich stumm auf die Kamera oben links, und wir stellten uns jeder brav in eine Ecke. Kaum öffneten sich die Türen, stürzten wir zu meiner Wohnungstür. Ungeschickt fummelte ich mit dem Schlüssel herum, bis sie ihn mir ungeduldig aus der Hand nahm und selbst die Tür aufschloss.

Wir schafften es kaum bis ins Schlafzimmer, und als ich schließlich ihre nackte Haut berührte, zitterte sie am ganzen Körper. Ich hatte mir in meinem ganzen Leben nie Gedanken darüber gemacht, ob ich gut im Bett bin, bis ich mit einer Frau zusammen war, die nur halb so alt war wie ich. Da fühlte ich mich mit einem Mal linkisch und ungeschickt. Bei Felicia war es, als hätte ich magische Hände. Jede Bewegung, jede Berührung war elektrisierend. Und es war ansteckend. Es fühlte sich unglaublich gut an, jemandem so ein gutes Gefühl zu geben.

Nachher lagen wir da und sahen einander wortlos an. Ich fragte mich, was sie wohl gerade dachte. Ich wusste, was ich dachte: *Ob ich mich in meinem Leben wohl noch einmal so gut fühlen werde wie jetzt?* Und dann machten wir es noch mal. Und noch mal. Ohne Viagra. Jetzt war es offiziell. Ich hatte eine Affäre mit meiner Sekretärin. Hinterher kuschelten wir uns unter der Decke zusammen und schauten fern. Sie schmiegte sich in meine Armbeuge, während ich durch die Sender zappte. Bei *Brennpunkt Brooklyn* horchten wir beide auf. Der Film lief zwar schon eine Weile, aber da wir ihn beide schon gesehen hatten, wussten wir, worum es geht. Und so überquerten wir an diesem Tag doch noch die Brooklyn Bridge, mit Popeye Doyle in seinem 1970er Buick.

»Wusstest du, dass das der erste Film mit einer Altersfreigabe ab 17 war, der einen Oscar gewonnen hat?«, fragte Felicia und fügte hinzu: »Wobei, zwei Jahre davor hat *Asphalt-Cowboy* einen Oscar bekommen, aber der war damals gar nicht jugendfrei. Irgendwann später kam dann die Freigabe ab 17. Streng genommen war er also der erste.« Ich hatte keine Ahnung, dass sie sich so gut mit Filmen auskannte. Verwundert schaute ich sie an – welche Überraschungen mich wohl noch erwarteten, wenn ich sie erst besser kennenlernte? Ich muss wohl sehr kritisch geguckt haben, denn plötzlich wurde sie ganz verlegen. »Ich bin ein unerschöpflicher Quell überflüssigen Wissens … Ich habe wohl zu viele Filmseminare besucht.«

»Das wollte ich auch immer mal machen«, entgegnete ich, damit sie sich nicht komisch fühlte. Ich staunte nicht schlecht. Wir hatten gerade den explosivsten, hemmungslosesten Sex gehabt, den ich mir vorstellen konnte, ohne dass ich bei ihr das kleinste bisschen Verlegenheit hatte ausmachen können, und dafür schämte sie sich nun?

Mein Blick ging zur Uhr. Fünf Uhr nachmittags. Ich wurde leicht panisch. War es wirklich schon so spät? Um sechs war ich mit Sherri und meinen Töchtern bei Elio's zum Abendessen verabredet. Es war eine alte Familientradition, uns jeden Sonntagabend bei Elio's zu treffen. Marilyn und ich hatten sie eingeführt, als die Mädchen noch Teenager waren, um als Familie am Wochenende Zeit miteinander zu verbringen und in Ruhe miteinander zu reden. Und dabei war es dann geblieben. Irgendwann kamen unsere Schwiegersöhne dazu, aus vier Personen wurden sechs, und schließlich mussten wir noch einen Hochstuhl für meine entzückende kleine Enkeltochter dazustellen. Auch nach Marilyns Tod behielten wir das Ritual bei. Ich glaube, meine Töchter taten das, um ein Auge auf mich zu haben und dafür zu sorgen, dass ich am Wochenende aus dem Haus kam und nicht nur, wie sie wohl fürchteten, traurig im Pyjama herumsaß. Das erste Mal ohne Marilyn war brutal. Da war unser Stammtisch in der Ecke, mit sechs Gedecken plus Hochstuhl, wie immer. Einer meiner Schwiegersöhne flüsterte dem Oberkellner etwas ins Ohr, und wir standen betreten herum, während der Hilfskellner eilends den sechsten Platz abräumte. An dem Abend sagte keiner von uns ein Wort. Selbst die Kleine schien unseren Schmerz zu spüren, sie saß einfach nur da und nuckelte an ihren kleinen Fingerchen.

Seit ich Sherri kenne, verlaufen die Sonntage ganz anders als früher. Mit Marilyn habe ich morgens in Ruhe die *New York Times* gelesen, anschließend haben wir vielleicht einen kleinen Spaziergang im Park gemacht, und dann haben wir uns einen Film angeschaut, entweder im Kino oder hier in diesem Bett, in dem ich jetzt mit Felicia lag. Sonntage mit Marilyn waren herrlich entspannt und vertraut. Ein bisschen wie dieser Sonntag heute, wobei ich mich jetzt mit über sechzig unversehens in einen Don Juan verwandelt hatte – das verlieh der Debatte über Sex im Alter doch eine völlig neue Dimension! Sonntage mit Sherri hingegen begannen mit einem Brunch in einem »supertollen« angesagten neuen Laden downtown, in dem es ausschließlich Bioprodukte gab, handgemachten Käse, alte Tomatensorten und, mit ganz viel Glück, vielleicht einen glutenfreien Donut. Einmal hatte ich gewitzelt, ihre Generation verteufele Gluten wie meine Crack, worauf mich ihre sechs jungen Freunde, die dabeisaßen, nur fassungslos anstarrten. Diesen berauschenden Brunchs folgte dann eine ausgedehnte Shoppingtour oder gelegentlich ein kleiner Galeriebesuch. Aber wie wir unsere Sonntage auch verbrachten, immer fuhr ich am Ende allein nach Uptown und zog mich zum Abendessen mit meiner Familie um, während Sherri schmollte, weil sie nicht mitkommen durfte. Den wahren Grund dafür konnte ich ihr nicht sagen: Ich hätte es nicht ertragen, sie auf Marilyns Platz sitzen zu sehen oder die Blicke der Kellner im Elio's, wenn sie mitbekamen, dass ich mit einer Frau zusammen war, die meinen Töchtern altersmäßig näher war als mir. Aber ich hatte eine hieb- und stichfeste Ausrede: Schon vor langer, langer Zeit, als unsere älteste Tochter ihren ersten festen Freund hatte, hatten wir strikte Regeln für unsere Sonntagabende aufgestellt, und die besagten: Partner erst nach der Verlobung. Im Laufe der Jahre hatten wir so zwar einige Freunde unserer Mädchen kennengelernt, aber die Sonntagabende gehörten weiterhin der Familie, und das ausnahmslos – zumindest bis zu jener verhängnisvollen Verwechslung im Four Seasons. Denn um diesen Patzer wiedergutzumachen, hatte ich Sherri zum Sonntagabendessen im Elio's eingeladen. Fragen Sie mich nicht, warum ich ihr etwas vormachte. Ich wollte sie einfach nicht enttäuschen, aber ich wusste, eigentlich war es unumgänglich und letzten Endes das Beste für alle Beteiligten. Doch heute Abend war nicht der richtige Moment, die Sache zu beenden. Mir blieb also noch genau eine Stunde, um Felicia so höflich wie irgend möglich aus meiner Wohnung zu komplimentieren, zu duschen und dann zum Restaurant zu fahren, wo eine Frau, mit der ich nichts gemeinsam hatte, auf dem Platz meiner verstorbenen Frau sitzen würde, während meine Töchter vorgaben, sich für mich zu freuen, und die Kellner die Augen verdrehten über das wandelnde Klischee, in das ich mich verwandelt hatte.

# 13

# #DasWarSoWasVonNichtDerPlan

*Von Sophie Stiner, Brown-Absolventin*
*Alter: beinahe 23*

Ich habe es nicht kommen sehen. Zumindest gehörte es nicht zu meinem sorgsam ausgearbeiteten Lebensplan. Dem zufolge sollte das Jahr nach meinem Collegeabschluss eigentlich aus lässigen After-Work-Treffen mit alten Freunden und neuen Kollegen bestehen, gekleidet in modische Outfits, die ich aus meinem kleinen, aber feinen Kleiderschrank zog. Diesem Plan zufolge sollte besagter Kleiderschrank entweder in einer schicken WG mit Portier in Uptown stehen oder in meinem eigenen hippen Altbau-Studio-Apartment in Downtown. In meinen Tagträumen fand er sich jedenfalls nie dort, wo er jetzt steht, in meinem alten Kinderzimmer nämlich, wo er auch einen Teil der Wintergarderobe meiner Mutter beherbergen musste.

In meiner Familie plante man nicht voraus. Ich war die Einzige, die ständig detaillierte Pläne entwarf. Aufgewachsen bin ich auf der Upper East Side von Manhattan, und zur Schule gegangen bin ich ganz in der Nähe, auf die PS 6, eine öffentliche Grundschule mit entsprechendem Ruf. Alles schön und gut, aber bereits im dritten Schuljahr fing ich an, Anmeldeformulare für die privaten »Vor«-Schulen für das Dalton, das Trinity und das Columbia College herunterzuladen und auszudrucken, um sie dann unauffällig neben der Kaffeemaschine zu platzieren in der Hoffnung, dass meine Eltern sie sich zusammen mit der morgendlichen Tasse frisch aufgebrühten Kaffees zu Gemüte führten. Als das nicht funktionierte wie erhofft, schmuggelte ich ihnen die Dinger zuerst in die Aktentasche, später in die Sporttasche. Mein Vater David, Sprössling jüdischer Upper-West-Side-Politaktivisten, wollte partout nichts davon wissen.

»Ich bin auf eine öffentliche Schule gegangen, und es hat mir nicht geschadet!« Meine Mutter Sheila, Tochter schwarzer konservativer Lehrer aus Buffalo, hatte schon etwas mehr Verständnis für meine Wünsche.

»Sie scheint das wirklich zu wollen, David. Es kann doch nicht schaden, wenn wir uns die Schulen mal unverbindlich anschauen.« Konnte es doch, und genau darauf zählte ich. Wenn wir uns erst mal eine der Schulen angeschaut hatten, konnte nicht mal mein liberaler Dad mehr leugnen, dass eine Privatschule das Beste für mich wäre.

Ich schmeichelte mich bei den Zulassungskomitees ein, indem ich mit Kalkül ganz beiläufig Fragen stellte wie etwa »Bei welchen gemeinnützigen Projekten könnte ich mich denn in Dalton engagieren?« und »Könnte ich vielleicht einen Strickclub gründen, um Babysöckchen für chinesische Waisenkinder zu stricken?«. Das in Kombination mit meinen ausgezeichneten Noten im Aufnahmetest machte es ein wenig wett, dass meine Eltern beide nur einen Abschluss von einer staatlichen Schule hatten, ich also an keinem der renommierten Privatcolleges einen Alumni als Fürsprecher und somit auch keinen Fuß in der Tür bei den Ivy-League-Universitäten hatte. Die Zulassung zu einer der Eliteunis ist wie der sprichwörtliche Topf voller Gold am Ende des New-York-City-Privatschulregenbogens. Alle anderen Eltern, die sich mit ihren

Kindern die Privatschulen anschauten, taten, als sei ihnen das nicht so wichtig und es gehe ihnen vielmehr um Inklusion und Diversität, aber am Ende geht es immer nur darum, wie viele Schüler einer jeweiligen Schule es im vergangenen Jahr auf eines der Ivy-League-Colleges geschafft haben.

Kaum hatte ich meine Zulassung für Dalton in der Tasche, konzentrierte ich mich auf mein nächstes Ziel – die Ivy League. Ich war in der achten Klasse, und ab dem nächsten Schuljahr zählten sämtliche Noten. Einen nach dem anderen nahm ich meine neuen Klassenkameraden genauestens unter die Lupe. Es war ein reines Zahlenspiel, weshalb meine Aufnahme an einer Ivy-League-Uni nicht unwesentlich davon abhing, welcher meiner Klassenkameraden durch Verbindungen wo einen Fuß in der Tür hatte. Ganz beiläufig erkundigte ich mich bei meinen Mitschülern, welches College ihre Eltern besucht hatten, und notierte alles akribisch in einem kleinen Notizbuch, das ich unter dem Bett versteckte, weil ich befürchtete, meine Eltern würden mich zum Seelenklempner schleifen, sollte es ihnen je in die Hände fallen. Rückblickend ist es fast schade, dass sie es nicht gefunden haben – ein paar Stunden Psychotherapie hätten mir sicher nicht geschadet. Wobei ihnen natürlich schon auffiel, dass mein Ehrgeiz beinahe an Besessenheit grenzte. Und hätten sie es nicht selbst gemerkt, hätte man sie spätestens beim Elternabend unmissverständlich darauf hingewiesen.

Bis Weihnachten im neunten Schuljahr hatte ich eine detaillierte Tabelle meiner Konkurrenten ausgearbeitet, mit den verschiedenen Ivy-League-Unis oben und den Klassenkameraden, deren Eltern eine davon besucht hatten, darunter. Am Ende sah die Bilanz so aus: Insgesamt sieben meiner Klassenkameraden hatten Fürsprecher in der Uni meiner ersten Wahl, der University of Pennsylvania, und, schlimmer noch, ganze neun in der, zu der man am leichtesten zugelassen wurde, Cornell nämlich. Da ich nicht in der Eliteliga von Harvard, Yale, Princeton oder Columbia mitmischen konnte, blieb mir also nur noch die Wahl zwischen Dartmouth (2) und Brown (3). Ich informierte mich über die Zulassungsquote der Dalton-Schüler, die in den vergangenen fünf Jahren dort angenommen worden waren – ziemlich gut –, und schaute mir dann die Kandidaten selbst an. Von den beiden Dartmouth-Kandidatinnen, deren Eltern bereits dort studiert hatten, war eine genau wie ich schwarz; die Brown-Kandidaten waren allesamt Jungs, und noch dazu langweilige, verwöhnte weiße Rotzlöffel. Ich bestellte mir online ein Brown-Sweatshirt und konzentrierte in den nächsten drei Jahren alle meine Anstrengungen darauf, an der Brown University aufgenommen zu werden. Wie aus der Verfasserzeile zu ersehen ist, mit Erfolg.

Am Brown ließen Ehrgeiz und Konkurrenzdenken allerdings schlagartig nach, weil ich einsehen musste, dass ich einfach nicht mithalten konnte. Alle anderen hier hatten genauso überragende Noten wie ich, und selbst wenn ich genügend Babysöckchen gestrickt hätte, um jedes verwaiste Füßchen in Peking, 11 Millionen Einwohner, warm zu halten, dann hatten die Mädels auf der anderen Seite des Gangs schon genug Söckchen gestrickt, um jedes verwaiste Füßchen in Schanghai, Einwohnerzahl 14 Millionen, warm zu halten. Im ersten Semester bemühte ich mich noch krampfhaft, die Beste zu sein, aber irgendwann gegen Ende des Winters, als der Schnee zu schmelzen begann, verlegte ich meine Anstrengungen von der Verwirklichung meiner ehrgeizigen Pläne aufs Frustmanagement. Ich verabschiedete mich von der Vorstellung, eine der Jahrgangsbesten zu werden, und vier Jahre später machte ich im soliden Mittelfeld Examen, ohne die geringste Ahnung, was ich jetzt mit meinem Leben anstellen sollte. Derart umstandslos mit einem Fußtritt in die weite Welt geworfen und ohne einen langfristigen Mehrjahresplan in der Tasche nahm ich also meinen Doppelabschluss in vergleichender Literatur- und Kunstgeschichte und trollte mich gesenkten Hauptes wieder nach Hause, um mich in NYC tapfer dem Höllenschlund der postuniversitären Zeit zu stellen. Und da ich noch keinen bezahlten Job hatte, blieb mir nichts anderes übrig, als wohl oder übel wieder bei Sheila und David einzuziehen.

Bei meinen Bekannten schien dagegen alles ganz reibungslos zu laufen: Sie fanden tolle Jobs, verdienten eine Menge Kohle und machten eine Menge spaßiger und interessanter Dinge mit ihrem ersten selbst verdienten Geld. Ich dagegen schleppte mich von einem erfolglosen Vorstellungsgespräch zum nächsten, kassierte nichts als Absagen und war chronisch pleite. Gleich als ich wieder bei ihnen eingezogen war, hatten meine Eltern einige strikte, unverrückbare Regeln aufgestellt, und die sahen unter anderem kein zusätzliches Geld für interessante Freizeitbeschäftigungen vor. »Wir bieten dir ein Dach über dem Kopf und Essen auf dem Teller, aber ansonsten haben wir dich lange genug subventioniert.« Ihre eigenen Eltern hatten ihnen nach dem College angeblich keinen Cent mehr gegeben, und wie sie mir immer wieder gerne unter die Nase rieben, hatten sie ja auch noch Studienkredite abzuzahlen.

Gerade als die ständigen Absagen anfingen, mir wirklich an die Substanz zu gehen, stieß ich beim Bummel durch Bloomingdale's rein zufällig auf eine schnell wirkende Aufbauspritze für mein angeschlagenes Ego. Um mich ein bisschen aufzumuntern, fuhr ich nach meinen Vorstellungsgesprächen oft mit der U-Bahn zur 59th Street und schlenderte dann durchs Untergeschoss ins Kaufhaus. Manchmal probierte ich ein neues Parfüm, manchmal ließ ich mich kostenlos schminken, wobei, ganz kostenlos war das nie, weil ich mit Schuldgefühlen dafür bezahlte, dass ich nichts kaufte. Eines Tages im September, ich kam gerade von einem Vorstellungsgespräch, trug mein bestes Kostüm und war besonders sorgfältig geschminkt, traf ich zufällig eine alte Schulkameradin aus Dalton, Bitsy Bouvier. Auch sie trug ein elegantes Kostüm und sah echt schick aus. In Dalton war sie immer ein bisschen hinter mir gewesen, und soweit ich weiß, ist sie dann auf die Hamilton gegangen. Sie quiekte verzückt, als sie mich sah, als seien wir uns mitten auf dem Ponte Vecchio begegnet und nicht in dem Kaufhaus, in das wir beide gingen, seit wir laufen konnten. »Sophie, tolle Frisur! Du siehst so … cool aus!«

Ich konnte nicht anders, ich musste lachen, so absurd war die ganze Situation. Wenn sie wüsste, dass meine neue Frisur Marke »Mit Liebe handgemacht« war. Letzte Woche hatte meine Mutter gesehen, wie ich völlig verzweifelt in den Spiegel schaute. Sie hat ein viel weicheres Herz als mein Dad, und manchmal lässt sie sich von mir um den Finger wickeln. Als sie mich also fragte, was los sei, packte ich meine Chance buchstäblich beim Schopfe.

»Meine Haare, Mom. Ich weiß nicht mehr, was ich noch damit anstellen soll. Ich gebe mir wirklich solche Mühe, einen Job zu finden, und ich kann es mir nicht mal mehr leisten, mir die Haare glätten zu lassen.« Und dann schaute ich sie mit tränenvollen Augen an – ein besonderes Talent von mir, ich kann das auf Kommando. Sie musste mich verstehen, schließlich hatte sie genauso krause Haare wie ich. Wobei sie ihre unbändige Haarpracht wie ein Ehrenabzeichen trug. Sie nahm mich an die Hand und führte mich in ihr Schlafzimmer. O Gott, dachte ich, sie gibt mir tatsächlich ein bisschen Geld. Bargeld lässt sich nicht zurückverfolgen, mein Vater musste also nichts davon erfahren. Schon vor zwei Wochen, als ich neue Schuhe für ein Vorstellungsgespräch gebraucht hatte, hatte sie mir heimlich etwas zugesteckt. Aber diesmal setzte sie mich vor den Spiegel und holte eine Frisierschere heraus.

»Auf keinen Fall, Mom«, protestierte ich vehement.

»Lerne, sie zu lieben«, sagte sie. »Du willst doch nicht dein halbes Gehalt für deine Haare zum Fenster rauswerfen!«, sagte sie. »Komm schon, ich verpasse dir eine richtig coole Frisur.« Wir mussten beide lachen. Cool war nicht unbedingt das zutreffendste Wort, um mich zu beschreiben. Praktisch, zielstrebig, erfolgsorientiert, ja, und seit Neuestem auch mittelmäßig, ziellos und schwer vermittelbar – aber doch nicht cool.

»Ach, was soll's«, gab ich schließlich klein bei. »Dann trage ich halt ein ironisches Retrozitat auf dem Kopf.« Aber Bitsy Bouviers Kompliment zufolge stand mir die Frisur wohl tatsächlich ganz gut.

»Wie geht's dir, was machst du so?«, fragte sie neugierig und erwartete wohl, eine Erfolgsgeschichte zu hören. Schließlich hatte ich in der Highschool immer zu den Besten gehört.

»Alles prima«, entgegnete ich mit einem Lächeln. Ich konnte ja nicht gut sagen, alles scheiße.

»Und wo arbeitest du jetzt?« Da war sie, die Frage, die ich zu fürchten gelernt hatte.

»Du siehst großartig aus, wo arbeitest du denn jetzt?«, gab ich die Frage unbeantwortet zurück.

»Goldman Sachs!« *Goldman Sachs?* Sie war nicht mal auf einer richtigen Ivy-League-Uni gewesen! Vielleicht hätte ich auch lieber ein anderes College besuchen sollen, weniger Druck, mehr Entfaltungsmöglichkeiten. Langsam fing ich an, jede meiner bisherigen Lebensentscheidungen anzuzweifeln.

»Wow, toll«, brummte ich und fügte ein bisschen giftig hinzu: »Da wundert's mich aber, dass die dich überhaupt aus dem Büro lassen – ganz zu schweigen davon, unter der Woche um halb sechs gemütlich durch Bloomingdale's zu bummeln!«

Sie lachte. »Ich habe mir gerade ein neues Kleid gegönnt – ich gehe heute Abend mit meinem Freund und seinen Eltern ins Ballett.«

Einen *Job* und einen *Freund*, mit Eltern, die sie ins Ballett begleiteten? Ich wäre vor Neid fast implodiert. Aber stattdessen log ich munter weiter. »Wie lustig, ich kaufe mir gerade einen neuen Badeanzug, ich fahre nächstes Wochenende mit *meinem* Freund und *seinen* Eltern in den Ocean Club!«

Sie schien sich aufrichtig für mich zu freuen. Himmel, ich bin wirklich schlimm. Und dann zog sie das Handy aus der Tasche und knipste ein Selfie von uns. Sie legte den Arm um mich, und ich lehnte grinsend den Kopf gegen ihren. Klick.

»Das lade ich gleich auf Instagram hoch! Was sollen wir dazuschreiben? Ich weiß! #TwoDaltonWorkingGirls. Wie süß – ich markiere dich. Was hast du noch mal gesagt, wo du arbeitest?«

»Sotheby's«, antwortete ich wie aus der Pistole geschossen, als hätte sie mich nach meiner Schuhgröße gefragt.

Worauf sie eifrig auf ihr Handy eintippte: #Traumjobs #Sothebys #GoldmanSachs.

Und so fing alles an.

Mit jedem weiteren Like auf Instagram fühlte ich mich weniger als Versagerin und mehr wie eine erfolgreiche Mittzwanzigerin mit einem tollen Freund und einem Job bei Sotheby's. Fast glaubte ich mir selbst die Lügenmärchen, die ich Bitsy aufgetischt hatte. Den ganzen Abend schaute ich immer wieder auf den Instagram-Post, und als Bitsy Bouvier vermutlich gerade das letzte Plié im Lincoln Center bewunderte, hatte das Foto bereits 179 Likes. Einhundertneunundsiebzig Menschen waren der Meinung, ich sähe großartig aus – womöglich sogar cool – und hätte einen Traumjob bei Sotheby's!

Ich war angefixt.

Doch schon am nächsten Morgen likten die Leute den heißen Matchacchino, den Bitsy sich zum Frühstück gegönnt hatte, und ich fühlte mich wieder wie ein Totalversager. Ich wusste nicht mal, was ein Matchacchino war. Plan- und ziellos bummelte ich durch Bloomingdale's und landete schließlich in der Bademodenabteilung. Ich war die einzige Kundin, und sofort kam eine eifrige Verkäuferin auf mich zu und fragte freundlich: »Planen Sie einen Urlaub an der Sonne?«

»Ja, ich fliege mit meinem Freund und seiner Familie auf die Bahamas.« Die Lüge kam mir ohne nachzudenken über die Lippen. Wenn ich im wahren Leben schon nicht alles haben konnte, dann doch wenigstens in meiner *Fantasie*, oder?

Worauf sie einen traumhaften Eres-Bikini vom Ständer pflückte. »Probieren Sie den mal.«

Brav ging ich in die Umkleidekabine. Gleich darauf klopfte sie mit einigen weiteren Badeanzügen und Bikinis zum Anprobieren an die Tür. Ich verliebte mich spontan in einen orangefarbenen Bikini mit Lavendelblüten von Norma Kamali.

»Der steht Ihnen ausgezeichnet!«, rief sie begeistert, als ich etwas schüchtern die Tür zur Umkleide öffnete. Unauffällig linste ich auf das Preisschild – 185 Dollar, und das nur für das Höschen.

»Übersteigt leider mein Budget ein bisschen«, murmelte ich. Selbst in meinen Tagträumen war ich noch pragmatisch – ich bin so was von uncool.

»Sie sehen jedenfalls umwerfend darin aus. Geben Sie

mir Ihr Handy, ich mache ein Foto von Ihnen, und das schicken Sie dann Ihrem Freund. Der soll das gute Stück für Sie kaufen.«

Ich will meinen Norma-Kamali-Bikini lieber selbst bezahlen, dachte ich noch, als ich ihr mein Handy reichte und für das Foto posierte. Sie schaute drauf und lachte.

»Schauen Sie mal – mit dem Palmenmotiv im Hintergrund sieht es aus, als seien Sie schon auf den Bahamas!«

Und im Gehen sagte sie noch: »Hier ist meine Karte. Sagen Sie Ihrem Freund, wenn er Sie wirklich liebt, soll er sich wegen des Bikinis bei mir melden!«

Ich setzte mich und guckte mir das Foto an. Ich sah toll aus in dem Bikini, und sie hatte recht, es wirkte tatsächlich, als sei ich auf einer tropischen Insel. Ich konnte mich nicht beherrschen. Ich musste es einfach auf Instagram posten – #ItsBetterInTheBahamas. Bis ich meinen BH wieder zugehakt hatte, hatte das Foto schon sieben Likes, und doppelt so viele, bis ich den Reißverschluss meiner Jeans hochgezogen hatte. Und um es in den Großbuchstaben des ersten Kommentars zu sagen, endlich war ich wieder FANTASTISCH!!!!!!!

Und dann fingen meine Freunde an, mir Nachrichten zu schicken – »Du bist auf den Bahamas?« – »Mit wem bist du da?« – »Du hast jetzt schon Urlaub bei Sotheby's bekommen?«

Passend zu meinem neuen Traumjob und meiner neuen Coolness hatte ich mir einen imaginären Freund namens Charles ausgedacht. Um das Risiko aufzufliegen zu minimieren und den Leuten nicht ins Gesicht lügen zu müssen, schlug ich kategorisch sämtliche Einladungen aus und entschuldigte mich mit Terminen besagten Freundes, dem Job und unfassbarer Coolness. Je mehr Ausreden ich erfand, desto mehr Fotos postete ich zum Beweis. Je beschäftigter ich wirkte, desto beliebter und populärer wurde ich und desto mehr Likes bekam ich. Jedes Like war Balsam für mein waidwundes Ego. Es war ein schwindelerregender, sich ständig beschleunigender Kreislauf, und es dauerte nicht lange, da war ich beinahe ununterbrochen auf Instagram, um mein fantastisches Fantasieleben zu managen.

Bloomingdale's erwies sich als ideale Kulisse und Requisite für alles, was mir auf Instagram Likes einbrachte. Ein Fünfundvierzig-Grad-Selfie aus nächster Nähe in der Haushaltswarenabteilung mit meinem coolen neuen Pürierstab: 198 Likes. Ein kleines Nickerchen in meiner neuen Calvin-Klein-Bettwäsche, verschönert mit Beyoncés Lieblingsfilter, Valencia: 243 Likes. Auf dem Weg zur Arbeit mit einem kleinen Ausschnitt meiner neuen Hermès-Tasche in der Ecke, Lo-Fi-Filter: 372 Likes und ein neidvoller Kommentar: Ist das die neue Berlin Bag? #Neid

Die Selbstdarstellung wurde zu einem Vollzeitjob. Eine Einladung zum Abendessen lehnte ich ab mit einem »Sorry, Premierengala in der Met!« Gefolgt von einem Foto von mir in einer Robe von Carolina Herrera aus der Designerabteilung mit dem immer sehr schmeichelhaften Mayfair-Filter: Kreischanfälle auslösende 379 Likes! Ich ging zu all den angesagten Wohltätigkeitsveranstaltungen und trug all die angesagten Designer: Gucci, Galliano und Gabbana. Letzte Woche erst ging ich im entzückendsten kleinen Schwarzen von Max Hammer, von dem Natalie, die ebenso entzückende Verkäuferin, mir versicherte, es sei *das* Kleid der Saison, zu einer Spendengala der New York Public Library. Kein Filter, 432 Likes, ein Regram.

Das Max-Hammer-Kleid half mir sogar dabei, einen wertvollen Kontakt zur Kunstwelt zu knüpfen – vielleicht könnte sich diese ganze Virtual-Life-Geschichte ja im wahren Leben doch noch auszahlen. Thea Baxter, die ein paar Jahre vor mir ihren Abschluss an der Brown gemacht hatte und jetzt bei Christie's arbeitet, ist einer meiner 900 neuen Instagram-Follower. An einem meiner vielen faulen Montage rief sie mich an (Ja! Genau! Sie rief mich an!) und sagte, sie habe meinen Max-Hammer-Post gesehen und hätte bei der Benefizgala den ganzen Abend Ausschau nach mir gehalten, mich aber leider, leider nicht entdeckt. Ich gluckste ein bisschen in mich hinein – während ich mein märchenhaftes Virtual-Life-Leben managte und für die heißesten Events in NYC die heißesten Looks bei Bloomies aussuchte, suchte sie mich im Real Life. Dann fragte sie mich noch nach meinem Aufgabengebiet bei Sotheby's, kam dann aber, zu meinem Glück, sehr schnell zu dem Punkt, der sie wirklich interessierte, meinem Gehalt nämlich.

»Das Max-Hammer-Kleid, das du anhattest, ist wirklich Zucker. Wirklich der Hammer. Was zahlen die dir eigentlich so bei Sotheby's?«

Ich druckste herum und brummte irgendwas davon, nicht gerne über Geld reden zu wollen, und googelte gleichzeitig im Hintergrund die Gehaltslisten von Sotheby's.

»Ach komm, ich sag dir auch, was mein Anfangsgehalt bei Christie's war«, schmeichelte sie mir.

»52 000 Dollar«, log ich unverfroren und fügte meinem Google-Ergebnis eiskalt gleich noch ein paar Tausend Dollar hinzu, nur um sie zu ärgern.

»Hast du heute frei?«, fragte sie wie aus der Pistole geschossen. Ich zögerte und schwankte zwischen zwei Optionen. »Ja«, sagte ich schließlich und hielt den Atem an.

»Ach, die geben euch am Columbus Day frei?«, meinte sie verschnupft. Sie war offensichtlich im Büro. Stimmt, es war schon Oktober, dachte ich und überlegte, dass ich noch gar nicht nachgesehen hatte, was es diesen Monat bei Netflix

Neues gab. Ich schaute mich auf dem Bett nach der Fernbedienung um.

»Weißt du, wir wollen unsere Abteilung für asiatische Gegenwartskunst noch vor Ende des Jahres erweitern. Könntest du dir vielleicht vorstellen zu uns zu wechseln?«

Ich unterbrach meine Suche nach der Fernbedienung. »Ich habe meine Bachelorarbeit über die japanische Avantgarde geschrieben!«

»Ich weiß – schließlich habe ich meine Hausaufgaben gemacht.«

Ich staunte nicht schlecht.

»Ich lade dich einfach mal zu unserer Weihnachtsfeier ein und stelle dich ganz unverbindlich meiner Chefin vor.«

»Das wäre der Wahnsinn, ich hätte eindeutig Interesse«, entgegnete ich aufgeregt.

Und dann legten wir auf, und ich sah den ersten Hoffnungsschimmer seit Langem am Horizont aufleuchten. Ich ging zu Instagram und machte ein Selfie von mir, wie ich, inzwischen erwachsen, in meinem ehemaligen Kinderzimmer auf dem Bett saß und Oreos aus der Packung futterte. Im Hintergrund sah man das alte Poster von den Spice Girls. Dazu schrieb ich #hoffnungsvoll. Es war der erste ehrliche Post überhaupt. Und den löschte ich dann ganz schnell wieder.

# 14

# Montagmorgen

*Von Felicia (alias Arthur Winters' Sekretärin)*

Ich war froh, dass Arthur so ehrlich zu mir gewesen war. Er hat mir einfach geradeheraus gesagt, dass ich leider gehen müsse, weil er mit Sherri und seinen Mädels bei Elio's zum Abendessen verabredet sei. Ich meine, na ja, eigentlich hatte ich angenommen, das mit Sherri sei vorbei und dass er mich sonst nicht ins Four Seasons eingeladen hätte, aber heutzutage sehen die meisten Menschen das wohl ein bisschen lockerer. Und Arthur gehörte anscheinend auch dazu. Ich bin da wesentlich altmodischer, muss ich gestehen. Aber ehrlich gesagt war ich so glücklich, dass es mir überhaupt nichts ausmachte. Schließlich war ich jetzt das, was ich viele Jahre zu sein vermieden hatte. Die heimliche Geliebte.

Unsere Beziehung war durch und durch unmöglich. Im Unternehmen galt ganz klar die Regel, dass Beziehungen unter Arbeitskollegen strengstens untersagt sind. Und das galt ganz besonders für Vorgesetzte, die mit ihrer Sekretärin anbandelten. Sekretärin, da, ich habe es schon wieder gesagt. Das ist heutzutage ja beinahe ein Schimpfwort geworden, ein Tabu, ein Unwort, verpönt, genau wie Stewardess und Müllmann. *Assistentin der Geschäftsleitung*. Chefs dürften nicht mit ihren *Assistentinnen* anbandeln. Ich würde mich selbst nicht als altmodisch bezeichnen, aber meine Sprache verrät viel über mein tatsächliches Alter, und ich verstehe nicht mal die Hälfte von dem, was unsere jungen Kollegen und ihre Assistentinnen sagen: Bandbreite, grüner Bereich, virale Kampagne. Mir wäre es lieber, sie würden einfach sagen, was sie meinen. Während ich in meinen Sesambagel mit Butter biss und dabei in das Büroabteil neben mir schaute, wo eins der jungen Mädchen mit Stäbchen Tofu und Quinoa aus einer Bambusschüssel futterte, war ich wieder einmal dankbar, mit jemandem aus meiner Generation zusammenzuarbeiten. Himmel, ich hoffe, ich habe jetzt nicht alles vermasselt, weil ich mit meinem Chef geschlafen habe.

In meinem Alter wäre es sicher nicht so einfach, einen neuen Job zu finden, und außerdem will ich das auch gar nicht. Ich arbeite gerne hier, aus sehr viel mehr Gründen als nur dem offensichtlichen, nämlich Arthur jeden Tag zu sehen. Selbst wenn wir zusammenkommen sollten und ich ihn jeden Abend sehen würde, ich würde es trotzdem geheim halten wollen, bis ich mir sicher wäre, dass es das, was ich dafür aufgeben müsste, wert ist. O Gott. Ich bin schon wieder fünf Schritte voraus. Was, wenn Arthur gleich ins Büro kommt und zu mir sagt: *Felicia, wir sind uns sicher einig, dass das gestern ein einmaliger Ausrutscher bleiben muss, den wir am besten so schnell wie möglich vergessen.* Damit musste ich rechnen. Wie konnte ich mir nur einbilden, das zwischen uns sei mehr gewesen als reine sexuelle Begierde? Krampfhaft überlegte ich, wie ich reagieren könnte, damit es mich nicht völlig überrumpelte, wenn es passierte. Ich würde ihm nachdrücklich zustimmen: *Natürlich, Arthur, das wollte ich auch gerade sagen. Ich bin froh, dass du es von dir aus angesprochen hast.* Mein Blick ging zur Uhr. Er kam zu spät. Er kam sonst nie zu spät. Ach du lieber Himmel. Er kommt heute nicht, weil er mir nicht in die Augen sehen kann. Wie hatte ich mich nur so hinreißen lassen können? Ich schämte mich in Grund und Boden. Warum hatte ich mich nicht beherrscht? Ich hätte nicht so dumm und naiv sein dürfen, ich hätte nicht sagen dürfen: *Ja, Arthur, ich freue mich darauf.* Jetzt denkt er bestimmt, ich sei leicht zu haben. Ich und leicht zu haben!

Der Aufzug pingte, und heraus spazierte Arthur Winters. Ein Anblick, den ich seit beinahe zwei Jahrzehnten fünf Tage die Woche genoss. Und ich schäme mich fast zu gestehen, dass ich dabei meistens Schmetterlinge im Bauch hatte und weiche Knie bekam, wenn er an mir vorbeiging und ich ihm in sein Büro folgte, um mit ihm die anstehenden Termine für den Tag zu besprechen. Heute hatte ich auch ein Kribbeln im Bauch und weiche Knie, aber nicht aus unerwiderter Liebe, sondern vor allem aus nackter Angst. Bevor wir miteinander geschlafen hatten, hatte mich die romantische Vorstellung einer gemeinsamen Zukunft mit Arthur weiter hoffen und träumen lassen. Er war mein letzter Gedanke abends beim Einschlafen und mein erster morgens beim Aufwachen. Und nun drohte diese schöne Fantasie zu zerplatzen wie eine Seifenblase.

Ich folgte ihm also ins Büro und machte mich auf das Schlimmste gefasst. Ich schloss die Tür hinter mir und lehnte mich Halt suchend dagegen. Ich wusste, ohne diese Stütze würde ich es nicht überstehen. Er machte sich nicht mal die Mühe, den Mantel auszuziehen. Ohne Umschweife kam er zur Sache. »Felicia«, sagte er. Ich stützte mich mit den Händen gegen die Tür und versuchte mich festzuhalten. Ich wusste nicht, ob ich überhaupt einen Ton herausbringen würde, aber irgendwie brachte ich ein krächziges »Ja« zustande. Er trat näher und sagte noch mal meinen Namen, und diesmal klang es, als habe er mir etwas Wichtiges zu sagen. Er stand jetzt direkt vor mir. »Felicia – ich …« Und dann küsste er mich. Er drückte mich gegen die Tür und küsste mich genauso leidenschaftlich wie gestern. Vielleicht sogar noch heftiger. Irgendwann schob er die Hand unter meinen Rock, und meine Erregung war bestimmt offensichtlich. Heute schämte ich mich dafür, bis ich seine Reaktion sah. Als er mich dort berührte, lächelte er ein so genüssliches, zufriedenes Lächeln, wie ich es noch nie auf seinem wunderschönen, mitgenommenen Gesicht gesehen hatte. Ich konnte kaum fassen, dass dieses Lächeln mir galt. Wir sanken zu Boden und liebten uns ganz leise auf dem Boden seines Büros. Es war anders als gestern. Es war langsam, so wie man sich manchmal mit jedem Bissen eines köstlich dekadenten Desserts alle Zeit der Welt lässt. Und wir sahen uns dabei die ganze Zeit in die Augen. Danach lief mir eine Träne über die Wange. Er küsste sie fort, ohne zu fragen, warum ich weinte. Er wusste es. Er wusste, wir hatten zwar schon zweimal miteinander geschlafen, aber eben hatten wir uns zum ersten Mal geliebt, hier auf dem Boden seines Büros. Und es war unglaublich schön. Wir setzten uns auf, und er sah mich an, und seine Augen blitzten vor Glück, wie ich es lange nicht mehr gesehen hatte. Es schien, als hätten wir stundenlang dort gesessen und uns nur angelächelt. Aber als es auf zehn Uhr zuging, holte der immer lauter werdende Bürolärm jenseits der Tür uns zurück in die Realität.

»Was steht denn heute sonst noch auf dem Programm?«, fragte er und musste sich das Lachen verkneifen.

Ich lachte ebenfalls, stand auf, strich mir den Rock glatt und las ihm dann die anstehenden Termine vor. Es gab viel zu tun.

# 15

# Die Missgeschicke einer Ostrich-Ermittlerin

*Von Andie Rand, Privatdetektivin*

Eine Woche ist es jetzt her, seit Caroline Westmont bei mir im Büro war, und ich hatte nicht das kleinste Fitzelchen eines Beweises für die Untreue ihres Ehemanns. Er war allem Anschein nach der durchtriebenste Betrüger, dem ich je begegnet war. Ich hatte mein gesamtes Waffenarsenal aufgeboten, von Peilsendern bis zu Entschlüsselungssoftware, alles ohne Erfolg. Er wirkte fast zu sauber. Was mich umso misstrauischer machte.

Es gab keinerlei Anzeichen für eine Affäre. Keine geheimen Treffen, keine E-Mails oder SMS, die diese geheimen Treffen verorten würden. Einmal die Woche, jeden Dienstag um elf, fuhr er in die Praxis seiner Masseurin – Betrug nach Terminkalender, die perfekte Tarnung. Keine Nacktfotos von ihm durch ein Hotelfenster. Keine fingierten Konferenzen in einer anderen Stadt, die man auffliegen lassen konnte. Abgesehen von dem Fremdgänger selbst gab es nur eine einzige Person, die die Beweise liefern konnte, die ich so dringend brauchte, um ihn zu überführen. Also machte ich schließlich selbst einen Termin bei der Masseurin.

Ich war guter Dinge, in einer Stunde allein mit Anna irgendetwas Brauchbares aus ihr herauszubekommen. Ich hatte eine besondere Begabung, Leute zum Reden zu bringen. Schon als Kind hatten alle mir gerne das Herz ausgeschüttet und mir ihre geheimsten Gedanken anvertraut. Im Sommercamp in den Catskills nannten die anderen Kinder mich immer die Catskills Kummerkastentante wegen der langen Briefe, die meine Freunde mir von zu Hause mit ausführlichen Beichten ihrer Sommerferiensünden schickten. Als hätten sie vergessen, dass wir uns alle im September wiedersehen würden und ich sie in der Hand hatte. Wobei ich mein Wissen nie gegen jemanden verwendet hatte.

Ich kam ein bisschen zu früh zu meinem Massagetermin. Der Behandlungsraum war ein umfunktionierter Raum ihrer Wohnung, keine richtige Praxis, auch wenn alle erforderlichen Zertifikate die Wände ringsum zierten. Es war alles, wie es sein sollte, und doch war es der perfekte Ort für einen Seitensprung. Das Szenario, wie Caroline es dargestellt hatte, war eine gut geregelte Affäre in wöchentlichen 75-Minuten-Blöcken, und es erschien mir absolut plausibel. Sie sagte, John sei auf Anraten seines Arztes hierhergekommen, um sich wegen seiner Rückenprobleme behandeln zu lassen. Ich fragte mich, ob die Kosten für außereheliche Affären inzwischen auch von Obamacare übernommen wurden.

Eine Frau trat aus dem Inneren des Heiligtums und riss mich aus meinen Grübeleien. Ich war die Nächste. Ein paar Minuten später kam Anna zu mir. Ich war etwas verblüfft, als ich sah, dass sie beinahe so alt war wie ich. Sie begrüßte mich mit einem kräftigen Händedruck. Mir wurde plötzlich ein bisschen unbehaglich, Undercoverarbeit liegt mir eigentlich überhaupt nicht. Vor allem dann nicht, wenn Undercoverarbeit bedeutet, sich vor wildfremden Menschen splitternackt ausziehen zu müssen. Ich atmete tief durch und sagte mir, dass ich es für Caroline tat und für alle Frauen, deren Männer heimlich ihre Masseurin vögeln. Ich folgte ihr in einen halbdunklen Raum, in dem es nach Flieder duftete. Sie sagte mir, ich solle mich ausziehen und mit dem Gesicht nach unten auf die Liege legen. Dann ging sie wieder nach draußen. Den Tanga ließ ich an, um mich nicht ganz so verletzlich zu fühlen, und schlüpfte dann unter das blütenweiße Laken. Ein Glück, dass ich mit dem Gesicht nach unten lag – so konnte ich sie besser ausquetschen.

Dann kam sie wieder herein und schaltete die White-Noise-Maschine auf Meeresrauschen. Mir wurde klar, wie gut mir ein bisschen Entspannung tun würde, und ich überlegte, die Ermittlungen Ermittlungen sein zu lassen und mir einfach eine Massage zu gönnen und nächste Woche noch mal einen Termin zu machen. Aber dann musste ich an die arme Carolin denken. Sie hatte mir erzählt, dass heute ihr Hochzeitstag war und der Gedanke daran, den ganzen Abend gute Miene zum bösen Spiel machen zu müssen, sie vollkommen fertigmachte. Sie sagte, sie sei kurz davor, alles hinzuwerfen und ihn zu verlassen, auch ohne einen Beweis, der den Ehevertrag ungültig machen würde. Zwölf Jahre Ehe, und ihr bliebe nur die Hälfte dessen, was er als Professor an der Columbia verdiente. Diese Ungerechtigkeit konnte ich nicht zulassen. Ich musste mich zusammenreißen.

Ich versuchte auf jede nur erdenkliche Art, sie zum Reden zu bringen. Von einem unverfänglichen »Sind Sie eigentlich verheiratet?« bis hin zu einem ziemlich plumpen »Gibt es auch Klienten, die versuchen, sich an Sie ranzumachen?«. Sie beantwortete alle meine Fragen ausnahmslos mit Nein. Mehr nicht – keine weiteren Ausführungen, keine Erklärungen. Sie war wohl kein besonders gesprächiger Typ, und ich hatte nicht den Eindruck, ihr mit meiner Verhörmethode in absehbarer Zeit ein Geständnis entlocken zu können. Während sie sich also an einem Knoten in meiner rechten Schulter zu schaffen machte, überlegte ich krampfhaft, auf welche Fragen sie mit mehr als nur einem Wort antworten musste. Aber unter den gegebenen Umständen war es wesentlich einfacher, sich zu entspannen, als sich zu konzentrieren. Sie rieb sich kurz die Hände und fing dann an, meine linke Hüfte von hinten und von vorne zu bearbeiten. Dabei drückte sie irgendwann mit der Hand auf die Narbe. Die lange Narbe von dem Notkaiserschnitt bei der Geburt der Zwillinge vor beinahe acht Jahren. Und plötzlich liefen mir Tränen über das Gesicht.

Sofort hielt sie inne. »Tut mir leid«, entschuldigte sie sich. »Habe ich Ihnen wehgetan?«

Ich schüttelte nur stumm den Kopf. Hatte sie nicht. Und es war auch nicht die Erinnerung an den Kaiserschnitt, die mich zum Weinen gebracht hatte. Obwohl der Gedanke an den Augenblick, in dem all meine schönen Vorstellungen von einer natürlichen Geburt sich in Luft auflösten und man mich hektisch in den OP schob, mich nicht zum ersten Mal in Tränen ausbrechen ließ.

Nein, ich weinte, weil mir plötzlich aufging, dass ihre Hand die erste war, die diese Narbe je berührt hatte. Von meiner eigenen mal abgesehen. Ich hatte die Mädchen für uns beide bekommen, für Derek und mich. Ich war ganz tapfer gewesen damals und auch in den Monaten danach, die es brauchte, bis alles wieder verheilt war. Aber Derek hatte die Narbe immer mit unverhohlenem Abscheu betrachtet. Als hätte das nichts mit ihm zu tun. Als hätte ich dieses Opfer für mich allein gebracht. Damals wie heute wünschte ich, ich wäre mit einem Mann verheiratet gewesen, der diese Narbe geliebt hätte. Der zärtlich mit den Fingerspitzen über sie gestrichen hätte, um mich dann liebevoll zu küssen und mir zu sagen, wie wunderschön ich bin und dass die Narbe mich nur noch schöner macht. Ich kann mich nicht daran erinnern, dass Derek mir das nach der Geburt der Zwillinge auch nur ein einziges Mal gesagt hätte. Manche Narben heilen nie.

Für die restliche Dauer der Behandlung war ich ganz still, aber in meinem Kopf kreisten die Gedanken. Ich fragte mich, ob ich wohl je wieder Teil eines Paares sein würde. Bisher hatte ich keinen Mann mehr kennengelernt, dem ich genug vertraut hätte, um ihm auch nur die körperliche Narbe zu zeigen. Gleich nach der Scheidung hatte ich ein paar belanglose Geschichten gehabt, aber mich wieder ernsthaft auf einen Mann einzulassen hatte nicht auf meiner Liste gestanden. Meiner Postscheidungsliste. So nannte ich sie. Nach der Scheidung hatte ich eine Liste aufgestellt mit all den Sachen, die ich immer schon mal machen wollte, die ich aber nicht tun konnte, weil ich verheiratet war. Sie wissen schon, kleine verbotene Ideen, die jeder verheirateten Frau früher oder später durch den Kopf spuken. Dinge, für die vor Ehe und Familie keine Zeit war. Ich habe jung geheiratet und bin quasi bei meinen Eltern aus- und gleich mit meinem Mann zusammengezogen. Ich könnte nicht behaupten, mir vorher die Hörner abgestoßen zu haben, und im Gegensatz zu meinem Ex hätte ich auch nicht im Traum daran gedacht, mein Eheversprechen zu brechen. Ich träumte nur von einer glücklichen, liebevollen Ehe. Als dieser Traum geplatzt war, wollte ich der ganzen Sache unbedingt auch etwas Positives abgewinnen. Und dass ich jetzt endlich alles tun konnte, was ich als verheiratete Frau nicht durfte, war das einzig Positive, das mir einfiel. Den Kundinnen, deren Fälle in einer Scheidung endeten, empfahl ich immer wärmstens, eine Postscheidungsliste anzulegen.

Der erste Schritt, so empfehle ich allen künftigen Geschiedenen immer, ist, den Verlobungsring zu verkaufen und von dem Erlös eine kleine Reise zu machen. Mein Ring, ein Zweieinhalbkaräter im Empireschliff, brachte nicht so viel ein wie erwartet – wie sich herausstellte, war der Stein ebenso wenig lupenrein wie der Mann, der ihn mir an den Finger gesteckt hatte –, aber als ich dann auch noch den Diamantring verscherbelte, den er mir zum Hochzeitstag geschenkt hatte, reichte der Erlös, um den ersten Punkt auf meiner Liste abzuhaken: eine Reise ganz allein nach Sizilien. Dort vergnügte ich mich eine ganze Woche mit einem verboten hübschen Italiener, der zweite Punkt auf meiner Liste. Er sprach kein Wort Englisch, aber wir schafften es trotzdem problemlos, uns zu verständigen. Wieder zu Hause hatte ich noch ein paar belanglose One-Night-Stands und eine dreimonatige Affäre mit einem (viel zu) jungen Jazzmusiker, den ich während seiner Zigarettenpause (ja, ich hatte vorübergehend wieder angefangen zu rauchen) vor Minton's Jazzclub in Harlem kennenlernte. Den Bass spielte er beinahe genauso virtuos wie mich. Was mich zu der Erkenntnis brachte, dass Derek allen außerehelichen Nachhilfestunden zum Trotz kein besonders guter Liebhaber gewesen war. Diese harmlosen kleinen Geschichten waren nichts Ernstes. Nie habe ich einen der Jungs meinen Kindern vorgestellt. Und ich traf mich auch eigentlich nur mit ihnen, wenn die Mädchen bei ihrem Vater waren. Ich brauchte keinen Mann, um glücklich zu sein, nur meine Mädels – die schönsten Abende waren für mich die, wenn wir uns gemeinsam ein Broadway-Musical anschauten oder einfach im Pyjama zu Hause auf der Couch herumgammelten und zu einem Musical im Fernsehen lauthals und schief mitsangen. Am glücklichsten war ich, wenn ich mit ihnen zusammen war. Und bald darauf landete die Liste im Müll, während ich mich zufrieden zurücklehnte. Ich hatte getan, was getan werden musste.

Dass ich mich statt auf eine neue Beziehung lieber darauf konzentrierte, meine Agentur aufzubauen, erwies sich als echter Glücksfall. Viele frisch geschiedene Frauen schlagen einen anderen Weg ein. Sie suchen sich so bald wie irgend möglich einen neuen Partner. Ich sage nicht, dass das eine besser ist als das andere. Auf den ersten Blick könnte man mich möglicherweise für die stärkere, mutigere Frau halten. Aber inzwischen bin ich mir da gar nicht mehr so sicher. Um gleich wieder unerschrocken in den Sattel zu steigen, braucht es eine große Portion Mut. Man macht sich so verletzlich dabei. Und ich wollte ja nicht mal vor einer Masseurin das Höschen runterlassen.

Ich war ganz in Gedanken, und ehe ich michs versah, war die Zeit auf der Liege auch schon vorbei. Mit der Erkenntnis, wieder etwas über mich gelernt zu haben, aber leider ohne jegliche neuen Erkenntnisse über John Westmont, verließ ich die Massagepraxis. Während ich noch am Eingang zur U-Bahn an der Ecke 59th und Lexington stand, begannen die Verspannungen mir in Nacken und Schultern zurückzukriechen. Ich rief CC an, die an diesem Sonntag tatsächlich im Büro war, um ihr von meinem monumentalen Fehlschlag zu berichten. Sie versuchte, mich zu trösten, und schlug vor, ich solle mir John Westmont doch selbst vorknöpfen. Hin und wieder, wenn keine unserer Bemühungen fruchteten, wir uns aber ganz sicher waren, dass jemand fremdging, ohne dass wir es beweisen konnten, griffen wir in die Trickkiste und stellten demjenigen eine kleine Falle. Zugegeben, auf diesen moralisch eher fragwürdigen Aspekt unserer Arbeit bin ich nicht besonders stolz, aber manchmal braucht es List und Tücke, um eine Ratte in flagranti zu erwischen. Normalerweise engagieren wir jüngere Damen für diese Aufgabe, um das Versuchungspotenzial zu maximieren. Aber da Anna nicht viel jünger war als ich, und da John, wie Caroline mir versichert hatte, nicht auf Studentinnen stand, hielt ich CC für den perfekten Lockvogel für ihn. Sie hatte schon das eine oder andere Mal die »Verführerin« gegeben, wenn eine »ältere« Frau gefragt war. Im College hatte sie Theater gespielt, und sie war attraktiver als viele, viele andere Frauen, die nur halb so alt waren. Ihr selbst machte es nichts aus, diese kleinen Spielchen mitzuspielen, aber ihr Mann, allmählich zermürbt von seiner Arbeitslosigkeit, war nicht sonderlich begeistert davon, dass seine Frau, und sei es nur zum Zweck, der die Mittel heiligte, wildfremde Männer verführte. Selbst wenn sie damit Geld nach Hause brachte. Ich kann es ihm nicht verdenken. Langsam ging ich die Treppe zur U-Bahn hinunter und blieb vor dem Eingang stehen, um die Handyverbindung nicht abreißen zu lassen.

»Dann engagieren wir einfach eine etwas ältere Dame«, entgegnete ich verständnisvoll. Auch wenn ich mich nicht mehr daran erinnern konnte, wie es war, wenn jemand da war, der sich daran stören könnte, wenn ich versuchte, die Upper West Side hoch und runter wildfremde Männer abzuschleppen.

»Schade, dass du selbst nicht den Mumm dazu hast«, zog sie mich auf. Wir wussten beide, dass ich den nicht hatte.

»Moment!«, rief sie plötzlich und klang ganz aufgeregt. »Wo, sagtest du, bist du gerade?«

»An der U-Bahn-Station vor Bloomingdale's«, antwortete ich und hörte sie verdutzt nach Luft schnappen.

»John Westmont auch.«

Hektisch schaute ich mich auf dem Bahnsteig um. Ich sah niemanden, der irgendwie aussah wie der Mann von den Fotos.

»Hier wimmelt es nur so von Menschen, aber ich sehe ihn

nirgends«, murmelte ich in den Hörer und musterte unauffällig die wartenden Leute am Bahnsteig. Eine Bahn fuhr ein, und beinahe alle stiegen ein. Als sie fort war, fragte ich: »Ist er noch da?«

»Japp«, entgegnete CC. »Bestimmt ist er bei Bloomingdale's.«

Ich musste an Caroline denken, an mich selbst, an all die Menschen, die just in diesem Moment in dieser Stadt belogen und betrogen wurden. Und plötzlich war es mir, als müsste ich diesen Fremdgänger auf der Stelle aufspüren und noch heute überführen. Adrenalin rauschte durch meine Adern, und ich verkündete CC meinen wagemutigen Plan.

»Ich mache mich selber an John Westmont ran.«

»Das ist ein Riesenladen, Andie. Da musst du ihn erst mal finden.«

»Vielleicht kann ich es ja etwas eingrenzen – könnte sein, dass er Caroline ein Geschenk zum Hochzeitstag kauft. Passt doch zu einem Ehebrecher, bis zur letzten Minute damit zu warten. Behalte einfach den Bildschirm im Auge und ruf mich an, falls er den Laden verlässt.«

Es war mir klar, dass das eine Weile dauern würde, aber heute Abend hatte Derek die Kinder – und Franny, unseren Hund, auch. Ich hatte also keinerlei Verpflichtungen. Den Gedanken an ein Geschenk zum Hochzeitstag im Hinterkopf begann ich mit der Suche in der Schmuckabteilung. Kein John Westmont. War ja klar – vermutlich war er in der Haushaltswarenabteilung und kaufte seiner Frau gerade ganz romantisch einen Staubsauger. Handtaschen und Parfüm graste ich im Vorbeigehen ab und steuerte dann zielstrebig auf den Aufzug zu. Ich kannte dieses Kaufhaus wie meine Westentasche. Ich bin in einer kleinen Vorstadt von New York aufgewachsen, und irgendwann durften meine Freunde und ich dann allein zu Bloomingdale's fahren. Das war immer ein großes Abenteuer. Hier habe ich meinen ersten BH gekauft und mein erstes Lipgloss. Bloomingdale's ist wirklich einzigartig. Auf dem Weg nach oben überlegte ich mir, dass ich mir im siebten Stock ein Frozen Yogurt gönnen würde, falls ich ihn nicht fand – eindeutig eine Win-win-Situation. Als ich im dritten Stock ankam, war ich bereits gut zwanzig Minuten auf der Pirsch. Ich rief CC an, um mich zu vergewissern, dass er noch da war. Just in dem Augenblick, als sie sich meldete, entdeckte ich ihn.

»Ich habe Blickkontakt«, flüsterte ich, nun voll im Detektivmodus.

»Ich bleibe am Telefon und sage dir, was du sagen sollst.«

»Das schaffe ich schon allein«, entgegnete ich und legte auf. Ich wollte das lieber ohne CC de Bergerac als Stimme im Ohr durchziehen.

John Westmont stand mitten in der Abteilung für Damenoberbekleidung, den Arm voller Kleider. Während ich langsam und unauffällig auf ihn zuschlenderte, fing er an, die Kleider nebeneinander an einen Ständer zu hängen. Ich dachte kurz nach und überlegte mir, wie ich ihn ansprechen könnte.

»Das sind aber viele Kleider. Wollen Sie eine ganze Baseballmannschaft ausstatten?«, fragte ich mit selbstbewusstem Lächeln. Ich fand mich eigentlich ganz witzig und schlagfertig. Verdattert schaute er auf.

»Arbeiten Sie hier?«, fragte er mich.

Ich schüttelte den Kopf und war plötzlich sehr verlegen. Wie peinlich, einen wildfremden Menschen anzusprechen und darauf so eine abweisende Reaktion zu bekommen.

»Entschuldigung, kennen wir uns?«

»Ich glaube nicht«, entgegnete ich und dachte schon, ich hätte alles vermasselt. Hastig überlegte ich, was ich sagen könnte, um diese unangenehme Situation irgendwie zu überspielen. Er schien zu schnuppern.

»Ihr Duft kommt mir irgendwie bekannt vor«, sagte er und wurde dann rot.

Aber klar doch, dachte ich. *Ich rieche nach dem Lavendel-Massageöl, mit dem deine Geliebte dich immer einreibt. Du ehebrechender Mistkerl.* Vielleicht konnte ich das zu meinem Vorteil nutzen, weil ich ihn an Anna und Sex erinnerte. Verlegen wie ein kleiner Junge starrte er stur geradeaus auf die vielen Kleider.

»Meine Frau und ich haben heute Hochzeitstag, und ich wollte ihr ein Kleid kaufen«, erklärte er und seufzte, wie es schien, aus tiefstem Herzen.

»Vielleicht kann ich Ihnen helfen«, bot ich an.

»Wären Sie so nett?« Er schien ehrlich erleichtert. Der Typ hatte keine Ahnung, dass seine Frau ihm auf die Schliche gekommen war. Das mochte ich an meinem Job am liebsten – diesen Wissensvorsprung vor den Betrügern zu haben.

»Gerne. Aber einer Frau ein Kleid zu kaufen ist eine ziemlich heikle Sache. Wie wäre es denn mit etwas anderem, das auch ohne Anprobieren passt? Schmuck vielleicht?«, schlug ich vor. Und die ganze Zeit dachte ich, das ist aber eine seltsame Vorgehensweise für einen Womanizer, über ein Geschenk für seine Frau zu reden. Aber ich habe schon öfter gehört, dass ein gewisser Frauentyp auf verheiratete Männer steht, und er musste ja irgendwie erklären, was er in der Damenoberbekleidung zu suchen hatte.

»Ich weiß, was Sie meinen, aber es ist unser zwölfter Hochzeitstag«, sagte er, als erklärte das, warum es unbedingt ein Kleid sein musste.

»Und?«, fragte ich zurück.

»Oh, ach so. Der zwölfte Hochzeitstag heißt auch seidene Hochzeit. Nicht so bekannt wie papierne oder silberne, aber ich habe nachgeschaut, und ich fand es eine nette Idee.«

Es war *tatsächlich* eine nette Idee. Sehr aufmerksam für einen lügenden, betrügenden Schuft. »Wie wäre es denn mit einem Seidentuch?«, schlug ich vor.

»Also, ehrlich gesagt gibt es noch einen weiteren Grund«, sagte er. »Meine Frau und ich sind sehr verschieden.« Aha, dachte ich. Die alte »Meine Frau versteht mich einfach nicht«-Leier. Er fuhr fort. »Sie geht abends gerne aus, sie ist ein sehr geselliger Mensch. Und ich bin mehr der häusliche Typ. Und in letzter Zeit beklagt sie sich ständig, ich nähme keine Rücksicht auf ihre Bedürfnisse.« Er unterbrach sich und schaute mich fragend an. »Ich weiß gar nicht, warum ich Ihnen das alles erzähle.« Ich schon, dachte ich – damit du den armen, treu sorgenden Ehemann mit der bösen, gefühlskalten Frau raushängen lassen kannst, um mich rumzukriegen. Die Mitleidstour. Erbärmlich.

Er erzählte weiter. »Ich möchte ihr zeigen, dass mir ihr Glück am Herzen liegt und ich mehr mit ihr gemeinsam unternehmen möchte. Ich möchte ihr ein Kleid zum Ausgehen schenken. Zum Ausgehen mit mir. Als kleine romantische Geste.« Er griff nach einem der Kleider und fragte: »Wie wäre es damit?« Er hielt es neben mich, dann musterte er mich so durchdringend von Kopf bis Fuß, dass ich rot wurde, und meinte: »Ich glaube, Sie haben in etwa dieselbe Größe wie meine Frau. Darf ich es Ihnen mal anhalten?«

Er hatte ein wirklich hübsches Kleid ausgesucht. So ein Kleid, das man einfach anprobieren musste und das man am Ende auch kaufte, einfach weil man es nicht übers Herz bringt, dieses Schätzchen wieder an den Bügel zu hängen.

»Soll ich es vielleicht mal anprobieren?«, schlug ich vor.

»Wären Sie so nett?«

Er schluckte den Köder mitsamt Haken und Schnur, und ich nahm das kleine Schwarze und spazierte damit in die Umkleide, während ich angestrengt versuchte, meine innere Mata Hari zu channeln. (Wobei deren Verführungskünste und Spionageaktivitäten sie letztendlich den Kopf gekostet hatten, wenn ich mich recht entsinne.)

»Wären Sie vielleicht so nett und würden eben den Reißverschluss …? Ich komme da nicht dran …«, wisperte ich und versuchte mich im Spiegel der Umkleide an einem verführerischen Lächeln. Das Kleid war atemberaubend. Ich sah mich damit im Spiegel und bekam plötzlich Lust, mal wieder so richtig schick auszugehen. In letzter Zeit brezelte ich mich nur noch höchst selten auf. Ich arbeitete viel, aber ich wurde auch nicht oft zu etwas eingeladen, wo man so ein elegantes kleines Schwarzes tragen konnte. Das Kleid war wie aus einer anderen Ära. Nicht altmodisch – eher zeitlos. Und ich war männerlos. Vielleicht wären wir ein gutes Paar – das zeitlose Kleid und ich, die männerlose Frau. Vielleicht sollte ich ihm vorschwindeln, es hätte ein Loch, und es mir dann selbst unter den Nagel reißen. Aber dann holte mich die Realität wieder auf den Boden der Tatsachen zurück, und ich musste mir eingestehen, dass ich mich gar nicht wohlfühlen würde in einem Teil, das so laut »Schau. Mich. An.« brüllte. Als unverheiratete Frau mit größtenteils verheirateten Freundinnen würde ich in dieser Aufmachung wohl allenfalls die Ehemänner anderer Frauen in Versuchung führen. *Die Ehemänner anderer Frauen!* Nicht das Ziel aus den Augen verlieren, Andie! Rasch schlüpfte ich in die gebrauchten Anprobe-Highheels in der Umkleide, um meinen Sexappeal noch ein bisschen zu unterstreichen. Ein kurzer Blick in den Spiegel, dann ging ich hinaus, um mich Carolines fremdgehendem Ehemann zu präsentieren. Ich konnte selbst kaum glauben, was ich hier gerade tat. Aber in diesem Kleid fühlte ich mich so selbstsicher, so verführerisch – als könnte überhaupt nichts schiefgehen.

John saß auf einem Stuhl und futterte Mandeln. Erst bemerkte er mich gar nicht. Ich war wohl doch keine so unwiderstehliche Versuchung – ich musste mich erst räuspern, damit er mich überhaupt wahrnahm. Für einen schamlosen Weiberhelden wirkte er wirklich mehr als handzahm. Entweder das, oder ich hatte sowieso jegliche Attraktivität verloren. Wobei ich mich in diesem Kleid überaus attraktiv fühlte.

»Möchten Sie eine Mandel?«, fragte er unschuldig.

Wollte ich. Ich hatte seit heute Mittag nichts mehr gegessen.

»Ist Ihnen schon mal aufgefallen, dass das Geräusch, wenn man in eine rohe Mandel beißt, klingt wie die ersten Noten von *Build me up Buttercup*, diesem alten Song aus den Sechzigern?«

Das war womöglich eine der seltsamsten Fragen, die man mir je gestellt hat. Aber ich musste trotzdem lächeln. Ich habe wirklich eine ganz gute Menschenkenntnis, und dieser Mann machte nicht die geringsten Anstalten, mich anzubaggern. Nicht mit so einem bescheuerten Spruch. Der hat ja nicht alle Nüsse im Tütchen, dachte ich grinsend und wand mich innerlich bei diesem schlechten Kalauer. Die Zwillinge nannten das »Mamihumor«. Ich ließ mir noch eine Mandel geben und dachte über seine Frage nach, während ich auf das Knacken beim Zerbeißen der Mandel lauschte. Nach eingehendem Hinhören musste ich ihm recht geben, und er schien sich sehr zu freuen, dass ich verstand, was er meinte. Von hinten trat zögerlich eine Verkäuferin an uns heran.

»Nehmen Sie das Kleid?«, fragte sie. Allerdings hatte sie dabei so einen seltsamen Unterton – als wollte sie nicht, dass wir es kaufen. Ob sie vielleicht selber ein Auge darauf geworfen hatte? Ich könnte es nur zu gut verstehen.

»Ich weiß nicht. Nehmen wir es?«, fragte ich den Mann, von dem ich allmählich glaubte, dass er tatsächlich nur das perfekte Geschenk für seine Frau suchte. Er erklärte der Verkäuferin, dass er etwas aus Seide suchte für seine Frau zum zwölften Hochzeitstag. Worauf sie ihm energisch davon abriet, seiner Frau ein Kleid zu kaufen, weil sie meinte, so etwas ginge fast immer schief.

»Die meisten Männer wissen nicht, was für eine Kleidergröße ihre Frau trägt, und es gibt nichts Schlimmeres, als die falsche Größe zu kaufen. Zu groß, dann heißt es: ›Du findest mich fett!‹ Zu klein, dann denkt sie, sie *ist* zu fett! Kaufen Sie ihr lieber eine schöne Abendhandtasche aus Seide. Damit können Sie nichts falsch machen.«

Die Frau war ein Profi. Aber ich wollte das Kleid nicht mehr ausziehen. Ein paarmal drehte ich mich noch hingerissen um die eigene Achse. John stand auf, dankte uns beiden für die Hilfe und ging weg, um sich bei den Abendhandtaschen umzuschauen.

Ich musste unbedingt hinterher und dranbleiben. Aber als ich mich wieder im Spiegel der Umkleide sah, blieb ich wie angewurzelt stehen.

»Ich wünschte, ich hätte eine Gelegenheit, dieses Kleid auszuführen«, brummte ich leise, was aber auch die Verkäuferin draußen hörte.

»So ein Kleid ist viel zu schade, um ungetragen im Schrank zu hängen.«

Ich auch, dachte ich und bedeutete ihr, den Reißverschluss für mich zu öffnen. Was sie dann auch machte. So viel zum Mata-Hari-Channeln.

»Ich nehme es gleich mit, wenn Sie fertig sind«, erklärte sie. »Eine andere Kundin möchte es zurücklegen lassen.«

Wusste ich es doch, dass sie Hintergedanken dabei gehabt

hatte – *Hintergedanken*! Ach herrje, ich war so verliebt in das Kleid, dass ich ganz vergessen hatte, weshalb ich eigentlich hier war. Ich durfte John nicht aus den Augen verlieren. Rasch schlüpfte ich in meine Klamotten und holte ihn vor den Aufzügen gerade noch ein.

»Soll ich Ihnen vielleicht helfen, eine Tasche auszusuchen?«, fragte ich und kam mir dabei mehr wie eine geisteskranke Stalkerin vor als wie eine raffinierte Verführerin. Er nickte nur. Eigentlich war es mehr ein Achselzucken, aber es reichte mir.

Also fuhren wir in den ersten Stock, um uns die Taschen anzuschauen, und er gab sich wirklich die allergrößte Mühe, die richtige für seine Frau auszuwählen. Inzwischen versuchte mir mein Bauchgefühl unmissverständlich klarzumachen, dass dieser Mann auf gar keinen Fall seine Frau betrog. Und wenn ich noch den kleinsten Zweifel hatte, wurde der endgültig beseitigt, als die Verkäuferin ihm eine dieser kostenlosen kleinen Glückwunschkarten dazu anbot. Worauf er nämlich eine riesengroße Hallmark-Karte aus der Tasche zog, so eine in einem weichen rosa Umschlag, auf den er ein großes Herz gemalt hatte. Meiner recht umfangreichen Erfahrung nach war dieses Verhalten vollkommen untypisch für einen Ehebrecher. Zum ersten Mal seit langer, langer Zeit keimte plötzlich ein Fünkchen Hoffnung in mir auf, dass es möglicherweise doch noch anständige Kerle zu finden gab. Ich konnte es kaum erwarten, Caroline die guten Nachrichten zu überbringen.

# 16

# Wie man eine Broadway-Diva einkleidet

*Von ihrem frustrierten Kostümbildner*
*Alter: zu alt für diesen Kinderkram!*

Wie kleidet man eine Broadway-Diva ein?« Diese Frage sollte ich nach den siebenunddreißig Produktionen, mit denen ich mir als Kostümbildner einen Namen gemacht habe – darunter achtzehn Broadway-Produktionen, zwölf Off-Broadway- und sieben Sommerproduktionen – eigentlich sehr selbstbewusst beantworten können. Aber die Produktion, an der ich gerade arbeite, *That Southern Play*, hat mich in tiefste Selbstzweifel gestürzt.

Angesiedelt in den Südstaaten der USA gilt dieses Stück als Hommage an die Werke von Tennessee Williams, vor allem natürlich *Die Glasmenagerie* und sein weniger bekanntes *Plötzlich im letzten Sommer*. Wie in *That Southern Play* geht es in beiden Werken um Irrsinn und Geisteskrankheit, ein Thema, mit dem Mr Williams sich selbst wohl sehr ausführlich auseinandergesetzt hat. Der Irrsinn bei dieser Produktion, sowohl auf als auch hinter der Bühne, dreht sich hauptsächlich um die Hauptrolle der Daphne Beauregard, gespielt von Hollywoodstar Jordana Winston.

Kostüme für ein historisches Stück zu entwerfen gehört sonst eigentlich zu meinen Lieblingsaufgaben. Ich liebe die

Herausforderung, eine längst vergangene Welt wiederauferstehen zu lassen. *That Southern Play* spielt in jenem kurzen Zeitraum der Sechzigerjahre des vergangenen Jahrhunderts vor der Invasion der Hippies und der Briten in Amerika. Als man sich zum Abendessen noch schick machte und weiße Handschuhe und Krawattenschals noch alltägliche Accessoires waren, ganz besonders in den amerikanischen Südstaaten. Fröhlich machte ich mich daran, meine Ideen zu skizzieren, und begann, vergessene Schätze aus Kostüm- und Vintageläden in der ganzen Stadt zusammenzutragen. Ich freute mich wie blöde, an dieser neuen Produktion mitarbeiten zu dürfen. Aber genau wie diese vollkommen arglosen Leutchen in den Sechzigern hatte auch ich nicht den blassesten Schimmer, was mich erwartete!

Der Albtraum begann am zweiten Probentag. An diesem zweiten Probentag erschien die weibliche Hauptdarstellerin, Jordana Winston, zum ersten Mal auf der Bühne, oder vielmehr am Set, wie sie fälschlicherweise ständig sagte.

In letzter Zeit ist es ja gängige Praxis geworden, Hollywoodschauspieler für Broadway-Produktionen zu verpflichten. Wenn Sie mich fragen (aber mich fragt ja keiner), dann ist das eine Farce. Der Tinseltown-Effekt, wie man es nennt, lässt die Verkaufszahlen für die Tickets in astronomische Höhen schnellen. Aber für die Moral der Truppe ist das verheerend, vor allem für die echten Broadway-Schauspieler. Prominente Bühnenschauspieler müssen fürchten, in Zukunft ganz vom Broadway zu verschwinden, wenn das so weitergeht und Filmschauspieler immer häufiger Hauptrollen und Tony Awards absahnen. Manche werden nur wegen ihres Namens gecastet und sind eine glatte Fehlbesetzung. Was auch auf meine derzeitige Diva zutrifft, Jordana Winston.

Ms Winston kam geradewegs von der Produktion eines

Multi-Millionen-Blockbusters, und, lieber Himmel, ließ uns alle das spüren. Mit ihrem Ego und ihrer Entourage dachten wir schon, sie bräuchte glatt zwei Garderoben. Das war, nachdem ihr Ansinnen, per Helikopter einen Wohnwagen auf das Dach des neunzig Jahre alten Brooks-Atkinson-Theaters hieven zu lassen, abgelehnt worden war. Ich bin mir sicher, Brooks Atkinson, der renommierte Kritiker der *New York Times*, nach dem das Theater benannt war, hätte Ms Jordana Winston einige wohlgewählte Worte dazu zu sagen gehabt. Ich wünschte, wir könnten ihn für den Premierenabend wiederauferstehen lassen!

Ms Winston hatte ihre eigene Stylistin, ihre eigene Maskenbildnerin, ihren eigenen Fitnesstrainer/Ernährungsberater und ihre eigene männliche Konkubine, getarnt als ihr persönlicher Manager. (Uns allen war sehr schnell klar, welchen Teil von ihr er managt.) Glücklicherweise wurden sie (bis auf Letzteren) allesamt von Actors Equity verboten und zum Packen nach Hause geschickt. Die Diva war außer sich. Sie hatte noch nie etwas von den Gewerkschaftsregeln gehört. Bisher soll sie angeblich noch nicht mal einen Vertrag unterschrieben haben.

Bei den Anproben führte sie sich unmöglich auf. Ständig beharrte sie darauf, eigentlich eine Kleidergröße kleiner zu tragen, als es tatsächlich der Fall war. Sicher hat ihre Stylistin ihr immer die Klamotten an den Nähten ausgelassen, wobei es natürlich ungleich leichter ist, eine größere Größe enger zu nähen. Anscheinend hat die Größe von Ms Winstons Ego ihre Garderobiere mehr beschäftigt als die Größe ihres Hinterteils. Für so einen Kinderkram hatte ich keine Nerven, und als Ms Winston das mitbekam, drohte sie sogar damit, mich rausschmeißen zu lassen. Aber das machte mir keine Angst.

Obwohl ihre persönliche Stylistin also zwangsweise wieder

an die Westküste zurückfliegen musste – auf einem Besenstiel vermutlich –, blieb ihr noch eine letzte Möglichkeit, mir das Leben und die Arbeit so schwer wie irgend möglich zu machen. Vergangene Woche wurde die Besetzung zu einem Fotoshooting für eine bevorstehende Ausgabe des *New York Magazine* eingeladen, für einen ausführlichen, mehrseitigen Artikel über die angesagtesten neuen Stücke der Saison. *That Southern Play* war natürlich dabei. Es hieß, sie sollten sich in Schale werfen, und ihre Stylistin von der Westküste besorgte Jordana ein Max-Hammer-Kleid, das WWD als *das* It-Kleid der Saison bezeichnet hatte. Ich muss gestehen, es war eine gute Wahl. Wie versprochen schickte ich das Kleid gleich am Tag nach dem Shooting wieder zurück, und im Gegensatz zu meiner ansonsten eher unerfreulichen Zusammenarbeit mit Jordana und ihren Leuten verlief hier alles reibungslos. Bis gestern zumindest, als es plötzlich hieß, es müssten neue Aufnahmen gemacht werden, weil sie es geschafft hatte, den männlichen Hauptdarsteller austauschen zu lassen. Ich war also wohl nicht die Einzige, deren Job durch Jordana bedroht war.

Der arme Austin Williams. Er war vollkommen unbekannt, gecastet als Ms Winstons charmanter, rebellischer Ehemann. Gestern war er aus unerfindlichen Gründen überraschend »freigestellt« worden. So zumindest stand es in der Presse. Die wusste allerdings auch nicht viel mehr darüber zu berichten, als dass seine Zweitbesetzung ihn für die Dauer der Show ersetzen würde. Aber der wahre Grund war gleich bei der ersten Kostümprobe mehr als deutlich geworden: Der vollkommen unbekannte Austin Williams war ein Star. Man spürte es, sobald er ins Rampenlicht trat – er beherrschte die Bühne vom ersten Satz an, und mit jedem weiteren Satz, der ihm über die wohlgeformten Lippen kam, hing man immer hingerissener daran. Man hing ihm an den Lippen und konnte den Blick einfach nicht von ihm losreißen, um nicht die kleinste Bewegung zu verpassen, keinen Atemzug, keine seiner perfekten Äußerungen in diesem perfekten Südstaatenakzent. Das Problem dabei war nur, dass er eigentlich gar nicht der Star sein sollte. Ms Winston sollte der Star sein. Die ungeheure Präsenz dieses herausragenden Theaterschauspielers degradierte sie zur Requisite. Neben ihm verblasste sie und verschwand in der Kulisse. Zumindest bis sie den Mund aufmachte und ihr dilettantisch nachgemachter Akzent, der anschwoll und abflachte wie Ebbe und Flut, einem so durch Mark und Bein ging, dass man ihr zwangsläufig Gehör schenken musste. Ob man wollte oder nicht. Wonach man dann aber umso dankbarer dafür war, dass Mr Williams auf der Bühne stand, der die Show rettete und sie zugleich dem eigentlichen Star stahl. Die liebe Ms Winston war jedenfalls nicht dumm, und obwohl alle ihr unablässig versicherten, wie hinreißend sie sei, hatte sie schnell kapiert, dass sie nicht die geringste Chance hatte, neben Mr Williams zu bestehen.

Woher ich das alles weiß? Nun, das gellende Geschrei aus ihrer Garderobe war so schrill und Furcht einflößend, dass die Garderobieren und ich uns erschrocken im Fundus einschlossen. Tagelang ging das so. Die Produzenten waren mit den Nerven am Ende, der Regisseur verlor fast den Verstand, und am Ende drückten sich selbst die anderen Schauspieler bei uns im Fundus herum, weil man hier am weitesten von dem Gemetzel entfernt war. Austins Zweitbesetzung, ein netter, blasser Junge vom Juillard, half uns sogar beim Paillettenkleben. Und gestern tauchte dann unvermittelt der Produzent bei uns auf und fragte nach ihm. Er sah aus, als käme er gerade aus einer verlustreichen Schlacht.

Mit ausdrucksloser Stimme sagte er: »Junge, du bist jetzt dran.«

Verdattert sprang der Junge auf und warf dabei vor Schreck eine Schachtel Pailletten um. »Oh … zur Probe?«, hatte er mit großen Augen gefragt.

»Für die Show, die ganze Saison. Wir lassen gerade die Plakate neu drucken.«

Und ob man es glaubt oder nicht, das *New York Magazine* ließ sich tatsächlich zu einem neuen Shooting überreden, und ich rief meine Lieblingsverkäuferin an, Ruthie von Bloomingdale's, die beste in ganz New York, und bat sie, mir mit dem Kleid zu helfen. Sie sagte, da ließe sich sicher etwas machen, und wir vereinbarten, dass ich am nächsten Tag bei ihr vorbeikommen sollte.

Am nächsten Tag ging ich wie verabredet zu Bloomingdale's, und Ruthie kam mit einem Lächeln im Gesicht und dem Max Hammer über dem Arm aus dem Hinterzimmer. Ich hatte es gewusst, auf sie war Verlass. Ich kannte sie beinahe schon so lange, wie sie in diesem Laden arbeitete. Es gibt nicht mehr viele dieser waschechten, alteingesessenen New Yorkerinnen wie sie, diese geradlinigen, unverblümten Typen, die nicht lange drumherumreden, geradeheraus und immer auf den Punkt. Es war mir jedes Mal aufs Neue ein Vergnügen, mit Ruthie zusammenzuarbeiten.

»Bitte sehr!«, sagte sie und reichte mir das Kleid. »Es ist das letzte in Größe S, und nach unserem Gespräch gestern hätte ich beinahe hilflos mit ansehen müssen, wie eine Kundin es mitnimmt. Könnte sein, dass Sie es ein bisschen aufbügeln müssen. Das gute Stück ist viel rumgekommen und hat schon einiges mitgemacht.« Sie lachte.

»Dann passt es ja zu der Schauspielerin, die es tragen soll!«

Worauf sie noch lauter lachte. Ich war froh, dass das Kleid

nicht makellos war. Ich konnte es nicht ausstehen, ein nagelneues Kleid anvertraut zu bekommen und es dann nicht im selben unbefleckten Zustand zurückbringen zu können. Ich war mir sicher, Jordana Winston würde es bis zum Zerreißen dehnen, Flecken draufkleckern und es dann achtlos zerknüllt auf dem Boden liegen lassen. Vor allem weil sie schon gesagt hatte, dass sie es gerne bis zur Premierenfeier behalten würde.

»Ich bringe es Anfang nächster Woche zurück. Ist das in Ordnung für Sie, Ruthie?«

»Absolut«, entgegnete sie und fügte noch hinzu: »Mach's gut, kleines Schwarzes!«

# 17

# Ich und meine Alibifreundin

*Von Jeremy Madison, Filmstar*

Hank wollte dem ganzen Albert-ist-die-Liebe-meines-Lebens-Rummel mit einer weiteren inszenierten Aufführung ein Ende machen. Albert und ich wurden überhaupt nicht mehr gefragt. Er bellte uns nur irgendwelche Befehle zu. Albert und sein Freund sollten »zufällig« abends vor dem Nobu 57 von dort »zufällig« wartenden Paparazzi gesichtet werden, um dann dieses blöde Missverständnis ein für alle Mal aufzuklären und nachdrücklich zu versichern, dass *Jeremy Madison definitiv nicht schwul ist.* Dann sollten sie beide ein bisschen herumwitzeln, wie sehr sie sich wünschten, dass er es wäre, zum Wohl aller schwulen Männer der Welt. Hank war überzeugt davon, dass man es zwei offen schwulen Männern auf jeden Fall glauben würde. Eine weitere perfekt inszenierte Hank-Haberman-Produktion.

Ich für meinen Teil musste hoch und heilig versprechen, dafür zu sorgen, dass die Aussage »Jeremy Madison stand leider nicht für ein Gespräch zur Verfügung« auch tatsächlich den Tatsachen entsprach. Um vier Uhr nachmittags sollte ich meine Siebensachen gepackt haben und ganz allein auf dem Weg zu einem abgelegenen und vor allem WLAN- und reporterfreien Strand sein. Es konnte sicher nicht schaden, ein bisschen Zeit für mich zu haben, um in Ruhe über alles nachzudenken, dachte ich mir – bis Natalie mich anrief, um zu fragen, wie es mir ginge. Worauf ich mir dachte, dass Zeit mit Natalie noch besser als Zeit für mich allein wäre. Obwohl ich mir eigentlich fest vorgenommen hatte, mir keine weitere Abfuhr einzuhandeln, konnte ich der Versuchung nicht widerstehen, sie einzuladen, mich zu begleiten. Ich genoss es, Zeit mit ihr zu verbringen. Sie war die perfekte Ablenkung von allem, wovor ich gerade wegzulaufen versuchte.

»Du hast nicht zufälligerweise noch ein paar Urlaubstage übrig?«, erkundigte ich mich beiläufig.

»Schon … aber eigentlich muss ich meine freien Tage im Voraus beantragen. Warum?«

»Ich brauche dringend ein bisschen Urlaub. Ich wollte mich ein paar Tage irgendwo an den Strand legen. Lust mitzukommen?«, fragte ich lässig in der Hoffnung, nicht allzu verzweifelt zu klingen.

»Mmmm, am Strand liegen klingt wunderbar – wann soll's denn losgehen?«

»Ähm … jetzt gleich?« Gespannt hielt ich die Luft an.

»Ha, das hört sich toll an, lass mich kurz nachfragen, ob Tomás oder Ruthie für mich einspringen können. Ich melde mich in zehn Minuten.«

»Willst du denn gar nicht wissen, wo es hingeht?«, fragte ich und musste lachen über ihre blind vertrauende Spontaneität. Vielleicht mag sie mich ja doch ein bisschen.

»Mir egal … Strand und Sonne ist alles, was ich wissen muss. Wir beide machen auf Thelma und Louise! Vielleicht können wir ja unterwegs noch einen Brad Pitt aufgabeln!«

Es traf mich wie eine Rechts-links-Kombination: Sie sah mich als Busenfreundin, *und* sie wollte Brad Pitt abschleppen. »Okay, sag einfach Bescheid«, brachte ich nur mühsam heraus.

Meine neue beste Freundin Natalie und ich trafen uns um 16 Uhr am Flughafen Teterboro und stiegen in unseren Privatjet. Sie war so aufgeregt, als sie mich sah, dass sie auf mich zulief, mir um den Hals fiel und mir die Beine um die Taille schlang. Sie war hin und weg von unserem Privatflieger – es war ihr erstes Mal. Sie war auch hin und weg, dass ich ihr nicht verraten wollte, wohin die Reise ging. Und als sie aus dem Fenster des Fliegers die atemberaubende Küste von Turks und Caicos sah, fielen ihr beinahe die Augen aus dem Kopf. Während des Fluges und der Fahrt zu unserem Ressort bedankte sie sich öfter bei mir als meine Exfreundin während unserer gesamten Beziehung. Ich nahm mir vor, sie nicht mehr ständig mit meiner Ex zu vergleichen und sie stattdessen lieber mit Mitchell Grabow zu vergleichen, meinem besten Freund im Camp Olympus.

Beim Einchecken verlangte ich zwei getrennte Casitas, eine für sie und eine für mich.

Worauf Natalie sofort einwarf: »Wie, ich dachte, wir teilen uns das Zimmer?« *Mag sie mich doch?*

»Na ja, ich dachte, wenn dein Brad Pitt hier irgendwo rumläuft, brauchst du vielleicht ein eigenes Zimmer.«

Sie lachte. »Wenn einer von uns beiden Brad Pitt aufgabelt, gehen wir einfach auf *sein* Zimmer!«

Was zum Teufel redete sie da? Was sollte ich denn mit Brad Pitt? Wobei ich Brad Pitt wirklich gern mal kennenlernen würde. Er hat den Wechsel vom jungen Herzensbrecher zum gereiften Charakterdarsteller perfekt hinbekommen. Die Frau kennt mich nach ein paar Tagen besser als meine Exverlobte nach einem ganzen Jahr.

Sie packte mich an den Schultern und sagte ganz ernst: »Jeremy, ich möchte jede freie Minute mit dir verbringen … So schnell habe ich mich mit keinem Menschen mehr so wohlgefühlt, seit Lisa Rogell in der siebten Klasse im Haus nebenan eingezogen ist!«

*… Mag mich, wie sie Lisa Rogell mochte.*

»Dann nur eine Casita, bitte.« Für mich und meine neue beste Freundin.

Unser »Houseboy« fuhr uns mit dem Golfwagen zu unserem kleinen Bungalow und zeigte uns alles, was wir wissen mussten. Es war einfach perfekt – schlicht, aber luxuriös und sehr komfortabel. Das Schlafzimmer bestand hauptsächlich aus einer riesengroßen Glaswand, die aus den Felsen ragte und einen atemberaubenden Ausblick über das Meer bot. Es war alles sehr minimalistisch. Nur ein ausladendes, einladendes, riesengroßes weißes Bett, zwei begehbare Kleiderschränke und ein Badezimmer wie in einem Palast.

Innerhalb weniger Minuten war Natalie selbst auch sehr minimalistisch unterwegs. Mit String-Bikini, einem umwerfenden Lächeln und einem durchsichtigen, perlenbestickten Sarong. Es war nicht nur ihre Schönheit, die mich umhaute, ihre Gesichtszüge und ihre Kurven, es war sie selbst. Alles an ihr. Ihre Aura. Irgendwie war sie gleichzeitig einnehmend und unerreichbar. Ich stieg rasch in Badehose und T-Shirt, und dann gingen wir runter zum Strand.

Kaum dort angekommen kam auch schon der nette Hotelangestellte mit den Sonnenschirmen. Natalie wies auf eine etwas abseits stehende Sonnenliege ganz nahe am Wasser und fragte, ob die noch frei sei.

»Für Sie selbstverständlich«, antwortete er.

»Wäre das okay für dich?«, fragte sie.

»Was immer du möchtest«, gab ich zurück. Sie lächelte. Meine Ex hätte mich jetzt in eine zwanzigminütige Diskussion darüber verwickelt, dass ich meine Bedürfnisse nicht äußere oder ihr immer ihren Willen lasse, nur um Pluspunkte bei ihr zu sammeln. Ständig hatte sie es mit Punkten zu ihren Gunsten oder Punkten zu meinen. Jetzt tat ich es schon wieder … Natalie mit meiner Ex vergleichen. Ich versuchte, sie mir als Mitch Grabow vorzustellen, aber ihr strahlender Teint und das dazugehörige Lächeln erschwerten mir das erheblich.

Der Sonnenschirmbedienstete versorgte uns mit Handtüchern und Eiswasser, und Natalie bestellte zwei Piña Coladas – für jeden von uns. Dann legte sie sich direkt neben mich. Nicht so, dass wir uns berührten, aber so dicht, dass sie mit den Beinen gelegentlich meine streifte. Sie setzte sich auf. »Ist dir langweilig?« War mir nicht. Ich fand es schön, einfach so dazuliegen und darauf zu warten, dass unsere Beine sich streiften. Sie kramte in ihrer Strandtasche herum und zog die beiden Drehbücher heraus, die ich lesen sollte, und Sonnencreme. Ich hatte sie gebeten, mich unter allen Umständen dazu zu zwingen, sie mir anzusehen. »Wir sollten uns unbedingt eincremen«, erklärte sie energisch und bedeutete mir, ich solle mich auf den Bauch drehen. Dann rieb sie mir den Rücken ein, und im Gegenzug bat sie mich, ihr ebenfalls den Rücken einzucremen. Mitch Grabow, Mitch Grabow, dachte ich … aber als ich die seidenweiche schneeweiße Creme auf ihren Schultern verrieb, war es um mich geschehen. Und als ich schließlich bei den beiden kleinen Grübchen ankam, die oberhalb ihres Pos wie die magischen Tore zu Disney World lockten, konnte ich mich nicht mehr beherrschen. »Fertig!«, krächzte ich und gab mir große Mühe, mir nicht anmerken zu lassen, wie sehr sie mich erregte.

»Welches Drehbuch willst du als Erstes lesen?«, fragte sie und hielt strahlend die beiden gehefteten Blätterstapel links und rechts ihres hübschen Gesichts in die Höhe.

»Keins von beiden!«, entgegnete ich lachend.

»Komm schon, ich lese es dir vor, sogar mit verstellter Stimme.« Genau das brauchte ich, um mich von Hank und Albert und dem ganzen Pressegedöns abzulenken.

»Das da«, sagte ich und tippte auf das dünnere der beiden. Es war eine romantische Komödie. Hank fand, nach den letzten beiden Actionfilmen sollte ich etwas machen, das sexy war und lustig und eindeutig hetero. Drehbeginn war schon im kommenden Monat, und sie suchten einen Last-minute-Ersatz für den männlichen Hauptdarsteller – Gerüchten zufolge war der ursprünglich für diesen Part vorgesehene Schauspieler gerade in eine Entzugsklinik eingeliefert worden. Fast auf Knien hatte Hank mich angefleht, die Rolle anzunehmen. Vielleicht würde ein Happy End auf der Leinwand ja auch auf mein wahres Leben abfärben.

Sie legte los.

»Aufblende. AUSS.« Sie unterbrach sich mit dem süßesten Stirnrunzeln.

»Was heißt denn AUSS?«, fragte sie.

Ich ging mit ihr die Anmerkungen durch. »AUSS heißt Außenaufnahme, sprich, die Szene spielt draußen.« Ich blätterte ein paar Seiten weiter und wies auf eine andere Stelle. »INN bedeutet Innenaufnahme, die Szene spielt also drinnen. Manchmal steht auch INN/AUSS da, das heißt, man schaut von drinnen nach draußen, zum Beispiel durch ein Fenster. Verstehst du?«

»Ja. Das ist ja so cool!«

»Für dich vielleicht. Weißt du, wie viele Drehbücher ich lesen muss, bis das richtige dabei ist? Oder oft auch das falsche?«

»Na ja, ich lese jedenfalls jetzt das hier, also erklär ruhig weiter«, sagte sie sehr entschieden.

»Okay. Es ist eigentlich ganz einfach. Danach kommt die

Beschreibung der Szene in Großbuchstaben, darunter die Handlung und dann die Dialoge. Der Dialog steht immer unter dem Namen der Figur.« Ich reichte ihr das Drehbuch zurück. »Hier, versuch's mal.« Es machte einen Riesenspaß, mir vorlesen zu lassen. So konnte ich ganz entspannt in der Sonne liegen, zuhören und mir alles vorstellen.

Sie setzte sich auf und fing an zu lesen.

»AUSS. Schnee, ein Skigebiet, Vermont. Nancy Straub wartet mit angehaltenem Atem am Fuß der Berge. Nervös schaut sie auf die Uhr. Immer wieder sieht sie angestrengt zum Berg hinauf, und *Ach du lieber Gott, da drüben an der Tiki-Bar steht Flips Verlobte.*«

Ich schlug die Augen auf. »Was? Das muss ich sehen«, brummte ich und griff nach dem Skript. »Eine Tiki-Bar in einem Skigebiet in Vermont? Das ist doch absurd. Lass uns lieber das andere lesen.« Ich nahm Natalie das Drehbuch aus den zitternden Händen.

Sie hatte Tränen in den Augen. »Das steht nicht im Drehbuch. Das ist echt. Das ist Flips Verlobte. Ich erkenne sie von der Verlobungsanzeige und weil ich sie so oft gegoogelt und auf Facebook gestalkt habe. Bestimmt verbringen sie hier ihre Flitterwochen. Ach du lieber Himmel, und da ist Flip! Er hat uns gesehen! Sie kommen hierher!«

Sie sah aus, als bräche es ihr gerade noch einmal das Herz. Ich konnte es kaum ertragen, das Elend mitanzusehen – da hatte ich uns beide auf eine einsame Insel verfrachtet, um von allem wegzukommen, und konfrontierte sie ausgerechnet mit dem, was sie am dringendsten vergessen wollte. Es war wie einer dieser absurden Zufälle in einer romantischen Komödie. Nur dass der Drehbuchschreiber die Situation dann mit einer großartigen romantischen Geste gerettet hätte. Also dachte ich, *was würde Nora Ephron mich jetzt tun lassen?*

Kurz entschlossen nahm ich Natalie an die Hand und zog sie zum Wasser und, wie Burt Lancaster und Deborah Kerr in *Verdammt in alle Ewigkeit*, sank ich mit ihr auf die Knie und küsste sie leidenschaftlich in der Brandung. Ich weiß nicht, ob es Rachegelüste waren oder Leidenschaft, aber sie spielte mit wachsender Begeisterung mit, und wir boten allen um uns herum, einschließlich Flip und seiner Frischvermählten, eine ordentliche Show. Wir hörten gar nicht mehr auf, allerdings wohl aus unterschiedlichen Gründen. Ich konnte mir gut vorstellen, dass sie einfach eine Heidenangst davor hatte, was passieren würde, wenn wir aufhörten. Also machten wir weiter, bis der berühmt-berüchtigte – und verblüffend kurz gewachsene – Flip Roberts und seine halbwegs hübsche Frau direkt vor uns standen.

»Natalie? Bist du das?«

Widerstrebend rissen wir uns voneinander los, und ich half ihr auf die Füße.

Natalie redete, als hätte sie schon ihr ganzes Leben lang geschauspielert. »Ach herrje, Flip. Was machst du denn hier?«

»Dachte ich mir doch, dass du das bist«, sagte er und verhaspelte sich dabei.

»Wir sind in den Flitterwochen!«, warf seine leidlich attraktive Frau spitz ein. Und dann passierte es. Man konnte ihr förmlich dabei zusehen. Sie erkannte mich. Dreimal stupste sie Flip in die Rippen, dann trat sie ihm kurzerhand vors Schienbein. Natalie versuchte, sich das schadenfrohe Grinsen zu verkneifen, das sich in ihr Gesicht schleichen wollte, aber als Flips Frau dann fragte: »Sind Sie Jeremy Madison?«, konnte sie sich nicht mehr beherrschen und grinste breit von einem Ohr zum anderen.

Ich lächelte mein einnehmendstes Filmstarlächeln und erwiderte zuckersüß: »Dieses Wochenende nicht. Dieses Wochenende bin ich nur Natalie Canaras Freund, also bitte, bitte erzählen Sie nicht weiter, dass Sie uns hier gesehen haben. Wir sind hergekommen, um uns vor der Presse zu verstecken.« Flip sah aus, als würde er am liebsten auf der Stelle tot umfallen.

Seine Frau war zwar ganz ansehnlich, aber ein bisschen verspannt und hüftsteif und überhaupt nicht mit Natalie zu vergleichen. Sie hatte nichts von Natalies überschäumendem Temperament, ihrer süßen Art oder ihrer Seelentiefe – nicht mal ansatzweise. Und obwohl ich mir beim besten Willen nicht erklären konnte, was sie mal an diesem Kerl gefunden hatte, wollte ich sie doch glücklich sehen, und wenn es sie glücklich machte, Flip eins auszuwischen, dann würde ich ganz dick auftragen. Natalie hatte noch kein Wort gesagt, Flips Frau hatte noch keinmal Luft geholt.

»Wollen wir heute Abend nicht einfach alle zusammen essen?«, schlug sie etwas übereifrig vor. Ich warf Natalie einen Blick zu, um zu sehen, was sie davon hielt. Sie lächelte ein freundliches Ja, aber ihre Augen schrien verzweifelt Nein. Verliebt nahm ich sie in die Arme.

»Tut mir leid«, säuselte ich. »Aber wir essen allein in unserem Bungalow. So ein Wochenende ist viel zu kurz, und ich bin so selbstsüchtig, dass ich sie mit niemandem teilen möchte.« Und dann kitzelte ich sie ein bisschen. Sie kicherte. Flip starb tausend Tode. Die Braut beobachtete das Ganze neidvoll – nicht weil ich ein Filmstar war, dachte ich, sondern weil es nichts gibt, was eine Frau lieber hört, als wenn ein Mann sagt, er möchte sie ganz für sich allein. Und ein bisschen grausam zum armen Flip fügte ich noch hinzu: »Das verstehen Sie doch sicher.« Flip machte ein halb ersticktes Geräusch irgendwo zwischen einem Husten und einem Prusten und nahm dann mit Bedacht die Hand seiner Frau.

»Bye, viel Spaß«, krächzte er, drehte sich auf dem Absatz um und marschierte über den Strand von dannen.

»Euch auch«, rief Natalie ihnen nach und konnte sich das Kichern kaum verkneifen.

Hätte sie im Sand herumhüpfen und triumphierend die geballte Faust gen Himmel recken können, ich glaube, sie hätte es getan. Stattdessen ringelte sie sich neben mir auf der Sonnenliege zusammen und schmiegte sich an meine Brust. »Jeremy«, raunte sie, »du bist der beste Schauspieler, den ich je gesehen habe, und ich werde dir nie vergessen, was du für mich getan hast. Nie im Leben.« Und dann drückte sie mir einen flüchtigen Kuss auf die Lippen. So, wie man einen Welpen küsst.

Die nächsten Tage verbrachten wir hauptsächlich in und vor unserer Casita an unserem Privatpool. Diese kleine Auszeit hatte ich dringend gebraucht – es war still und friedlich, niemand erkannte mich, und wir waren fleißig und lasen beide Drehbücher, und ich überlegte ernsthaft, mich für die romantische Komödie in Vermont zu entscheiden. Natalie war es ganz recht, dass wir uns zusammen einigelten. Eigentlich war sie gerne unter Menschen, aber sie wollte vermeiden, Flip noch mal über den Weg zu laufen. Sie wollte dieses perfekte zufällige erste Zusammentreffen nicht verderben. Anscheinend war dieses erste Zusammentreffen nach der Trennung ein dickes Ding – ich hatte noch nie einen Gedanken daran verschwendet, aber Frauen machen sich deswegen wohl vollkommen kirre. Wann sie ihrem Ex zufällig begegnen? Ob sie umwerfend aussehen oder am heißesten Tag des Jahres gerade völlig verschwitzt und mit hochrotem Gesicht aus dem Fitnessstudio kommen? Und das Ganze muss wirklich ungeplant passieren, damit es als echtes Zufallstreffen durchgeht. Sagen wir, die Hochzeit eines gemeinsamen

Freundes, bei der man sich ohnehin hübsch zurechtmacht und zum Anbeißen aussieht und im Vorhinein weiß, dass er auch eingeladen ist, gilt nicht. Aber dem Ex zufällig zu begegnen, während man sich mit einem A-Promi-Filmstar im weißen Tropensand wälzt und im neuen Bikini einfach superheiß aussieht, ist wohl ein Sechser mit Zusatzzahl, was solche Zufallsbegegnungen angeht.

Nachts schlief sie halb nackt auf dem Bauch, und immer schlief sie vor mir ein. Und ich schaute ihr beim Schlafen zu. Aber nicht so gruselig, wie sich das anhört, ehrlich. Ihre sonnengebräunte Haut und das friedliche Gesicht und die zerzausten Haare – es war eher, als betrachtete man einen traumschönen Sonnenuntergang. Ich konnte nicht anders, als sie anzusehen, bis mir die Augen zufielen und ich auch einschlief. Noch zwei Tage, dann würde ich wieder zu Jimmy Fallon einschlafen. Früher fand ich überhaupt nichts dabei.

Natalie war völlig vernarrt in den erstklassigen Service des Hotels. Sie kriegte sich gar nicht mehr ein, als sie herausfand, dass alles, was man in den kleinen Wäschekorb in unserem Zimmer warf, ein paar Stunden später wie von Zauberhand gewaschen und gefaltet auf dem Bett erschien. Für sie war nichts selbstverständlich, und sie freute sich wie ein kleines Kind über jede Kleinigkeit. Was mir sehr deutlich vor Augen führte, was in meinem Leben fehlte. Am letzten Abend bestellten wir Hummer und Champagner, und weil wir unsere Sachen schon alle schön sauber, ordentlich und trocken in den Koffer gepackt hatten, überredete Natalie mich, nackt baden zu gehen. Ich weiß, Sie denken jetzt, dass ich mir das nicht hätte zweimal sagen lassen müssen, aber ehrlich gesagt bezweifelte ich, dass ich es durchstehen würde. Ich hatte mich zwar mehr oder minder damit abgefunden, dass unsere Freundschaft rein platonisch war, und hielt darum immer einen gewissen Sicherheitsabstand. Aber ich war mir nicht sicher, ob ich es schaffen würde, mich zu beherrschen und sie nicht zu küssen, wenn wir nackt zusammen im Wasser planschten. Aber sie wollte es unbedingt, und ich konnte ihr einfach nichts abschlagen.

Und ich sollte recht behalten – ich schaffte es nicht. Als sie mich zum dritten Mal unter Wasser streifte und dann wie eine griechische Meeresgöttin vor mir auftauchte, zog ich sie an mich und küsste sie. Es ging ein paar Minuten, und ganz ehrlich, ich glaube, ich habe noch nie jemanden so sehr gewollt oder habe so lange darauf gewartet, den ersten Schritt zu machen. Schließlich löste ich mich von ihr.

»Wollen wir drinnen weitermachen?«, murmelte ich kaum hörbar.

»Ich glaube nicht, dass wir überhaupt weitermachen sollten, Jeremy«, widersprach sie, sehr gut hörbar.

»Warum nicht?«, fragte ich etwas verdattert.

»Warum nicht?«, entgegnete sie, noch deutlich verblüffter als ich. Meine drängende Begierde verflog langsam. Ich wusste zwar nicht, was sie hatte, aber so allmählich kam ich mir ziemlich verarscht vor.

»Ja, warum nicht? Warum bist du total verrückt nach diesem Idioten, der vor lauter Ivy-League-Getue nicht mal seine eigene Nasenspitze sieht, und für mich empfindest du überhaupt nichts?« Da. Ich hatte es gesagt. Ich weiß nicht, wann ich mich das letzte Mal im Leben so verletzlich gemacht hatte. Sie sagte nichts und schien kurz nachzudenken. Ich fühlte mich nackt, und ihr muss es ähnlich gegangen sein, denn sie verschränkte die Arme vor der Brust, ehe sie mir antwortete.

»Jeremy, ein Mann hat mir vor gar nicht allzu langer Zeit das Herz gebrochen, und das war alles andere als angenehm.

Es war ehrlich gesagt sogar ziemlich schrecklich, und ich will das nicht noch mal durchmachen müssen, zumindest nicht so …«

Ich unterbrach sie. »Natalie, ich bin total verrückt nach dir, nach allem an dir. Mit jeder Minute, die wir zusammen verbringen, will ich dich mehr. Ich verspreche dir, ich würde dir nie wehtun«, sagte ich flehentlich.

»Das sagst du jetzt, Jeremy, und sicher glaubst du es auch, aber tief in deinem Herzen weißt du, dass du auf Männer stehst, und ich weiß, mit dem Mondlicht und dem Nacktsein und all der Spielerei, uns als Paar auszugeben, hast du dich kurzzeitig zu mir hingezogen gefühlt, aber ich glaube, das war nur im Eifer des Gefechts.«

»MOMENT mal!«, brach es aus mir heraus. »Was redest du denn da? Ich bin nicht schwul.«

Sie wurde aschfahl. Dann rückte sie von mir ab und rannte zu ihrem Handtuch. Ich rannte ihr nach. Ich war vollkommen verwirrt, aber sie schien einfach nur stinksauer zu sein. Aufgebracht lief sie im Zimmer auf und ab und warf ihre letzten Sachen in den Koffer. Irgendwann blieb sie stehen.

»Wie konntest du nur?«, herrschte sie mich an.

»Wie konnte ich was?«, gab ich zurück.

»Wie konntest du mich nur so anlügen? Und so lange? Du hast in meinem Bett geschlafen … und mich hierhergebracht und dir ein Zimmer mit mir geteilt. Ich habe mich vor dir nackt ausgezogen!«

»Es tut mir leid … ich dachte, du bist ein Freigeist – das ist eins der Dinge, die mir so an dir gefallen!«

»Ach, echt?«, schäumte sie wütend. »Tja, bin ich aber nicht. Ich bin kein Freigeist! Ich bin sogar ziemlich prüde! Ein Freigeist bin ich nur vor meinen Freundinnen! Thelma und Louise, schon vergessen?«

»Ich habe nie behauptet, ich wäre schwul!«, hielt ich dagegen und wurde nun langsam auch etwas ungehalten.

»Du hast mir aber auch nie gesagt, dass du es nicht bist!«, brüllte sie zurück und wurde ihrerseits äußerst ungehalten.

Wütend schrie sie auf mich ein und ließ mir keine Chance, mich zu verteidigen. Ich dachte immer nur, dass das irgendwann bestimmt vorüberginge und alles wieder gut sein würde, aber sie ist wahrscheinlich der sturste Mensch, dem ich je begegnet bin. Der Abend endete damit, dass sie, und ich beliebe nicht zu scherzen, in der Badewanne, die einem König alle Ehre gemacht hätte, nächtigte, und zwar mit sämtlichem Bettzeug und fast allen Kissen. Am nächsten Morgen wusste ich nicht, was ich sagen sollte, und sie schien alles gesagt zu haben, was sie zu sagen hatte, also flogen wir in tiefem Schweigen nach Hause. Bis auf einen Satz zum Abschied. (Von ihr.)

»Bye, Jeremy. Ich mochte dich lieber, als du noch schwul warst.«

In Teterboro stieg sie in ein Taxi. Auf der Fahrt in der Limousine nach Hause tröstete ich mich mit einem versöhnlichen Gedanken: Obwohl sie mich jetzt nicht *so* mochte oder überhaupt noch irgendwie mochte, hatte sie mich vorher wenigstens nicht *so* gemocht, weil ich schwul war.

## 18

# Liebe am Nachmittag

*Von Felicia (alias Arthur Winters' Sekretärin)*

Er bestellte mich unter dem Vorwand zu sich, eine wichtige Akte eines unserer Klienten zu benötigen. Den ganzen Weg dorthin hoffte ich insgeheim, dass er sich daran erinnert hatte, dass ich unbedingt einmal im Leben ins Carlyle wollte. Wobei ich mir dabei natürlich eher vorgestellt hatte, unten im Café zu sitzen und Sutton Foster zu hören, statt mich oben in einer der Suiten zwischen den Laken zu räkeln. Vielleicht wird es Zeit für neue Lebensträume!

Wie angewiesen ging ich zum Empfang und fragte nach Mr Winters.

Der Concierge sagte mir, es sei eine Nachricht für mich hinterlegt. »Suite 402« stand da in der Handschrift, die ich am besten von allen auf der Welt kannte, und dazu ein kleines Herz unten auf der Karte. Das kannte ich noch nicht. Sechsmal drückte ich den Knopf für die vierte Etage, aber dadurch fuhr der Aufzug auch nicht schneller.

Nur Sekunden nachdem ich das Zimmer betreten hatte, lagen wir beide auch schon nackt zwischen den schweren, sündhaft teuren Laken. Arthur küsste mich und rückte dann hinunter zum Fußende des Bettes. Diese Szene – eine Frau, die sich von einem Mann verwöhnen lässt und sich ihm dabei rückhaltlos hingibt – sieht man in neuester Zeit immer häufiger im Fernsehen und auf der Leinwand. Muss wohl mit dem Wiedererstarken der Frauenbewegung zu tun haben. Stumm dankte ich diesen jungen Feministinnen, dass ich dabei nicht ganz so verkrampft war, aber richtig entspannt war ich trotzdem nicht. Rückhaltlose Hingabe ist etwas, das mir noch ein bisschen schwerfällt. Bisher habe ich mich bei niemandem so wohl und sicher gefühlt, dass ich das zugelassen hätte. Die paar Male, die ein Mann Anstalten dazu gemacht hatte, hatte ich tatsächlich höflich dankend abgelehnt. Nein, danke. Als wollte ich nach dem Essen kein Dessert. Arthur musste gespürt haben, dass irgendwas nicht stimmte, denn er tauchte wieder auf und schaute mich fragend an.

Dann küsste er mich mitten auf den Mund. »Was ist?«, fragte er. Und küsste mich wieder.

»Nichts«, entgegnete ich, aber mir war wohl deutlich anzumerken, wie nervös ich war. Was ihm anscheinend nicht entgangen war, denn er lächelte und sah mir tief in die Augen. »Komm schon, ich bin's doch nur«, murmelte er und verschwand wieder unter der Decke. Und plötzlich war es, als schaltete sich mein Kopf ab, und ich entspannte mich.

Eine Stunde später, als ich ihn betrachtete, wie er friedlich schlafend neben mir lag, ging mir schweren Herzens auf, dass ich das mit uns wohl beenden musste. Langsam wurde es ernst, zumindest für mich. Und er hatte sich immer noch nicht von Sherri getrennt, wie er es mir eigentlich versprochen hatte. Er schlug die Augen auf.

»Arthur«, sagte ich ganz ernst, »morgen Nachmittag habe ich einen Termin bei einem Headhunter.«

Er lachte.

»Ich meine es ernst, Arthur. Ich sollte nicht mehr mit dir zusammenarbeiten.« Ich seufzte. »Gerade Mitinhaber der Firma dürfen nicht einfach gegen betriebsinterne Regeln verstoßen.«

Er wirkte traurig. »Aber wenn du nicht mehr für mich arbeitest, dann sehen wir uns nicht mehr jeden Tag. Ich glaube, das halte ich nicht aus.«

Jetzt musste ich lachen. »Du hast dich bisher nicht mal von Sherri getrennt. Dreimal hat sie gestern angerufen.«

»Ich weiß. Sie ruft mich andauernd an, weil wir uns länger nicht gesehen haben.« Er seufzte schwer. »Ich versuche einfach, den richtigen Zeitpunkt abzupassen. Sie ist emotional nicht die Stabilste. Ich will sie nicht verletzen.« Ich schaute ihn an und verdrehte die Augen.

»Du hast ja recht. Ich sage es ihr am Wochenende, versprochen. Und du triffst dich mit dem Personalbeschaffer, und dann brauchen wir das Ganze nicht mehr zu verheimlichen.« Ich war rundum zufrieden. Mit Arthur zusammen zu sein fühlte sich gleichermaßen neu und vertraut an.

Er lachte. »Wobei mir die Heimlichkeiten schon fehlen werden. Das war die einzige Heimlichtuerei meines Lebens, und wenn ich ehrlich bin, hat es mir großen Spaß gemacht.«

Ich musste mitlachen. »Mir auch. Wir können ja noch ein bisschen heimlichtun, so schnell finde ich sicher keine neue Stelle.«

»Das stimmt«, murmelte er, spähte unter die Laken und meinte dann grinsend: »Außerdem brauchst du ein verdammt gutes Empfehlungsschreiben von mir.« Und dann machten wir auch schon wieder weiter.

## 19

# Premierenabend

*Von der männlichen Konkubine der Diva*
*Alter: genauso alt wie die Diva selbst*
*(würde ich es Ihnen verraten,*
*müsste ich Sie leider erschießen)*

Ich kannte jede Zeile auswendig. Jede Bühnenanweisung und jede Szenenbeschreibung. Jeden einzelnen Teil war ich wieder und wieder durchgegangen, bis auf Jordanas Part natürlich. Ich musste mich zusammenreißen, um nicht während der Aufführung stumm murmelnd die Lippen zum Text zu bewegen.

Erster Akt

*(Der Vorhang hebt sich,* ***Daphne Beauregard*** *liegt im Bett. Ein heißer Augusttag in Georgia, an einem Sonntagmorgen gegen elf Uhr. LUCINDA, das Hausmädchen, bringt auf einem Tablett Eistee und Kekse herein. Sie stellt das Tablett ab und zieht die Vorhänge auf. Daphne, noch mit Augenmaske, regt sich unter der Decke und tastet mit der Hand suchend auf der Bettseite ihres Mannes. Sie ist leer.)*

DAPHNE Reggie ist aber heute früh auf.
LUCINDA Es ist schon Mittag, Mrs Beauregard.

DAPHNE Ich brauche nun mal meinen Schönheitsschlaf, Lucinda.

*Lucinda richtet die Vorhänge auf der anderen Seite des Zimmers.*

LUCINDA Dann sollten Sie vielleicht noch ein paar Stunden weiterschlafen.

DAPHNE Wie war das, Lucinda?

LUCINDA Ich sagte, Mr Beauregard ist schon vor Stunden ausgeritten.

DAPHNE Heute Abend sind wir zu Cocktails bei den Whitmans eingeladen. Ich möchte dieses entzückende Kleid tragen, das ich letzte Woche in Atlanta gekauft habe. Jackie Kennedy soll angeblich genau das gleiche haben. Leg mir bitte die Diamanten und Perlen heraus, um fünf muss ich anfangen, mich zurechtzumachen. Ach, aber welche Schuhe soll ich nur dazu anziehen? Sagen wir lieber halb fünf. Das sind doch einige wichtige Entscheidungen.

LUCINDA Wie Sie wünschen, Mrs Beauregard.

DAPHNE Und zum hundertsten Mal, Lucinda, du sollst mich nicht MRS Beauregard nennen.

LUCINDA Entschuldigung, Ma'am.

DAPHNE Viel besser. Morgen bin ich zum Mittagessen in der Stadt. Bitte staube in der Zeit meine Schneekugelsammlung ab. Und vergewissere dich unbedingt, dass Rose währenddessen ihren Mittagsschlaf hält. Ich möchte nicht, dass sie sie anfasst.

LUCINDA Ich weiß, Mrs Beauregard.

DAPHNE Ach, heilige Gottesmutter, ich bitte dich, du sollst mich Ma'am nennen.

Hier unterbrach ich mich und hörte auf, den Text im Kopf mitzusprechen. Der Mann neben mir hatte mich abgelenkt. Er hatte ein kleines Notizbüchlein gezückt. Vermutlich ein Kritiker. Er notierte zwei Worte. Aus dem Augenwinkel schielte ich heimlich darauf und versuchte, sie zu entziffern.

*Völlig überfordert.*

Völlig überfordert. Ach herrje. Ob er vielleicht das Dienstmädchen meinte? Um Gottes und des lieben Himmels willen, bitte lass ihn das Dienstmädchen meinen. Vielleicht war er von Newsday. Eine schlechte Kritik von *Newsday* würden wir überleben. Solange er nicht von der *Times* war. Grundgütiger – sieben Zeilen, und er dachte schon, sie sei mit der Rolle völlig überfordert. Dabei war sie noch kein einziges Mal aus ihrem Südstaatenakzent gefallen. Das passierte meistens erst im zweiten Akt.

Daphnes Ehemann betrat die Szene. Die Verachtung für seine Frau war beinahe greifbar. Genauso wie die Verachtung des Kritikers für Jordana. Er schrieb das eine Wort in sein Notizbuch, das ich gehofft hatte, nicht sehen zu müssen.

*Ambitioniert.*

Man könnte dieses Wort für ein Kompliment halten. Aber ich wusste, es war keins. Ich konnte mir die Kritik ganz genau vorstellen.

*Ms Winston wäre gut beraten gewesen, sich für ihr Broadway-Debüt eine weniger ambitionierte Rolle auszusuchen. Eine, in der sie sich vom unüberhörbaren Akzent ihrer Heimatstadt Los Angeles geografisch nicht weiter hätte entfernen müssen als, sagen wir, Pasadena.*

Oben auf der Bühne griff Reggie Beauregard gerade nach Daphnes wertvollster Schneekugel – einer antiken Nachbildung der Niagarafälle – und zerschmetterte sie auf dem Boden.

*Daphne kreischt auf.*

DAPHNE Nicht die Niagarafälle. Die war von Mama!

REGINALD Tja, und jetzt ist sie hin. Und wenn du nicht aufhörst, dich in meine Angelegenheiten einzumischen, bist du das bald auch.

*Reginald geht nach rechts von der Bühne ab.*
*Daphne wirft sich schluchzend aufs Bett.*

*Vorhang. Ende des ersten Akts.*

Kaum ging das Licht an, standen der Kritiker und sein Begleiter auch schon an der Bar. Unauffällig gesellte ich mich zu ihnen, bestellte mir einen Martini und suchte mit dem Handy im Netz nach Fotos von New Yorker Theaterkritikern. Fast hätte ich mich vor Schreck an meiner Olive verschluckt. Der Mann neben mir war kein Geringerer als Brad Bentley, Chef-Theaterkritiker der *New York Times*. Es war ein einziger Albtraum.

»Sie ist viel zu alt für die Rolle. Der Typ, der den Reginald spielt, könnte glatt ihr Sohn sein«, bemerkte sein Begleiter. Bentley stimmte ihm vollinhaltlich zu und bestellte noch einen Scotch. Vielleicht verschlief er ja den zweiten Akt. Was sollte ich denn jetzt machen? Eine schlechte Kritik in der *Times* würde sie völlig fertigmachen. Zu alt für die Rolle? Ich mochte mir gar nicht ausmalen, welche Hölle nach so einer Bemerkung ausbrechen und welche Mengen an Botox das unweigerlich nach sich ziehen würde.

An seinen Begleiter gewendet sagte er: »Du kannst wenigstens gehen, wenn du willst, aber ich muss mir den zweiten Akt auch noch antun!« Sein Begleiter winkte zwar ab, aber ich nahm mir diese Bemerkung zu Herzen.

Wie ein geölter Blitz flitzte ich aus dem Theater und rief ein Taxi. Nun werden Sie sich vielleicht fragen, was ich in dieser narzisstischen Primadonna sehe, außer einem Goldesel – aber ich liebe sie. Ich liebe sie wirklich aufrichtig. Hinter dem ganzen Drama, hinter dem aufgeblasenen Ego, ist etwas, das mich berührt. Wir verstehen uns. Und ich bin ihr Lieblingsmensch. Was wesentlich besser ist, als der zu sein, der ich wäre, wenn ich nicht ihr Lieblingsmensch wäre – ein arbeitsloser Schauspieler, der seit *Titanic* nicht mehr besetzt worden ist, und selbst da lautete mein Rollenname ERSTER ERTRUNKENER. Tja, aber heute werde ich nicht so einfach untergehen. Heute werde ich das Ruder in die Hand nehmen, die Segel setzen und mitsamt meiner geliebten egomanischen weiblichen Hauptrolle Land gewinnen.

Schon während der Fahrt zum Hotel regelte ich alles Nötige. Der zweite Akt dauerte noch fünfzig Minuten, also musste ich multitasken. Dabei kamen mir die drei Stunden Zeitverschiebung zwischen New York und L. A. zugute. Ich rief Jordanas Assistentin zu Hause an und ließ sie Erste-Klasse-Tickets für den Mitternachtsflug nach Paris buchen, und dazu eine Suite im Plaza Athenée. Um drei Uhr morgens, wenn die ersten Kritiken erschienen, wären wir schon weit weg von allem, hoch über dem Atlantik. Dem lieben Gott und ihrem Agenten sei Dank, dass sie noch keinen Vertrag unterzeichnet hatte. Ich rannte nach oben in unsere Suite, warf die nötigsten Dinge nebst der Hälfte ihrer Klamotten in einen schwarzen Reisetrolley, schnappte mir unsere Reisepässe und schlüpfte vor dem großen Finale wieder auf meinen Platz im Theater, als sei ich nie weg gewesen.

In meiner Abwesenheit waren Daphne und Reggie von der Dinnerparty bei den Whitmans zurückgekehrt, und Daphne hatte Reggie beschuldigt, in der Speisekammer das Dienstmädchen der Whitmans begrapscht zu haben. Aus Rache hatte er jede einzelne ihrer Schneekugeln zerschlagen, worauf sie endgültig den Verstand verlor. Das Stück endete damit, dass Jordana in einer Zwangsjacke in eine Irrenanstalt verfrachtet wurde. Der Vorhang fiel. Das Publikum applaudierte, dankbar vermutlich, dass es endlich vorbei war, und ich huschte rasch hinter die Bühne, während das Ensemble sich noch mal verbeugte, und verschwand in ihrer Garderobe, um dort auf sie zu warten. Aufgedreht, überschwänglich und erwartungsvoll rauschte sie schließlich herein. Wobei, nein, erwartungsvoll war sie eigentlich gar nicht – sie war sich vollkommen sicher, einen großartigen Auftritt hingelegt zu haben.

»War ich großartig, Darling? Sag!« Es war definitiv ein »Sag!«, kein »Sag?«. Schon bis aufs Unterkleid ausgezogen griff sie nach dem kleinen Schwarzen, das sie bei der Premierenparty tragen wollte. Sie konnte es kaum erwarten, all die begeisterten Lobeshymnen entgegenzunehmen, die nun, da war sie sich ganz sicher, wie ein warmer, sanfter Regen auf sie herniederprasseln würden. Also brachte ich es ihr möglichst schonend bei. Ich wusste, dass es weniger traumatisch für sie wäre, wenn sie es von mir erfuhr. Ich bin ihr Lieblingsmensch, das gehört zu meinem Job.

»Ich fand dich großartig, Baby, wirklich, aber ich habe zufällig neben Brad Bentley gesessen, du weißt schon, dem Kritiker von der *Times* …« Sie unterbrach mich – ihr Überschwang schlug um in gereizte Verärgerung. »Natürlich weiß ich, wer Brad Bentley ist. Ich bin doch nicht erst seit gestern auf der Welt!«

»Tja, das scheint ihm auch aufgefallen zu sein. Und ich bin mir ziemlich sicher, dass er schreiben wird, du hättest dich übernommen. Es tut mir leid.«

Sie setzte sich und atmete tief durch. Sie war ziemlich gut darin, in Krisensituationen einen kühlen Kopf zu bewahren und sich um Schadensbegrenzung zu bemühen. »Die Kritiken erscheinen um drei Uhr früh, richtig?«

Ich nickte.

»Hast du sonst noch was mitbekommen?«

»Er hat sich das Wort *ambitioniert* notiert«, sagte ich.

Sie verzog das Gesicht. Sie wusste, das Wort war tödlich. »Wir müssen zusehen, dass wir so weit wie möglich weg sind, wenn die Kritiken erscheinen!«

»Wie wär's mit Paris?« Und damit zog ich das Rollköfferchen heraus, das ich hier verstaut hatte, bevor ich mich wieder auf meinen Platz geschlichen hatte, und erklärte ihr, dass bereits alles eingetütet war. Um der wartenden Menschentraube am Hintereingang aus dem Weg zu gehen, verschwanden wir vorn aus dem Theater und schlüpften rasch in einen wartenden Wagen. Schnell streifte sie das kleine Schwarze ab, das so vielversprechend ausgesehen hatte, als es angekommen war, und stopfte es in die Reisetasche, und dann tarnte sie sich mit den Requisiten, die ich mitgebracht hatte: einem Jogginganzug von Juicy Couture und einer dunkelbraunen Perücke.

»Die Show muss weitergehen!«, erklärte sie theatralisch. »Aber ohne mich!«

»Flughafen JFK«, wies ich den Fahrer an und bewunderte sie insgeheim für ihre Widerstandsfähigkeit.

# 20

# Juicy Couture Jogginganzug vs. Burka

*Von Medina Karim, Shireens vernünftiger Schwester*
*Alter: 16*

Ich war es gewohnt, ständig angestarrt zu werden. Ganz im Gegensatz zu meiner Schwester. Obwohl sie zwei Jahre älter ist als ich – da sollte man eigentlich meinen, sie hätte sich daran gewöhnt, wo sie doch zwei Jahre mehr Zeit gehabt hatte. Unsere gesamte New-York-Reise wurde vom Soundtrack ihres permanenten, penetranten Gemeckers übers Angestarrtwerden untermalt. Und noch während sie im Hintergrund unablässig weitermeckert, sehe ich, wie uns eine Frau mit schlechter Perücke und potthässlichem Juicy-Couture-Jogginganzug anglotzt.

Womöglich finden Sie es seltsam, dass ich Juicy Couture kenne, aber ich kenne mich aus mit Mode; mit den angesagten Styles genauso wie mit dem altmodischen Kram von gestern. Was Ihnen vielleicht seltsam vorkommt, weil ich selbst eine Burka trage. Genau wie meine Schwester. Und meine Mutter. Aber meine Schwester liest mit beinahe religiösem Eifer die neuesten französischen Modezeitschriften. Sie ist süchtig danach. Wir leben in Paris. Meine Schwester ist eine Träumerin und lebt in ihrer eigenen Fantasiewelt, wo sie von Menschen angestarrt wird, weil sie so unvergleichlich gut aussieht, von Kopf bis Fuß in die neuesten Kreationen von Chanel oder Dolce & Gabbana gekleidet, und nicht, weil sie von Kopf bis Fuß in ihre stoffgewordene Religion gehüllt ist. Oft hatte sie Tränen in den Augen, wenn sie die Reaktionen wildfremder Menschen sah. Heiße Tränen der Wut und Frustration und der Enttäuschung, weil sie so gerne wie die anderen Frauen um uns herum wäre oder, noch absurder, wie eins dieser Models in ihren Modezeitschriften. Ihre ausgelesenen Zeitschriften blättere ich anschließend auch immer durch, aber ich lebe nicht im Li-La-Launeland, und außerdem ist es für mich Ehrensache, eine Burka zu tragen. Ich wünschte nur, meine Schwester würde ihr Leben in Allahs Hände legen und all diese falschen Gedanken loslassen.

Und dann hat meine Schwester Shireen die Juicy-Couture-Tussi auch gesehen. Ich hatte mich schon gefragt, warum sie so lange dafür gebraucht hatte. »Sieh dir das an, die Tussi mit dem geschmacklosen Jogginganzug starrt uns an. Dabei sollten wir sie anstarren! Sie sollte sich schämen in dieser geschmacklosen Aufmachung! Sie kann tragen, was sie will, und läuft dann freiwillig in so was rum?« Und dann machte die Frau alles noch viel schlimmer, indem sie dem Mann neben ihr etwas zuflüsterte und dabei angedeutet in unsere Richtung zeigte. Ein kleiner Rippenstoß und eine Handbewegung, als wollte sie ihn auf eine groteske Zirkusnummer aufmerksam machen: eine Muslima mit Burka in einem westlichen Land.

»Was meinst du, was sie gesagt hat?«, fragte Shireen mich.

Wie immer versuchte ich zu beschwichtigen. »Ist ganz schön heiß hier drinnen, hat sie vielleicht gesagt – siehst du die Mädchen da drüben mit den hübschen Augen, denen ist bestimmt auch ganz schön heiß.«

»Mir ist wirklich heiß«, gab Shireen zurück und ärgerte sich noch mehr. Wir beide schauten rüber zu unserem kleinen Bruder im New-York-Yankees-T-Shirt. Was sie noch wütender machte – dass er ein T-Shirt tragen durfte und wir aus religiösen Gründen vollverschleiert herumlaufen mussten. Sie hatte keine so enge Beziehung zu unserer Mutter wie ich, und unsere Mutter vor uns zu ihrer Mutter, und zu unserer Heimat Saudi-Arabien. Was unsere Mutter natürlich wusste. Letztes Jahr hatte sie für Shireen sogar eine ganz besondere Burka gekauft, aus Crêpe mit schwarzem Samtbesatz an den Ärmelaufschlägen. Shireen hatte mir erzählt, sie hätte nur noch mehr geheult, als sie den Samt sah. Es war, als hätte sie von einer verbotenen Frucht kosten dürfen, und die Sehnsucht wäre dadurch nur noch größer geworden.

Sie unterbrach meine Gedanken. »Mit New York hat Dalia total danebengelegen. Aber so was von«, beklagte sie sich. Dalia ist unsere Cousine und war im vergangenen Sommer in New York. Sie hatte sich gar nicht mehr eingekriegt vor Begeisterung und ununterbrochen davon geschwärmt, wie sehr Manhattan sich von Paris unterscheide und dass die Leute einen dort nicht so unverhohlen anstarrten. Dass man in New York mit einem Kamel am Strick die Straße entlanggehen könne, ohne angestarrt zu werden. Sie hatte vollkommen recht, New York war wirklich ein großer Schmelztiegel. Amerika ist überhaupt viel mehr ein Schmerztiegel der Kulturen als Europa, finde ich. Europa vereint natürlich in jedem Staat viele verschiedene Nationalitäten, aber sie vermischen sich nicht miteinander. Man kann nach Deutschland ziehen und jahrelang dort leben, ohne jemals Deutscher zu werden. Und in Frankreich ist das genauso, wo ich seit meinem zweiten Lebensjahr lebe. In Amerika kann jeder ein echter Amerikaner werden. Womit Dalia aber komplett danebenlag, war das Angestarrtwerden. Die New Yorker scheinen nichts lieber zu tun, als den ganzen Tag auf einer Bank zu sitzen und Leute anzustarren. Das Ganze hat sogar einen Namen: People watching – Leutegucken. Wie Vögel beobachten, nur ohne Fernglas. Aber mich störte das nicht.

Shireen versuchte währenddessen, die Juicy-Couture-Tante mit Blicken zu töten. Sie hatte die Schnauze gestrichen voll. Entschlossen stand sie auf und marschierte auf die Tante und den Typen daneben zu und starrte sie durchdringend und unmissverständlich und viel zu lange an. Was wirklich gut funktionierte. Die beiden verzogen sich in eine Ecke, hielten sich Zeitschriften vor die Nase und taten, als läsen sie, bis schließlich unser Flug aufgerufen wurde. Wir lachten so laut, dass unser Vater schon streng zu uns rüberguckte, und das war nie gut. Unser Flug wurde also genau im richtigen Moment aufgerufen.

Als wir schließlich im Flieger saßen, versank Shireen wieder in tiefer Traurigkeit. Nach dem Grund brauchte ich sie nicht zu fragen. In zwei Wochen sollte sie heiraten, und die Reise nach New York, die, wie sie geglaubt hatte, ihre Abenteuerlust ein wenig befriedigen würde, hatte eigentlich überhaupt nichts gebracht. Unser Vater hatte uns kaum aus den Augen gelassen – ernsthaft zu glauben, das könnte im Urlaub anders sein als zu Hause, war nur wieder einer ihrer dummen Kleinmädchenträume. In zwei Wochen sollte sie einen Mann heiraten, den sie kaum kannte und nicht liebte. Ich weiß, dass sie von Dingen träumt, die ich mir in meinen kühnsten Träumen nicht ausdenken würde. Sie träumt davon, herumzulaufen wie ein Laufstegmodel und sich selbst einen Mann zu angeln. Obwohl diese Träume genau der Grund dafür sind, warum wir eine Burka tragen – um uns Frauen vor den lüsternen Blicken der Männer zu schützen.

Shireen *gierte* nach den lüsternen Blicken der Männer. Sie träumte davon, einen Mann zu küssen. Nicht ihren Ehemann, einfach irgendeinen Mann. Es ist eine Sünde, irgendwen oder irgendwas begehrlich zu küssen, und wenn es bloß ein Stein ist. Ich beneidete sie nicht um ihre Träume. Ihre Spinnereien machten sie bloß unglücklich und unzufrieden mit ihrem Leben.

# 21

# Fehltritte in der Ostrich Detective Agency

*Von Andie Rand, Privatdetektivin*

Zwei Wochen war das kleine Intermezzo mit John Westmont inzwischen her, aber es war mir immer noch so präsent, als sei es gestern gewesen. Auf dem Weg von Bloomingdale's nach Hause hatte ich mich zusammenreißen müssen, um nicht zu hüpfen wie ein kleines Kind. Ich schwebte wie auf Wolken. Ich freute mich auf das Telefongespräch mit Caroline und darauf, wie erleichtert sie sein würde, wenn ich ihr die frohe Kunde überbrachte. Ich überlegte genau, was ich ihr sagen würde. *Ihr Mann ist ein Goldstück, Caroline! Sie haben einen von den Guten erwischt!* Ein bisschen unprofessionell vielleicht, überlegte ich. Aber es passierte so selten, dass ich mal ein rosarotes Märchen-Happy-End erlebte. In den drei Jahren seit Gründung der Agentur ist mir das erst zweimal passiert. Denn wenn einer von beiden Ehepartnern denkt, dass der andere ihn betrügt, liegt er leider meistens richtig. Und damit meine ich nicht die ganz normale Paranoia, die einen in einer Ehe befallen kann, wenn es mal nicht so rundläuft, sondern die Paranoia, die so schlimm wird, dass man sich professionelle Hilfe holt. Aber die Westmonts hatten mir den Glauben an die Ehe zurückgegeben. Zumindest während der halben Stunde, die ich gut gelaunt *nicht* nach Hause hüpfte.

Ich rief Caroline an und hinterließ eine Nachricht auf der Mailbox, dass sie mich zurückrufen solle. Innerhalb weniger Minuten klingelte mein Telefon. Mein fröhliches »Hallo, Caroline!« wurde von einem angestrengten Flüstern am anderen Ende der Leitung erwidert.

»Warum flüstern Sie denn?«, flüsterte ich zurück.

»Weil ich mich im Schrank versteckt habe«, raunte sie und fügte hinzu: »John steht direkt davor.«

»Direkt davor?«

Er hatte gesagt, er sei nach seinem Abstecher bei Bloomingdale's mit seiner Frau im Le Cirque verabredet. Das Herz rutschte mir in die Kniekehlen. Hatte er mir was vom Pferd erzählt? Unmöglich. Ach du lieber Himmel, vielleicht war das Geschenk gar nicht für Caroline gedacht. Mir wurde übel.

»Ja«, murmelte sie leise. »Ich musste den ganzen Nachmittag mit ihm verbringen. Ich hatte eigentlich gehofft, Sie hätten genug schmutzige Beweise gesammelt, damit ich in gerechtem Zorn unser Abendessen absagen und mir wenigstens den gemeinsamen Abend mit ihm ersparen könnte!«

»Sie waren den ganzen Nachmittag mit Ihrem Mann zusammen? Mit John Westmont?«, fragte ich ungläubig.

»Ja, und jede weitere Minute, die ich mit ihm verbringen muss, bringt mich mehr und mehr an meine Grenzen. Ich halte das einfach nicht mehr aus. Können Sie mir bitte sagen, dass Sie etwas gegen ihn in der Hand haben?«

»Ich kann Ihnen nur sagen, dass Sie mich anlügen. Ich weiß nur noch nicht, warum.«

»Was reden Sie denn da? In welcher Hinsicht soll ich Sie denn angelogen haben?«

»Schwer zu sagen, wenn man erst mal damit angefangen hat, nicht wahr? Sagen Sie's mir. Gehen Sie all Ihre Lügen durch und probieren Sie es einfach mit einer davon. Mal schauen, was dabei rauskommt.«

Worauf sie nur mit tiefem Schweigen reagierte, und mir platzte endgültig die Hutschnur.

»*Ich* war heute Nachmittag mit Ihrem Ehemann zusammen«, zischte ich und brach damit das angestrengte Schweigen. »Und zwar bei Bloomingdale's, wo er ein Geschenk für Sie zum Hochzeitstag ausgesucht hat. Fangen wir doch mal damit an. Warum haben Sie mich also angelogen?«

Sie lachte. *Lachte*. Als wäre das Ganze ein Witz.

»Also gut, erwischt. Ich hätte wohl von Anfang an mit offenen Karten spielen sollen, aber ich war mir nicht sicher, ob Sie den Fall übernehmen würden, wenn ich Ihnen die Wahrheit sage. Ich bin diejenige, die eine Affäre hat. Nicht John.«

Ich kann überhaupt nicht in Worte fassen, wie ich mir vorkam. Verraten und verkauft. Die verquollenen Augen und die gigantische Lügengeschichte waren bloß gespielt, damit ich den Fall übernahm. Und dass John so ein netter Kerl war, machte die Sache umso schlimmer. Ich war außer mir vor Zorn. So war ich nicht mehr belogen worden – so unverschämt und mitten ins Gesicht – seit Derek damals, und es traf einen wunden Punkt bei mir. Sie redete einfach unbeeindruckt weiter.

»Langsam wird es ermüdend, und anscheinend funktioniert es ja auch nicht. Also müssen wir das Ganze anders aufziehen. Ich dachte mir schon, dass bei John mit hoher Wahrscheinlichkeit keine schmutzige Wäsche zu finden ist – dieser Säulenheilige aller grundanständigen Ehemänner. Ich hatte gehofft, er würde wenigstens irgendwas halbwegs Verdächtiges anstellen, aber selbst dafür ist er zu langweilig. Schon okay, ich habe einen Plan B.«

Und dann erzählte sie mir von ihrem Plan, und ich hörte ihr zu, während meine Gedanken sich überschlugen. Ich hätte auch einfach sagen können: *Ihr Plan interessiert mich nicht die Bohne, Sie verlogene, schamlose Betrügerin, und Sie sind auch nicht mehr meine Klientin*, aber ich wartete ab – einerseits aus Neugier, andererseits weil es eine Weile dauerte, bis ich kapierte, was sie vorhatte.

Ihr Plan war ziemlich ausgefuchst. Ich sollte noch mal einen Termin bei der Masseurin machen und dann, wenn ich zum Ausziehen kurz allein war, inkriminierende Beweisstücke verstecken, einschließlich eines Nacktfotos von John. Später wollte sie dann selbst hingehen und besagte Beweise »zufällig« entdecken. An diesem Punkt unterbrach ich sie. Ich sagte ihr, dass das nicht funktionieren würde und ich niemals jemandem gefälschte Beweise unterjubeln würde und hiermit unsere Geschäftsbeziehung beendete. Möglicherweise hätte es sogar funktioniert, aber es war kriminell und unmoralisch, und ich wollte damit nichts zu tun haben. Den restlichen Abend ertränkte ich in Cabernet und musste an den armen John mit der hübschen schwarzen Seidenhandtasche und dem rosa Umschlag mit dem Herzen darauf denken.

Wochen später dachte ich immer noch an ihn. Gestern war einer dieser Tage, an denen ich bei jedem Song, den ich im Radio hörte, spontan hätte losheulen können. Ich hatte ein kinderfreies Wochenende, und auch wenn man annehmen sollte, dass ich es genoss, vogelfrei, für mich allein und ohne jede Verantwortung zu sein, fühlte ich mich an diesen Tagen oft besonders einsam, traurig und deprimiert. Wenn wenigstens die eine große bedingungslose Liebe meines Lebens, meine Hündin Franny, bei mir bleiben könnte, würde ich mich vielleicht nicht ganz so von allen guten Geistern verlassen fühlen und hätte außerdem einen guten Grund, das Haus zu verlassen. Aber Franny war Bestandteil unserer Besuchsregelung. *Ist besser für die Kinder*, sagte er immer. Als kümmerte ihn plötzlich das Wohl unserer Kinder – dieser Heuchler.

Auch wenn das hier Manhattan ist, wo man jeden Tag Hunderte Dinge tun und unternehmen kann, saß ich bedröppelt im Büro und wusste nichts Rechtes mit mir anzufangen. Also entschied ich mich mal nachzuschauen, was John Westmont so machte. Ich würde gerne behaupten, es sei das erste Mal gewesen, aber dann müsste ich lügen. Zuerst hatte ich nur nachschauen wollen, ob Caroline die Handy-Ortung aufgehoben hatte, aber die Mühe hatte sie sich anscheinend nicht gemacht. Dann fing ich an, mich zu fragen, was er so machte. Bizarr, zugegeben. Aber in letzter Zeit war mir oft langweilig. Gerade schien er sich recht zügig die Madison Avenue entlangzubewegen. Mit Schrecken ging mir auf, dass ich mich wie ein typischer Stalker benahm, also schloss ich rasch das Programm und schwor mir, es nie wieder zu tun. Und ich ging sogar noch einen Schritt weiter. Caroline hatte es so eingerichtet, dass ich eine Kopie von sämtlichen in Johns Mailbox eingehenden Nachrichten bekam. Da sie keinerlei Anstalten machte, diese Funktion zu deaktivieren, beschloss ich, alle entsprechenden Nachrichten als Spam zu markieren, damit sie in Zukunft gleich in meinem Junk-Mail-Ordner landeten. Aus den Augen, aus dem Sinn.

Gerade als ich die Suche startete, trudelte eine neue Mail für ihn vom Apple Store am Grand Central ein. Ich las sie. Ich hätte es nicht tun sollen, aber ich dachte mir, es ist ja nichts Persönliches, bloß eine Benachrichtigung vom Apple Store.

*Wir haben Ihnen einen Platz in der Warteschlange der Genius Bar reserviert und sind bald für Sie da. Sie bekommen eine weitere Benachrichtigung, sobald wir persönlich für Sie da sind.*

Anhand der Ortungsanzeige erkannte ich, dass er tatsächlich auf dem Weg zum Apple-Laden an der Grand Central Station war. Das wird sicher ewig dauern, überlegte ich. Und dachte mir, ein bisschen zu freudig, dass ich eigentlich auch dringend zum Apple Store musste. Die perfekte Aufgabe für einen unverplanten Tag. Wir hatten nur noch ein Laptopkabel im Haus, was für jede Menge Unstimmigkeiten und Gemecker unter uns Mädels sorgte. Ich staune immer wieder, dass es möglich ist, ein zweieinhalb Pfund leichtes Gerät zu entwickeln mit genügend Speicherkapazität für sämtliche Fotos, Musik, Filme, Arbeit und das gesamte Internet, aber es nicht hinzubekommen, ein Ladekabel zu konstruieren, das genauso lange hält wie der Rechner. Ich zog die Jacke an und war zur Tür hinaus, noch ehe man »vollkommen daneben« sagen konnte.

Als ich vom Taxifenster aus den Apple Store in der 59th Street erblickte, während ich auf dem Weg zu einem Laden ganze siebzehn Blocks und drei Avenues weiter war, nur weil ich hoffte, dort auf John zu treffen, konnte ich mir ein leises Glucksen nicht verkneifen. Ich freute mich darauf, ihn wiederzusehen, und die kleine Spionagenummer machte es nur noch aufregender, zumindest vorerst. Ich schwor mir, ihn nicht anzusprechen, wenn ich ihn sah, sondern abzuwarten, bis er mich entdeckte. Als würde dieser kleine Taschenspielertrick, mit dem ich mir bloß selbst in die Tasche log, aus dieser gegen jedes Berufsethos verstoßenden Stalker-Nummer eine harmlose, unverfängliche Zufallsbegegnung machen.

Wieder schaute ich in meine (seine) Mails. Es war eine neue in seinem Postfach.

*Wir sind gleich für Sie da. Bitte begeben Sie sich nun zum Apple Store.*

Es war schon fast zu einfach. Wie oft habe ich mich schon gefragt, wie man so eine Beschattung früher ohne die Hilfe modernster Technik bewerkstelligt hat. Wie haben das die Detektive gemacht, die Vorbilder waren für fiktionale Spürnasen wie Sherlock Holmes und Philip Marlowe? Das war eine ganz andere Welt. Meine beiden Mädels waren neuerdings ganz verrückt nach Nancy Drew. Und ich bilde mir gerne ein, das könnte etwas mit dem Beruf ihrer Mutter zu tun haben. Etwas geschmeichelt habe ich ihnen die komplette gebundene Ausgabe der Originalversion geschenkt. Und fing an, mir Titel für moderne Fortsetzungen der Nancy-Drew-Geschichten auszudenken: *Das verborgene Netzportal, Das Geheimnis der Facebook-Gruppe*. Mein Taxi hielt am Bordstein.

Ich ging hinein, und wie immer, wenn ich die große Eingangshalle der Grand Central Station betrat, erstarrte ich fast in Ehrfurcht vor so viel Schönheit. Ich bin zwar nie Berufspendler gewesen, aber ich könnte mir Schlimmeres vorstellen, als jeden Tag an der Grand Central in die Bahn zu steigen. Bahnreisen haben an sich schon etwas sehr Romantisches, aber wenn man noch die Grandezza und Geschichte der Grand Central Station hinzunimmt, hat es fast etwas Märchenhaftes: die gemalten Sternbilder an der Decke, die vielen Male, die Besucher und Einheimische gleichermaßen den Satz gesagt haben: »Wir treffen uns unter der Uhr in der Grand Central«, die majestätischen Marmorsäulen und -bögen. Stundenlang hätte ich hier stehen und mich staunend und bewundernd umschauen können, aber ich musste weiter. Ich hatte eine Mission. Entschlossen steuerte ich auf den Apple Store zu, als die nächste Mail eintrudelte.

*Danke für Ihre Geduld. Wir sind jetzt für Sie da.*
*Bitte melden Sie sich bei einem unserer Experten.*

Ich spazierte gerade in den schlauchartigen Laden, als John Westmont von einem Mitarbeiter zur Genius Bar geführt wurde. Anscheinend musste er noch einen Moment warten. Also beschloss ich, mich so hinzustellen, dass er mich sehen konnte, ohne dass ich ihn selbst ansprechen musste. Hochkonzentriert schaute ich mir die Ladekabel an und wählte zwei davon aus. Dann trat ich auf einen Mitarbeiter zu, der rechts von John stand und einer Kundin wohl gerade schlechte Nachrichten bezüglich ihres Rechners überbrachte, denn sie sah aus, als würde sie jeden Augenblick in Tränen ausbrechen. Ich glaube, sie waren beide froh über die kleine Unterbrechung.

»Entschuldigen Sie bitte, könnten Sie mir vielleicht sagen, welches davon an ein MacBook Air passt? Ich habe das 13 Zoll«, fügte ich hinzu und nannte mit voller Absicht nicht das Jahr, falls ich noch mehr Zeit brauchte, um bemerkt zu werden.

»Von wann?«, fragte er wie erwartet.

»2014«, entgegnete ich und klopfte wie zur Bestätigung auf den Karton in meiner rechten Hand.

»Kennen wir uns nicht?«, fragte da John Westmont und tippte mich von links an. Ich schaute ihn, wie ich hoffte, ziemlich verdutzt an.

»Sie sind doch die Dame von Bloomingdale's, oder?« Etwas verlegen schaute er auf seine Schuhspitzen, damit man seine roten Wangen nicht sah. »Ihren Namen weiß ich leider nicht.«

Ich lächelte, um ihm die Verlegenheit zu nehmen. »Ich hatte mich damals gar nicht vorgestellt. Ich bin Andie.«

»Nur Andie?«

»Ganz genau«, erwiderte ich kokett.

»Okay, na dann«, entgegnete er und reichte mir die Hand. »Ich bin nur John.«

Ich schüttelte ihm die Hand. Die Berührung war wie ein kleiner elektrischer Schlag, und das lag bestimmt nicht an den Ladekabeln. »Hat Ihrer Frau die Tasche gefallen?«

»Sie hat sie umgetauscht. Zumindest hat sie gesagt, sie würde sie umtauschen …« Er unterbrach sich, dann sagte er leise: »Ich fand sie jedenfalls sehr hübsch, vielen Dank.«

Ich lächelte und bekam plötzlich Gewissensbisse. Jetzt, wo mein Plan aufgegangen war, erschien mir das Ganze als eine saublöde Idee. Genau, was dieser Mann jetzt brauchte – noch eine Frau, die ihn schamlos belog. Ich sage jetzt einfach, nett, Sie wiederzusehen, und dann gehe ich. Das hier führt nirgendwohin. Zumindest nirgendwohin, wo ich gerne hinmöchte.

»Wie lange müssen Sie denn noch warten?«, erkundigte er sich.

»Ach, ich wollte nur schnell ein neues Kabel besorgen«, antwortete ich.

»Gut.« Er lächelte. »So, wie mein Rechner rumzickt, gehe ich mal davon aus, dass ich eine ganze Weile warten muss.«

»Dann wollen Sie nicht gehen und später wiederkommen?«, fragte ich und wünschte, er würde Ja sagen, und wünschte gleichzeitig, er würde Nein sagen.

»Also eigentlich wollte ich in der Zwischenzeit etwas machen, was ich immer schon mal machen wollte. Eine Führung durch die Grand Central Station.«

Ich war sofort Feuer und Flamme. Ich konnte nichts dafür.

Schon immer mal hatte ich eine Führung durch die Grand Central Station machen wollen. Früher hatte ich mehrfach versucht, Derek zu bequatschen, dass er mitkommt, aber er fand das zu tourimäßig. Und in den letzten Jahren war niemand da gewesen, der mitgegangen wäre. Und ich hatte das sehr bestimmte Gefühl, dass so eine Führung zu den Dingen gehörte, die man lieber nicht allein machen sollte.

»Das wollte ich auch immer schon mal machen!«, platzte ich heraus. Sein Genius-Experte trat auf uns zu und begrüßte ihn mit dem Standardsatz: »Wie kann ich Ihnen weiterhelfen?«

Das war sie, meine Gelegenheit, mich aus dem Staub zu machen. Ich sollte diesen Mann einfach in Ruhe lassen. Also riss ich mich zusammen, versuchte, meine Begeisterung ein bisschen zu zügeln, und sagte dann in viel ruhigerem Ton: »Viel Erfolg. War nett, Sie wiederzusehen.« Und damit drehte ich mich um und wollte gehen, aber er hielt mich am Arm fest.

»Moment – bitte«, und an den Apple-Mitarbeiter gewandt: »Das Rädchen dreht sich die ganze Zeit, und beim letzten Mal, als das passiert ist, haben Sie den Rechner geschlagene drei Stunden in Geiselhaft gehalten.« Er drehte den Laptop zu dem Mitarbeiter um. Der sah sich das kurz an, drückte ein paar Knöpfchen, bat John, das Passwort einzugeben, und voilà.

»Kommen Sie bitte um 16 Uhr zurück, dann ist er so gut wie neu. Zumindest annähernd.«

»Prima, danke!« Und dann drehte er sich zu mir um.

»Kommen Sie doch mit. Sie sollten mitkommen«, sagte er sehr nett. Wie gerne würde ich mitkommen, dachte ich, lehnte aber höflich dankend ab.

»In einer Stunde geht es los. Vorher könnten wir noch in

der Oyster Bar eine Kleinigkeit essen. Ach, kommen Sie, sagen Sie Ja.«

Das hatte ich auch noch nie gemacht – aber immer mal machen wollen. Ich dachte an den Nachmittag, der vor mir lag, wenn ich Nein sagte. Ich würde gehen, in die U-Bahn steigen und den restlichen Tag mit meinen beiden lieben alten Freunden Don und Betty Draper auf der Couch verbringen. Ein Glück, dass zeitgleich mit meiner Scheidung exzessives Seriengucken salonfähig geworden ist. So konnte ich einen ganzen faulen Tag vor dem Fernseher herumgammeln und mir einreden, ich täte etwas für meine kulturelle Bildung.

Oder ich sage einfach Ja. Was ich zum Beispiel jeden Morgen sage, wenn der Mann im Coffeeshop mich fragt, ob ich Milch in meinen Kaffee möchte. Nach der Scheidung habe ich aufgehört, morgens für mich allein eine ganze Kanne Kaffee zu kochen. Es kam mir vor wie Verschwendung.

»Ja«, sagte ich.

»Fantastisch!«, rief er und setzte hinzu: »Sonst ist es meistens meine Frau, die neue Bekanntschaften schließt.« Wie recht er da hat, dachte ich.

Lunch in der Oyster Bar im Grand Central ist wie ein Zeitsprung in eine längst vergangene Ära. Fast erwartete ich, Don Draper neben uns sitzen zu sehen, der uns nach Feuer für seine Lucky Strike fragt. Man sitzt an der langen Bar oder an den im Raum verteilten Art-déco-Tischen. Wir sicherten uns zwei Plätze links am Tresen vor der offenen Küche. Mit den Köchen auf der einen Seite, die im Akkord Austern auslösten, und der Laufkundschaft am Mitnahmetresen auf der anderen hatten wir mehr als genug zum Gucken. Zuerst aßen wir jeder eine Portion Manhattan Clam Chowder, dann teilten wir uns eine große Portion Austern. Bei John schienen sie ihre aphrodisierende Wirkung voll zu entfalten, denn er erzählte mir in allen Einzelheiten, wie sehr er seine Frau liebte. Um dann besorgt hinzuzufügen, dass er das Gefühl habe, in letzter Zeit stimme irgendetwas nicht. Es versetzte mir einen Stich, das zu hören. Der arme John. Ihm schien plötzlich aufzugehen, dass er mir sein Herz ein wenig zu freigiebig ausgeschüttet hatte und ich das womöglich seltsam finden könnte. Er entschuldigte sich und sagte: »Verzeihen Sie, aber irgendwie tut es gut, so offen mit einem wildfremden Menschen darüber zu reden. Es hat etwas sehr Kathartisches. Möchten Sie es auch mal versuchen? Erzählen Sie mir ein bisschen was aus Ihrem Leben.« Unmöglich. Ich konnte ihm auf keinen Fall erzählen, was ich beruflich machte, und ich hätte es nicht ertragen, ihn anzulügen. Also schlug ich ihm einen Pakt vor – dass wir uns einfach unterhalten sollten wie alte Freunde, ohne große Vorgeschichte und weitschweifige Erklärungen. Er war einverstanden, und sofort begannen wir eine angeregte Diskussion über unsere Lieblingsorte in New York. Wie sich herausstellte, hatten wir beide ein Faible für das Paris-Theater-Kino, wo wir am liebsten oben im ersten Rang saßen. Und dann war es auch schon Zeit für unsere Führung.

Die Führung war großartig, gespickt mit unbekannten und faszinierenden Fakten und Fäktchen, die uns beiden gänzlich neu waren. Der Stadtführer zeigte uns die Fotos der Stars, die damals auf dem berühmten Twentieth Century fuhren. Ich glaube, das hat John am meisten fasziniert. Ich fand die Geschichte des Campbell Apartments am spannendsten, die luxuriöse Residenz eines Tycoons aus den Zwanzigerjahren, in der sich heute eine Cocktailbar befindet. Es war wie ein geheimer Garten, bloß drinnen statt draußen. Nach der Tour schlich sich eine gewisse Befangenheit ein, die wir vorher geschickt umschifft hatten. Es war eindeutig an der Zeit, wieder getrennte Wege zu gehen.

»Danke, dass Sie mich überredet haben mitzukommen. Es war prima. Nächstes Mal bringe ich meine Kinder mit«, sagte ich und vergaß dabei glatt meine eigene Regel, nichts über mein Privatleben preisgeben zu wollen. Er stürzte sich sofort auf dieses Informationsbröckchen.

»Ach, Sie haben Familie?«, fragte er und lächelte schüchtern.

Widerstrebend gewährte ich ihm einen winzigen Einblick. »Zwei Mädchen. Geschieden.«

»Mir tut der Trottel leid, der Sie hat gehen lassen.« Ich erwiderte sein Lächeln. Wie nett von ihm, das zu sagen. Wirklich ein netter Mensch.

»Wussten Sie, dass es hier auch einen geheimen Tennisplatz gibt? Den haben sie uns nicht gezeigt. Ich könnte uns einen Platz reservieren.« Ein verheirateter Mann, der sich mit mir verabreden will – okay, vielleicht doch kein so netter Mensch. Ich zögerte und überlegte krampfhaft, wie ich darauf reagieren sollte.

»Wissen Sie, mein bester Freund ist gerade frisch getrennt. Wie wäre es, wenn wir uns Samstag in einer Woche treffen und ich bringe ihn und meine Frau mit … und wir spielen ein gemischtes Doppel!«

Bitte kein Doppeldate. Zumindest nicht mit ihm. Ich wusste nicht, ob ich erleichtert sein sollte oder enttäuscht, dass er so ehrbare Absichten hatte. *Ach du lieber Himmel*, dachte ich. *Was mache ich denn hier? Hör sofort damit auf!*

»Es tut mir leid, aber, ähm, ich lasse lieber die Finger von frisch getrennten Männern. Die sind meistens noch nicht bereit, sich auf etwas Neues einzulassen, und ich spiele nicht gern den Lückenbüßer.«

Seine Antwort kam schneller als Roger Federers Return am Netz. »Dann könnten doch auch nur wir beide spielen. Meine Frau hätte sicher nichts dagegen.«

Ganz bestimmt nicht, dachte ich traurig und fühlte mich plötzlich richtig mies, weil ich John nicht die Wahrheit sagen konnte. »Okay, ich bin dabei.«

Ist ja bloß Tennis, sagte ich mir. Das hat mit Liebe nichts zu tun.

# 22

# L'habit ne fait pas le moine

*Von Medina Karim, Shireens vernünftiger Schwester*

Es war ein verregneter Montagmorgen, als wir wieder in Paris landeten. Wir luden das Gepäck zu Hause ab, dann machte jeder seinen eigenen Kram. Mein Vater und mein Bruder gingen zur Arbeit, meine Mutter einkaufen. Shireen und ich wurden angewiesen, unsere Großmutter abzuholen, die, während wir verreist gewesen waren, bei unserer Cousine in einem der Pariser Vororte untergekommen war. Sie wohnte in derselben Gegend, in die meine Schwester nach ihrer Hochzeit in zwei Wochen ziehen wird. Sie sagt, eigentlich könne sie genauso gut nach Saudi-Arabien ziehen. Was nun wirklich nicht stimmt. Ich sagte ihr wieder, dass ihr Verlobter überhaupt nicht altmodisch ist und sogar versprochen hat, ihr das Autofahren beizubringen. Meine Schwester meint nur, ich sei naiv.

Wenn man an der Metro-Station im 18. Pariser Arrondissement aussteigt, ist es fast, als betrete man eine andere Welt. Obwohl es noch eine ganze Weile bis zum traditionellen freitäglichen Jumu'ah (dem Mittagsgebet) ist, hat die Polizei die Straßen schon abgesperrt, in denen sich bald Hunderte gläubiger Muslime drängen werden, die auf ihren Gebetsteppichen knien. In der Moschee ist schon lange nicht mehr genügend Platz für alle Gläubigen. Shireens Schultern verspannen sich bei dem Anblick. Ich verstehe das nicht so ganz. Wenn sie es doch so inständig hasst, ständig angestarrt zu werden, wie sie stets behauptet, müsste sie sich unter ihresgleichen doch pudelwohl fühlen. Außerdem muss ich wohl noch ein paar Worte zu dieser arrangierten Ehe sagen: Ja, unsere Eltern haben alles arrangiert, aber Shireen hätte das Recht gehabt, Nein zu sagen. Im Islam müssen sowohl Braut als auch Bräutigam der Hochzeit zustimmen. Tatsächlich ist es aber so: Shireen, die mir ihre wildesten Fantasien und Träume erzählt, hätte nie den Mumm gehabt, sich gegen unseren Vater zu stellen. Die wenigsten haben das. Ich ganz bestimmt nicht. Aber wenn ich irgendwann an der Reihe bin, verheiratet zu werden, wird es bestimmt nicht so schwer. Shireen hat Flausen im Kopf, sie träumt von der großen Liebe, während ich wesentlich pragmatischer bin, was die Ehe angeht. Sie macht sich zum Beispiel verrückt, weil sie noch nie einen Mann geküsst hat. Vollkommen verrückt. Mir ist das schnuppe. Über so was denke ich überhaupt nicht nach.

Plötzlich dreht sie sich zu mir um und raunzt mich an: »Los, lass uns Jeddah holen und schnell wieder verschwinden.« Soll heißen, sie will nicht länger als unbedingt nötig hier in der Gegend bleiben und dabei Gefahr laufen, der Familie ihres Verlobten Fareed zu begegnen. Dabei geht die Wahrscheinlichkeit gegen null, dass sie nicht längst da sind, um uns zu begrüßen, denn unsere Jeddah redet viel, wenn der Tag lang ist, und ganz Goutte d'or wusste vermutlich, dass wir in New York gewesen waren und sie heute wieder abholten.

Schon beim Hereinkommen hörte ich am Geschnatter in der Wohnung unserer Cousine, dass ich recht gehabt hatte. Fareeds gesamte Familie war da. Natürlich nur die Frauen. Nach gefühlten hundert Fragen über New York kam das

Thema auf Shireen und die Hochzeitspläne. Ich sah, wie Shireens Schultern sich wieder verspannten, und unterbrach das Geplapper mit dem Hinweis, wir müssten dringend wieder nach Hause, um unserer Mutter mit der Wäsche und dem Abendessen zu helfen. Shireen war mir dafür sehr dankbar. Unter dem Tisch drückte sie mir die Hand. Sie tat mir leid. Wirklich. Ich hatte gehofft, nach dieser Reise würde sie nach Hause kommen und für ihr neues Leben als verheiratete Frau bereit sein. Aber es war alles noch so wie vorher. Wenn nicht schlimmer. Es war kurz vor Beginn des Mittagsgebets, und wenn Shireen schon Fareeds Familie nicht unbedingt begegnen wollte, dann umso weniger Fareed selbst auf dem Weg zur Moschee, also mussten wir uns beeilen. Ich half meiner Großmutter mit ihren Sachen, und wir verabschiedeten uns hastig.

Als wir nach Hause kamen, war niemand da, und der Koffer stand gegen die Tür unseres gemeinsamen Zimmers gelehnt. Ich half Jeddah, während Shireen erklärte, auspacken zu wollen. Nachdem ich Jeddah en détail alles über New York erzählt hatte, sagte sie, sie sei müde. Also schlug ich ihr vor, ein kleines Nickerchen zu machen. Ich schaute auf die Uhr: fast eine Stunde, seit wir nach Hause gekommen waren. Aber ich war froh, dass Jeddah da war. Bis letztes Jahr noch war sie nie müde oder außer Puste. Doch jetzt schien sie immer schnell erschöpft zu sein. Ich mochte gar nicht daran denken, dass sie eines Tages nicht mehr bei uns sein würde.

Ich ging zu unserem Zimmer, aber die Tür war abgeschlossen. Ich hämmerte dagegen und brüllte durch die Tür, damit meine Schwester aufmachte. Shireen war vermutlich sauer, weil ich ihr nicht beim Auspacken geholfen hatte, und verdrückte jetzt zur Strafe die ganze Schokolade, die wir heimlich eingeschmuggelt hatten. Endlich machte Shireen die Tür auf, aber nur einen kleinen Spalt, und streckte den Kopf heraus. Mit einem Ruck zerrte sie mich ins Zimmer, knallte die Tür hinter mir zu und schloss sofort wieder ab. Sie trug ein Kostüm, das selbst ich auf den ersten Blick als Chanel erkannte. Es war aus elfenbeinfarbener Wolle und endete knapp oberhalb der Knie. An der Jacke waren vier schwarz-goldene Knöpfe mit dem Markenzeichen, den beiden C. Es war umwerfend. Sie war umwerfend. Ich hatte keine Ahnung, was hier vor sich ging. Ich wollte sie fragen, brachte aber keinen Ton heraus. Sie hielt mir eine ihrer Modezeitschriften vor die Nase. Und mit einer Seligkeit, wie ich sie noch nie bei ihr gesehen hatte, rief sie: »Schau mal, aus dieser Saison! Ein Chanelkostüm aus der aktuellen Kollektion!« Ich kapierte überhaupt nicht, was sie da redete. Und dann klappte sie den schwarzen Koffer auf und öffnete eine veritable Couture-Schatzkammer. Eine Schatzkammer allerdings, die nicht ihr gehörte. Sie war komplett durchgedreht. Ich schaute mir den Koffer – der genauso aussah wie unserer und erschreckend schäbig, wenn man den wertvollen Inhalt bedachte – genauer an und suchte nach einem Adressanhänger. Ich klappte ihn auf. Da stand nur eine Telefonnummer und dazu: Pro Travel, Beverly Hills, CA.

»Das ist nicht unser Koffer, wir müssen jemandem Bescheid sagen«, protestierte ich. Was Shireen sofort vehement zurückwies.

»Auf gar keinen Fall. Du wirst mir das nicht verderben«, jammerte sie. »Das ist ein Zeichen.«

Gerade wollte ich eine lange Liste der Gründe herunterrattern, warum wir genau das tun sollten, was ich vorgeschlagen hatte, und glauben Sie mir, ich hatte tausend gute Gründe, da griff sie in den Koffer und zog das vollkommenste kleine schwarze Kleid heraus, das ich je gesehen hatte.

»Probier's an!« Sie warf es mir zu. Ich fing es auf und war verloren. Noch während ich mir die Burka herunterriss und in dieses entzückende federleichte Stückchen Stoff stieg, zählte ich im Kopf alles auf, was an dieser Situation grundfalsch war. Shireen drehte sich um und öffnete die Tür zum Badezimmer, damit ich in den Spiegel gucken konnte. Verlegen schaute ich auf. Und als ich mich dann im Spiegel sah, machte irgendwas bei mir klick. Ich war bildhübsch. Wirklich. Es fiel mir schwer, mich selbst zu betrachten. Ich wollte wieder die Kontrolle übernehmen, versuchte, die vernünftige Schwester zu sein, so wie sonst auch immer. Aber am Ende brachte ich nur fünf gestammelte Worte heraus, die ich noch nie vorher gesagt hatte und die aus meinem Mund vollkommen fremd klangen.

»Sind auch passende Schuhe dabei?«

»Natürlich sind die passenden Schuhe dabei!«, antwortete sie und kramte im Koffer nach einem schönen Paar. »Und Taschen auch!«

Sie warf mir ein Paar schwarze High Heels mit passender Tasche zu. Ich schlüpfte hinein, und wir grinsten und kicherten und betrachteten uns abwechselnd vor dem Spiegel. Shireen erzählte irgendwelchen Quatsch davon, dass wir uns heimlich rausschleichen und in einen Club auf den Champs-Élysées gehen könnten, damit sie endlich ihren ersten Kuss bekam, aber ich hörte gar nicht richtig zu. Ich war viel zu sehr damit beschäftigt, das Mädchen im Spiegel zu bewundern. Ich war ganz kribbelig, so glamourös und unwiderstehlich fand ich mich. Und dann überkam es mich plötzlich wie eine Flutwelle. Ich fühlte mich grässlich. Ich setzte mich aufs Bett und fing an zu heulen. Shireen nahm mich in den Arm.

»Keine Sorge«, murmelte sie beruhigend, »wir kriegen keinen Ärger, so was passiert dauernd, dass Koffer vertauscht werden.«

Ich schüttelte nur stumm den Kopf und brachte kein Wort heraus, um ihr zu erklären, was wirklich in mir vorging. Kaum hörbar flüsterte ich schließlich: »Darum geht es nicht.« Shireen schaute mir in die Augen und verstand. Sie verstand, dass ich verstanden hatte, was sie immer schon gewusst hatte. Und ich merkte, dass sie ein schlechtes Gewissen bekam, weil ich durch sie die Welt plötzlich mit anderen Augen sah. Aber eigentlich war es nicht ihre Schuld. Solange ich zurückdenken konnte, hatte sie versucht, meinen Kopf mit Unglauben und Skeptizismus zu füllen, aber das war alles an mir abgeprallt. Ich wusste, dass Shireen und ich beide in derselben Tradition alt werden würden wie unsere Mutter und Großmutter. Aber nun hatte ich mit einem Mal das Gefühl, dass mir das nicht mehr reichte. Wie ich so in diesem traumhaften kleinen schwarzen Kleid vor dem Spiegel stand, wusste ich, dass ich eine Frau anschaute, die ich nie wiedersehen würde. Ich wünschte, ich hätte sie nie gesehen, aber in Wahrheit war sie immer da gewesen. Ich hatte mich nur selbst belogen, indem ich tat, als gäbe es sie nicht.

Shireen standen auch die Tränen in den Augen. »Es tut mir leid«, flüsterte sie leise.

Schnell streifte ich die Schuhe und das kleine Schwarze ab und zog die Burka wieder über. Dann half ich ihr, alles wieder im Koffer zu verstauen. Das Telefon klingelte, und irgendwie wussten wir, dass es jemand von der Fluggesellschaft sein musste. Wir hörten unsere Mutter die Treppe heraufkommen. Shireen trug noch das Chanelkostüm. Blitzschnell griff ich nach ihrer Burka, die auf dem Bett lag, und zog sie ihr über den Kopf. Über das Kostüm. Sie lachte mit dicken Tränen in den Wimpern. Rasch schlossen wir den Reißverschluss des Koffers, just in dem Augenblick, als unsere Mutter vor der Tür stand und danach fragte.

»Habt ihr den Koffer schon ausgepackt, Mädels? Die Fluggesellschaft sucht einen vertauschten Koffer!«

»Haben wir nicht«, antwortete ich, als sie hereinkam.

An diesem Tag habe ich meine Mutter zum ersten Mal belogen. Und mich selbst zum letzten Mal.

# 23

# Die Trennung

*Von Arthur Winters, Rechtsanwalt*

Draußen hatte es geregnet, als ich eine Stunde zuvor bei Sherris Haus angekommen war, und als ich nun wieder ging, lugte gerade die Sonne durch die Wolken. Ich deutete das als Zeichen von Marilyn, dass ich auf dem richtigen Weg war. Und es half mir ein bisschen darüber hinweg, dass ich heute besonders bescheuert aussah. Ich trug ein tailliertes Sportsakko mit Paisleyfutter und eine Skinny Jeans, die zu kaufen Sherri mich vor ein paar Wochen überredet hatte. Sie meinte, darin sähe ich beinahe hip aus. Ich sagte, ich bräuchte wohl eher ein hippes neues Hüftgelenk. Worüber wir beide lachen mussten. Was äußerst selten vorkam. Meistens verstanden wir die Witze des anderen nicht.

Eigentlich hatte ich mir fest vorgenommen, reinzugehen und gleich die Karten auf den Tisch zu legen, aber es dauerte nicht lange, da hatte ich ein halbes Dutzend guter Entschuldigungen, um das Ganze noch etwas hinauszuzögern. Sie war als kleines Mädchen von ihrem Vater verlassen worden, und diesen traumatischen Verlust kompensierte sie jetzt mit mir. Es ging ihr nicht darum, dass ich Geld hatte, auch wenn das sicher nicht schadete, ihr ging es um mein Alter. Ich war eine Vaterfigur für sie. Das war auch der Grund, warum ich mich nicht schon längst von ihr getrennt hatte. Ich wollte nicht, dass sie schon wieder von einem älteren Mann verlassen wurde. Außerdem hatte ich insgeheim immer gehofft, dass sie mich längst satthatte, bevor wir dieses Gespräch führen mussten. Ich schaute ihr in die Augen und nahm all meinen Mut zusammen.

Ihre Augen wirkten so jung. Und das war oft das, was mich an unserem Altersunterschied am meisten beschämte. Nicht ihre mädchenhafte Figur, ihr strahlendes Lächeln oder die seidenweiche Haut, die gerade einmal halb so viele Sonnentage gesehen hatte wie meine, dafür aber mit doppelt so hohem Lichtschutzfaktor. Es waren ihre Augen. Sie hatte kein einziges dieser winzig kleinen Fältchen, die sich um die Augenwinkel legen wie ein Sonnenkranz. Sie verraten das wahre Alter, aber auch ein gelebtes Leben. Wer auch immer sie Krähenfüße getauft hatte, hat ihnen einen etymologischen Bärendienst erwiesen. Hätte man sie Adlerfüße genannt, vielleicht würde man sie wie ein Ehrenabzeichen tragen. Das ist mir erst kürzlich aufgegangen. Bei Marilyn hatte ich nie darüber nachgedacht – wir beide sind zusammen alt geworden. Aber ich erkenne mehr Schönheit in Augen, die viel gesehen haben. Wenn ich in Sherris jugendliche Augen blickte, sah ich einen alten Mann mit einem jungen Mädchen, das halb so alt war wie er. Ich sah die Wahrheit. Ich mochte Felicias Augen. Und mir ging auf, dass ich Sherri genau das irgendwie erklären musste.

Aber sie kam mir zuvor. »Ist was?«, fragte sie und sagte dann, sie habe das Gefühl, ich sei in letzter Zeit etwas distanziert. Sie hätte blind und taub und blöd sein müssen, um das nicht zu merken. Ich bestätigte ihren Verdacht und erklärte ihr möglichst nett, dass ich nicht ihre Zeit verschwenden wollte und dass ich zwar gerne wieder heiraten würde, dann aber eine Frau auf Augenhöhe, kein junges Ding, das man wie eine Trophäe herumzeigt. Jemand, der an einem ähnlichen Punkt im Leben steht, jemand, der ähnliche Erfahrungen gemacht hat wie ich. Und dann fing sie mit ihren jungen Augen an zu weinen, und ich fühlte mich furchtbar. Aber sie weinte nur ein bisschen und hörte dann unvermittelt wieder auf. Nichts im Vergleich zu dem hysterischen Ausbruch damals wegen des kleinen Schwarzen.

Ich reichte ihr mein Taschentuch, und sie tupfte sich damit die Augen. Dann strich sie es glatt und fuhr mit den Fingern über meine eingestickten Initialen am Rand.

»Darf ich das behalten?«, fragte sie.

»Klar«, entgegnete ich.

Ich war erstaunt und ein bisschen gerührt angesichts dieser unerwarteten Rührseligkeit, aber als ich wieder hinausging, empfand ich eigentlich nichts als Erleichterung.

## 24

# I Love New York!

*Von Sally Ann Fennely, Laufstegmodel/Neu-New-Yorkerin*

New York City ist mir quasi über Nacht ans Herz gewachsen, und als echte Südstaatlerin wollte ich die Zuneigung, die ich für die Stadt empfand, gerne zurückgeben und ließ mich auch von ihr ins Herz schließen. Das mit dieser Stadt und mir hatte so gar nichts Subtiles. Nicht so, wie man sich in die Südstaaten verliebt, kaum merklich, an einem heißen Augusttag, während man auf der Veranda sitzt und genüsslich gesüßten Eistee aus dem Einmachglas schlürft. Es ging ratzfatz. Zwei Tequila mit Red Bull zum Runterspülen in der Cocktailbar auf der Dachterrasse des Standard Hotel, und es war um mich geschehen. Und glauben Sie mir, das war nicht bloß ein belangloser One-Night-Stand. Am nächsten Morgen im Bagelshop gleich der nächste Grund zum Verlieben. Ein frisch gebackener, ofenwarmer Bagel mit allem, beide Hälften mit Liebe bestrichen und belegt. Das war's dann wohl mit uns, Hafergrütze!

Von da an verliebte ich mich beinahe täglich neu in diese Stadt. Und was für ein Glück für mich, dass das anscheinend ganz auf Gegenseitigkeit beruhte! Ich glaube, New York City fing an, sich wegen meines Akzents in mich zu verlieben – ausgerechnet mein Akzent, den ich in den ersten Wochen krampfhaft jeden Morgen mit dem Kaffee versucht hatte herunterzuschlucken. Der war letztendlich der Grund dafür, dass die Leute völlig verrückt nach mir waren. Denn wie sich bald herausstellen sollte, waren die Leute hier gar nicht so engstirnig, wie ich anfangs gedacht hatte. Die meisten Menschen, die ich im Laufe der Zeit kennenlernte, fanden mich unterhaltsam. Entzückend war das Wort, das die meisten benutzten. »Dein Akzent ist *entzückend*.« Manchmal war er auch »erfrischend«, oft »bezaubernd« und einmal sogar »betörend«.

Und einfach so hatte New York sich plötzlich über Nacht in Sally Ann Fennely verknallt. Nicht wegen meiner langen Beine oder des perfekten Lächelns oder der sanft gewellten blonden Haare – wobei mir das alles sicher einige Türen geöffnet hat. Aber was ich sagte und wie ich es sagte, war letztendlich der Grund dafür, dass ich eingeladen wurde. Und mir war ungeheuer wichtig, dass es nicht nur an meinem Aussehen lag. Sobald mir das aufging, fing ich an, ganz dick aufzutragen, bis ich klang wie eine Milchkuh im Baumwollfeld. Charmantes Bild, oder? Eine Milchkuh im Baumwollfeld? Tja, dann stellen Sie sich mal vor, das Sprichwort gibt es gar nicht. Das habe ich mir gerade ausgedacht. Aber die Kuh im Baumwollfeld war genau das, was die Leute hören wollten, die sich gar nicht mehr darüber einkriegten, wie erfrischend und authentisch ich war.

Die Reaktion fiel mir zum ersten Mal beim Abendessen in der Mädchenpension auf. Ja, es gibt in New York City tatsächlich noch Pensionen nur für Frauen. Als die Nachricht eintrudelte, dass eine der Modelagenturen, bei denen ich mich beworben hatte, mich tatsächlich in ihre Kartei aufnehmen wollte, ruderte meine Mama, die mich bisher immer gedrängt und ermutigt hatte, meinen Traum zu verwirklichen, plötzlich zurück. Sie bekam Albträume bei dem Gedanken, ich könnte tatsächlich in die Großstadt ziehen, und fing an,

Kriminalitätsstatistiken und Luftqualität in den verschiedenen Stadtteilen zu googeln. Und das von einer Frau, die die Hälfte ihres Lebens einen Glimmstängel im Mundwinkel hatte. Aber meine Großmutter hatte eine zündende Idee. Sie war ein großer Fan von Sylvia Plath und erzählte uns, Sylvia Plath habe, als sie nach New York zog, in einer Mädchenpension namens The Barbizon gewohnt. In *Die Glasglocke* hatte sie sogar darüber geschrieben. Dieses doch recht riskante Manöver funktionierte tatsächlich, auch wenn eine suizidal veranlagte Schriftstellerin wie Sylvia Plath in meinen Augen ein eher zweifelhaftes Vorbild abgab.

Das Barbizon gab es schon lange nicht mehr, dafür aber etwa zehn andere Pensionen zur freien Auswahl. Letztendlich mietete ich mir ein Zimmer in einem Haus auf der Upper West Side, mit Vollpension und einer Herbergsmutter und Rund-um-die-Uhr-Pförtner am Empfang. Herrenbesuche waren strikt verboten. Mama war begeistert, und ich war ehrlich gesagt auch ziemlich erleichtert. Ich fühlte mich nämlich nicht erwachsener oder in der Wildnis allein überlebensfähiger als vor dem Tag, an dem man mir sagte, dass ich jetzt Laufstegmodel würde. Die Pension war mehr Schwesternwohnheim und weniger hippes, urbanes Singleleben in der Großstadt – auch wenn die anderen Mädchen mich nicht unbedingt schwesterlich aufnahmen. Zumindest anfangs nicht.

In der ersten Woche saß ich beim Essen mit den falschen Mädchen am Tisch. Die beiden waren auch Models und machten sich kaum die Mühe, sich mir vorzustellen. Während des gesamten Abendessens diskutierten sie darüber, ob man Schwarz und Blau wirklich miteinander kombinieren kann. (Kann man.) In der nächsten Woche kam ich zu spät zum Essen, weil meine Zimmernachbarin dabei erwischt wurde, wie sie versuchte, einen Jungen auf ihr Zimmer zu schmuggeln. Die Herbergsmutter stand mitten im Flur und bekam einen hysterischen Tobsuchtsanfall, und ich hatte viel zu großes Muffensausen, um mich an ihr vorbei zum Essen runterzuschleichen. Als ich mich schließlich doch nach unten traute, gab es nur noch einen freien Platz, und zwar zwischen zwei sehr klug aussehenden Mädchen.

Ich muss ausgesehen haben, als hätte ich ein Gespenst gesehen, denn sie fragten mich sofort, ob was passiert sei. Ich war so aufgelöst, dass ich gar nicht mehr daran dachte, meinen Südstaatenakzent zu überspielen, und herausplatzte: »Die Herbergsmutter ist so wütend wie ein nasses Truthuhn!« Die beiden prusteten vor Lachen. Zuerst dachte ich, sie lachten mich aus. Sie mussten gemerkt haben, dass ich knallrot wurde, und die dunkelhaarige Margot meinte lachend:

»Was für eine lustige Redewendung, wütend wie ein nasses Truthuhn. Das muss ich mir unbedingt aufschreiben!«

Und so erfuhr ich dann, dass sie und Halle, das andere Mädchen, gerade ein Volontariat beim *New York Magazine* machten. Sie verdienten zwar nicht viel, waren aber immer zu den angesagtesten Partys und Events eingeladen. Die eine kam eigentlich aus Brooklyn, aber ihre Eltern hatten darauf bestanden, dass sie endlich von zu Hause auszieht. Die andere kam aus Boston.

Ich weiß nicht so genau, ob sie bloß ihre Interviewführung üben wollten oder einfach neugierig waren, aber sie stellten mir einen ganzen Haufen Fragen: »Wo kommst du her?«, »Warum ist ein nasses Truthuhn wütend?«, »Wie sind die Südstaatenjungs so?«, »Was macht ihr so in Alabama?« Ich versuchte, möglichst interessant zu klingen, aber das war gar nicht so einfach. Ich konnte mir beim besten Willen nicht vorstellen, dass Geschichten vom Baumwollanbau und Football am Freitagabend sie interessieren könnten. Zum Glück standen sie *total* auf meinen Akzent. Irgendwie schienen sie es hochspannend zu finden, mir beim Reden zuzuhören, wenn ich ihnen von Orten erzählte, an denen sie nie gewesen waren. Da dachte ich zum ersten Mal, dass ich vielleicht doch in dieser großen lauten Stadt mit den Trilliarden Menschen bleiben würde. Mit Freunden kann man es im Grunde genommen überall aushalten. Das Ding war bloß, man musste welche finden, und nach diesem Abendessen hatte ich das Gefühl, die beiden könnten vielleicht meine ersten neuen Freundinnen werden.

Einmal staubte Margot drei Karten für ein Broadway-Musical ab und lud Halle und mich ein mitzukommen. Das Allererste, was meine Großmutter gesagt hatte, als sie hörte, dass ich nach New York gehen wollte, war, mir einzubläuen, auf jeden Fall eins der großen Musicals anzuschauen. Sie schwärmte, davon habe sie immer geträumt, aber es hätte sich nie die Gelegenheit dazu ergeben. Ich war echt dankbar und freute mich schrecklich, hatte aber irgendwie auch ein schlechtes Gewissen, weil meine Großmutter das nicht selbst miterleben konnte. Weshalb ich mir schwor, ganz genau aufzupassen und mir jede Einzelheit zu merken und ihr dann am Sonntag am Telefon alles haarklein zu erzählen. Wobei meine Vorfreude einen ziemlichen Dämpfer abbekam, sobald wir auf unseren Plätzen saßen. Da stellte sich nämlich heraus, dass der Sohn der Redakteurin meiner Freundin und dessen Freund gleich neben uns saßen, und die beiden waren ganz schön aufdringlich. Noch bevor das Musical überhaupt angefangen hatte, hatten sie uns schon eingeladen, anschließend mit ihnen zusammen im Theater District in einem bekannten alten Restaurant namens Sardi's essen zu gehen. Sardi's, so erfuhr ich während der Pause dank Wikipedia und der absurd langen Schlange vor der Damentoilette, ist bekannt für Hunderte von Starkarikaturen, die dort an den Wänden hängen. Klang alles schön und gut, aber eigentlich fand ich die beiden Jungs nicht besonders sympathisch. Je mehr sie redeten, desto blöder fand ich sie. Als hätten sie nicht mal mehr das bisschen Hirn, mit dem sie auf die Welt gekommen waren. Margot wollte aber unbedingt mitgehen, weil sie einen guten Eindruck bei ihrer Chefin machen wollte, und Halle meinte, wir sollten mitgehen, weil es »bestimmt lustig wird«. Also gingen wir mit. Lustig wurde es aber nicht.

Irgendwann zwischen Vorspeise und Hauptgang, als mir längst dämmerte, dass ich nur das fünfte Rad am Wagen war, entschuldigte ich mich, um »auf die Tö« zu gehen, was bei Margot und Halle sonst Lachsalven hervorrief. Aber heute Abend waren sie so sehr damit beschäftigt, diese kleinen Vollpfosten zu beeindrucken, dass überhaupt keine Reaktion kam. Ich dackelte also an der Bar vorbei, und um nicht gleich wieder an den Tisch zurückzumüssen, bestellte ich mir spontan einen Cosmopolitan. Ich wusste nicht mal, was das war. Ich wusste nur, dass er pink ist. Wie die meisten Mädchen in meinem Alter wusste ich nur aus unzähligen Folgen *Sex and the City*, die ich mir wieder und wieder angeschaut hatte, was man in einer New Yorker Bar so trinkt. Der ältere Herr neben mir sah aus, als sei er wer, aber er war schon ein wenig angeglimmert. Geistesabwesend kritzelte er einen Dreizack und Teufelshörner auf ein Foto im *New York Magazine*.

»Meine Freundinnen arbeiten beim *New York Magazine*«, sagte ich und versuchte, meine innere Carrie Bradshaw zu channeln.

»Gegen die Zeitschrift hab ich im Prinzip nix«, brummte er und nuschelte dabei ein bisschen, »nur gegen diese Albtraumtussi!« Und damit schob er mir unwirsch das Bild zu.

Unter den Teufelskritzeleien war der Bildunterschrift

zufolge eine Schauspielerin aus der »Besetzung von *That Southern Play*« zu sehen. Aber was für ein seltsamer Zufall: Ich schaute ein bisschen genauer hin – keine Frage, die Schauspielerin trug *mein* Kleid! Na ja, genau genommen nicht *mein* Kleid, aber das Kleid, das mich auf den Titel von *Women's Wear Daily* gebracht und mir einen Haufen Modeljobs beschert hatte.

»Das ist mein Kleid!«, rief ich nicht ohne Stolz.

Er knallte sein Glas auf den Tresen, damit der Barkeeper es auffüllte. Widerstrebend goss der ihm noch mal nach und sagte zu mir: »Achten Sie gar nicht auf ihn, Miss, sein Stück sollte die heißeste Produktion der Saison werden, und jetzt hat seine Hauptdarstellerin die Flatter gemacht.«

»Das ist ja furchtbar«, japste ich, denn das war es ja auch.

»*Sie* war furchtbar«, gab er zurück. »Sie hat mit einem entsetzlich falschen Südstaatenakzent gesprochen, und die Kritiken waren vernichtend. Ich habe sie nur engagiert, weil die Investoren sie unbedingt haben wollten. Das mache ich nie wieder.«

»Wie meine Großmutter immer sagt, wer sich mit Hunden schlafen legt, wacht mit Flöhen auf.« Ich warf noch mal einen Blick auf das achtlos weggeworfene Foto und fügte mit sirupdickem Südstaatensingsang hinzu: »Armes kleines Herzchen.«

Bei meinem unüberhörbaren Akzent schien er sich zu fragen, ob der echt war, oder ob ich ihn auf den Arm nehmen wollte, also fragte er mich misstrauisch: »Was machst du eigentlich in dieser Bar? Hat dich jemand zum Vorsprechen hergeschickt?«

»Vorsprechen? Nein, bestimmt nicht, Sir. Ich wollte nur weg von den beiden Jungs dahinten, die glauben, die Sonne geht morgens nur auf, um sie krähen zu hören.«

Dem Produzenten fielen beinahe die Augen aus dem Kopf. »Wer hat dich geschickt? Stephen Schwartz? Nathan Lane? Das ist aber ein ganz schön fetter Akzent, junge Dame!«

»Fetter als eine Milchkuh im Baumwollfeld!«, stimmte ich ihm beherzt zu.

Und so kam es, dass ich an der Bar vom Sardi's für meine erste Rolle auf einer Broadway-Bühne gecastet wurde, vom Produzenten von *That Southern Play* höchstpersönlich. Und jetzt gebe ich bald mein Broadway-Debüt! Gar nicht so übel für ein spindeldürres Mädel aus Alabama.

Ich will nicht wie ein billiges T-Shirt klingen, aber *I love New York!*

## 25

# Bis über beide Ohren in der Ostrich Detective Agency

*Von Andie Rand, Privatdetektivin*

Das Tennismatch an der Grand Central lief großartig, weil wir uns einfach perfekt ergänzten. Ich fragte mich, ob er und Caroline wohl auch zusammen Tennis spielten. Ich stellte mir vor, wie sie an den Sommerwochenenden spielten, wo auch immer sie die Sommerferien verbrachten, und es versetzte mir einen kleinen Stich. Ich musste mich wirklich zusammenreißen, um ihn nicht danach zu fragen. Ihn auf sie anzusprechen und zu tun, als würde ich sie nicht kennen, würde meine Scharade nur noch widerwärtiger machen. Also widerstand ich tapfer der Versuchung. Anschließend musste er gleich gehen, fragte mich aber, ob wir uns bald wiedersehen.

»Diese Woche zeige ich in meinem Seminar *Der unsichtbare Dritte*, kommen Sie doch auch.«

Worauf ich ihn nur fragend ansah; keine Ahnung, wie er jetzt plötzlich auf *Der unsichtbare Dritte* kam.

»Um den ging es doch auch bei der Führung, schon vergessen? Alfred Hitchcock, Cary Grant, Eva Marie Saint?« Ich konnte mich nicht mehr daran erinnern, aber seine Begeisterung war ansteckend und irgendwie auch sehr süß.

Lächelnd sagte ich: »Überredet.«

Und so saß ich ein paar Tage später in einem Seminarraum, zum ersten Mal seit zwanzig Jahren. Es war ganz witzig – ich fühlte mich wieder jung, wie damals auf dem College, als ich mein ganzes Leben noch vor mir hatte statt einer gescheiterten Ehe hinter mir. John gab eine kurze Einführung, dann dunkelte er den Raum ab, und als der Vorspann über die Leinwand flimmerte, kam er zu mir und setzte sich neben mich. »Schön, dass Sie gekommen sind«, flüsterte er. Ich hatte ein bisschen Sorge, mich vielleicht nicht konzentrieren zu können, so im Dunkeln neben John, aber der Film fesselte mich vom ersten Augenblick an. Anschließend streute er noch ein paar Fragen zur Grand Central Station in seinen Vortrag ein. Sachen, die wir bei der Führung erfahren hatten. Und jedes Mal schaute er zu mir herüber, als wollte er mir mit seinem Blick die Antwort entlockten. Und wenn ich dann antwortete, fühlte ich mich ihm seltsam verbunden – wie zwei Menschen in einem Meer von Fremden, die ein Geheimnis miteinander teilten.

»Welcher andere Hitchcock-Film spielt sowohl an der Grand Central als auch an der Penn Station?«

»*Ich kämpfe um dich!*«, antwortete ich wie aus der Pistole geschossen, ehe er mich überhaupt aufrufen konnte.

Ich war so eifrig bei der Sache, dass etliche Studenten in den Reihen vor mir sich umdrehten und mich anschauten, als fragten sie sich, was zum Teufel ich hier machte. Und als ich in ihre verdutzten Gesichter sah, ging mir auf, dass ich selbst nicht den blassesten Schimmer hatte, was ich hier machte. Ich hätte nicht herkommen sollen. Ich war dabei, mich in einen verheirateten Mann zu vergucken, den ich von vorne bis hinten belogen hatte und der immer wieder seine Liebe zu seiner (verlogenen, fremdgehenden) Frau beteuert hatte. Ich beschloss, nach dem Seminar nicht mehr zum Kaffee zu bleiben, wie eigentlich ausgemacht, und schwor mir, ihn nie wiederzusehen.

Aber schon zwei Sonntage später brach ich mein Gelübde. Es war mein freies Wochenende, und verdammt und zugenäht, schon wieder saß ich im Büro und folgte John Westmonts Bewegungen auf meinem Computer. Okay, wenn ich ganz ehrlich bin, muss ich gestehen, dass ich beinahe jeden Tag seit meinem heiligen Schwur, es nicht mehr zu tun, nachgeschaut hatte, was er tat. Aber nur mittels Handy-Ortung – immerhin war ich nicht so weit gegangen, seine E-Mails aus meinem Junk-Mail-Ordner zu fischen. Mich wenigstens an diese eine Regel zu halten gab mir das Gefühl, nicht vollkommen die Kontrolle verloren zu haben. Trotzdem, der Mann war zu einer Obsession geworden. Fast so was wie eine Sucht. John Westmont war mein Heroin. Ich war angefixt und brauchte mehr.

An dem Tag machte er einen Spaziergang auf der Highline. Ich weiß, Sie denken jetzt bestimmt, der Kerl hat es aber mit den New Yorker Wahrzeichen, aber ich kann Ihnen versichern, es war das erste auch nur annähernd Touristische, was er in den vergangenen zwei Wochen unternommen hatte. Meistens war er abends zu Hause in seiner Wohnung in der Fifth Avenue, die nebenbei bemerkt derart palastartige Ausmaße hat, dass sie in der Handy-Ortung als zwei getrennte Bereiche aufgeführt wird. Schwer vorzustellen, dass so ein bodenständiger Mensch aus derart begüterten Verhältnissen stammen soll. Tagsüber hielt er sich fast immer in der oder um die Columbia University auf. Letzten Sonntag war er im Madison Square Garden, vermutlich zum Spiel der Knicks. Donnerstag nahm er an einer Konferenz im Paley Center for Media teil, und Mittwoch hatte er sich nachmittags im Paris Theater einen Film angeschaut. Und ich hatte mich wirklich zusammenreißen und sehr beherrschen müssen, um nicht wie zufällig in den ersten Rang zu spazieren und mich ganz beiläufig neben ihn zu setzen. In meiner Fantasie malte ich mir aus, wie ich zu ihm sagte: *Stellen Sie mir nach?* Oder: *Sie schon wieder!* Wie er mir etwas von seinem Popcorn anbot und meine Hand seine streifte, wenn wir unweigerlich im selben Moment in die Schachtel griffen. Nur Minuten nachdem ich an die verpasste Popcornszene gedacht hatte, stand ich auf der Straße und winkte mir ein Taxi heran. So ein Junkie bin ich.

Vor einigen Jahren hat die Stadt die Highline quasi neu belebt, indem sie die bis dahin ungenutzte ehemalige Hochbahn für Güterzüge begrünte und damit einen schmalen Streifen Parklandschaft entlang Manhattans Westside schuf. Eine ziemlich coole Sache. Der kleine grüne Punkt auf meinem Display zeigte mir an, dass John den Aufgang an der 34th Street genommen hatte und in Richtung Downtown unterwegs war. Weshalb ich beschloss, im Meatpacking District an der Gansevoort Street anzufangen und in die entgegengesetzte Richtung zu laufen. Irgendwann mussten wir beide uns in der Mitte begegnen. Und wenn nicht, wäre es immer noch ein schöner Spaziergang, und ein bisschen Bewegung und frische Luft haben noch niemandem geschadet. Dachte ich zumindest.

Ungefähr zehn Blocks weiter erhaschte ich den ersten Blick auf ihn. Mein Herz setzte ganz kurz aus. Ich wünschte, ich wäre nicht so verrückt nach einem Mann, den ich kaum kenne und mit dem eine Affäre anzufangen mich meine Karriere kosten könnte. Eigentlich sah er ganz gut aus, aber auf eine eher unspektakuläre Art und Weise. Ein bisschen wie Gary Cooper oder Greg Kinnear. Er war süß, sehr süß, und ziemlich altmodisch, was mir sehr gefiel. Er war klug und nachdenklich. Und das war ja auch alles schön und gut – aber als ich ihn so dabei beobachtete, wie er bei einem Straßenverkäufer ein Eis kaufte, fragte ich mich ernsthaft, ob ich ihn wirklich mochte oder bloß seiner fremdgehenden Ehefrau eins auswischen wollte und dadurch indirekt auch meinem fremdgehenden Exmann. Der Eisverkäufer reichte ihm ein Hörnchen. Könnte es wirklich sein, dass es in Wahrheit darum ging: eine rachsüchtige, psycho-pathologische Untreueübertragung? Fühlte ich mich nur deshalb so zu ihm hingezogen, weil er bald denselben Schmerz erleben würde wie ich? Ich hätte damals vor drei Jahren wohl doch mal zu einem Therapeuten gehen sollen, so wie es mir alle empfohlen hatten. »Du musst deine Wut loslassen«, hatten sie gesagt. »Du musst mit jemandem reden.«

Der Eisverkäufer reichte John ein zweites Hörnchen. Zwei Eishörnchen. Zwei Eishörnchen. Es dauerte einen Moment, bis ich kapiert hatte, was das bedeutete. Und da kam sie auch schon, die strahlende Caroline Westmont. Ich weiß nicht, warum mir gar nicht eingefallen war, dass sie auch dabei sein könnte. Vermutlich, weil sie ihn betrog und er sonst eigentlich immer allein unterwegs zu sein schien. Ein bisschen länger als nötig sah ich diesem scheinbar glücklichen Paar zu. Vielleicht hatte sie es sich doch noch anders überlegt und ihre Affäre beendet. Ein Blick von einem der beiden in meine Richtung, und ich wäre erledigt. Also machte ich entschlossen auf dem Absatz kehrt und marschierte in entgegengesetzter Richtung davon.

Ich ging schnurstracks ins Büro und löschte John Westmonts kleinen grünen Punkt von meinem Ortungsportal. Das war's, sämtliche Verbindungen waren gekappt. Und ich war wild entschlossen, von jetzt ab auf kalten Entzug zu gehen und clean zu bleiben.

## 26

# Der Flip-Flop

*Von Natalie, der Alibifreundin*

An dem Morgen war nicht viel los im Laden, eher untypisch so kurz vor Weihnachten. Es war die Woche nach Thanksgiving. Sonst steppte um diese Zeit hier der Bär. Aber das Einzige, was überhaupt passierte, war, dass mein kleines schwarzes Max-Hammer-Kleid zurückkam. Wir hatten es an Jordana Winston verliehen. Ich sage immer noch meins, wobei das bei allem, was das gute Stück inzwischen durchgemacht hat, eigentlich ein bisschen anmaßend ist. Es kam, ordentlich gefaltet, in einer Schachtel aus Paris – ausgerechnet –, aber es sah aus, als hätte es zwischenzeitlich ein französischer Matrose mit nach Hause genommen. Ich habe eigenhändig versucht, es im Hinterzimmer aufzubügeln, nur um irgendwann einsehen zu müssen, dass leider nichts mehr zu retten war. Es war überdehnt, ausgebeult, fleckig und hatte einfach ein bisschen zu viel mitgemacht. Max Hammer würde es natürlich zurücknehmen, weil das kleine Ding jede Menge Werbung für die Marke gemacht hatte.

Während ich den Retourenschein ausfüllte, beschlich mich beim Gedanken an das Kleid und alles, was es in Gang gesetzt hatte, ein fast melancholisches Gefühl. Warum war ich bloß so stur gewesen und hatte Jeremys Entschuldigung partout nicht annehmen wollen? Versteckte ich mich vielleicht bloß hinter diesem dummen Missverständnis, weil ich so eine Heidenangst davor hatte, wieder verletzt zu werden? Unter Rücksendegrund schrieb ich: *beschädigt*. So ein Schildchen sollte ich mir auch umhängen, dachte ich. Ich hängte das Kleid nach hinten und befestigte den Retourenschein daran, damit Ruthie ihn gegenzeichnen konnte, wenn sie nachher zur Arbeit kam. Das war wirklich ein Wahnsinnskleid. Unglaublich, wie gut ich mich darin gefühlt hatte.

Sich schick zu machen mit so einem ganz besonderen Kleid erinnerte mich daran, wie wir als Kinder immer Verkleiden gespielt hatten. Meine Schwester und ich hatten eine Kiste voller Prinzessinnenkostüme und alter Kommunionskleider, die unsere Mom hin und wieder vom Flohmarkt oder von Garagenverkäufen mitbrachte. Wir stolzierten darin herum wie die Pfaue mit unseren unechten Perlen, den weißen Handschuhen und einem Paar alter Pumps unserer Mom. Ich glaube, von diesem Kinderspiel, wenn kleine Mädchen sich als Braut oder Prinzessin aufdonnern, kommt auch dieses Gefühl, das man als erwachsene Frau hat, wenn man ein ganz besonders schönes Kleid trägt. Vielleicht liegt es daran, dass ich noch recht jung bin, aber immer wenn ich mich hübsch mache, bekomme ich das Gefühl, als sei alles nur ein Spiel – und alles möglich.

Wenn nicht viel zu tun ist, hat man Zeit, seine Gedanken schweifen zu lassen, und meine schweiften in alle Himmelsrichtungen. Ein Glück, dass Tomás da war und mich ein bisschen ablenkte. Wenn viel los ist, arbeite ich am liebsten mit Ruthie zusammen – sie ist die Königin der Seitenblicke und Einzeiler, und ihre Kommentare sind zum Schießen. Aber wenn alles ruhig ist, ist Tomás mir am liebsten. Wenn man an einem ruhigen Tag mit Ruthie zusammenarbeitet, lässt sie einen tausend Pausen machen. Pause bedeutet für sie immer gleich Zigarettenpause. Sie sagt dann: »Mach doch noch

’ne Pause«, damit sie auch noch mal in die Pause gehen kann, und die Extrapausen kosten mich immer Extrageld, weil ich dann durch den Laden schlendere und mir überlege, was ich mir alles von meinem nächsten Gehalt kaufen möchte. Tomás und ich ziehen das Ding normalerweise gemeinsam durch. Zum Zeitvertreib spielen wir Sachen wie »Ich sehe was, was du nicht siehst«. Das spielten wir auch an dem Tag, weil wir beide völlig geschafft waren und mein Hirn zu nichts Höherem mehr fähig war. Tomás war dran.

»Ich sehe mit meinen müden, blutunterlaufenen Augen was, was du nicht siehst, und das ist schwarz.« Er schaute mich mit traurigem Gesicht an, und ich dachte, er meinte mich und meine rabenschwarze Laune. Tomás war ziemlich sensibel und bekam viel mit. Wir waren in letzter Zeit richtig gute Freunde geworden.

»Bei mir ist alles bestens. Also bitte, bleib ernst. Ich will heute über gar nichts nachdenken.«

»Also gut, ich sehe mit meinen müden, blutunterlaufenen Augen was, was du nicht siehst, und das ist blau.« Er schaute in Richtung einer vorbeischlendernden Kundin, und ich musste lachen.

»Ich seh’s«, gluckste ich. Es war der Kopf einer Dame, die eigentlich graue Haare hatte und sie wohl selbst färbte und dabei nicht zu merken schien, dass die Haarpracht auf ihrem Kopf leuchtend blau war – ein bisschen spät im Leben für eine Punkrockphase. Ich war dran. Versonnen schaute ich aus dem Fenster.

»Ich sehe was, was du nicht siehst, und das ist … gerissen.«

»Meinst du den kleinen Riss mitten auf der Lexington, den du letzte Woche auch schon gesehen hast?«

»Ja, ganz genau, aber schau dir das mal an – der ist riesig. Und geht einmal quer über die ganze Straße!«

Er schaute raus. »Wow, da müsste mal jemand was sagen.«

»Müsste. Du bist dran.« Er konzentrierte sich wieder auf die Dinge um uns herum.

»*Dios mio*«, rief er dann plötzlich. »Ich sehe was, was du nicht siehst, und das ist dein kleiner, oberflächlicher und vollkommen schamloser Exfreund.«

Ich folgte seinem Blick. »Ich sehe ihn auch, verdammt. Bäh. Das Spiel ist aus.«

Flip Roberts kam quer durch die Damenoberbekleidung direkt auf uns zu. Unter dem Vorwand, ein Geschenk für seine Frau aussuchen zu wollen, kam er hier hereingeschneit. Es war das erste Mal seit Turks und Caicos, dass ich ihn sah und, viel wichtiger noch, das erste Mal, dass mich die Begegnung mit ihm nicht bis ins Mark erschütterte.

Ich sagte ihm auf den Kopf zu, wie fadenscheinig sein Vorwand war. »Ach herrje, echt jetzt, Flip? Es gibt in dieser Stadt doch tausend Läden, in denen du ein Geschenk für sie kaufen könntest …«

Er unterbrach mich und fand sich dabei wohl auch noch witzig.

»Und von allen Klamottenläden in allen Städten der Welt spaziert er ausgerechnet in meinen.« Als wir noch zusammen waren, hätte ich über diese Bemerkung sicher gelacht. Jetzt erschien sie mir nur noch hoffnungslos abgeschmackt … genau wie er selbst.

»Ehrlich gesagt wollte ich dich sehen«, erklärte er mit einem verschlagenen Grinsen. »Nach dem Foto auf Seite sechs heute Morgen habe ich mir gedacht, dass du und dein Freund euch wohl getrennt habt, und wollte nur mal fragen, wie es dir geht.«

*Was denn für ein Foto auf Seite sechs?* Ich konnte meinen Schreck nicht verbergen, genauso wenig wie die Tatsache, dass ich beim Gedanken an ein Foto von Jeremy mit einer anderen Frau am liebsten gekotzt hätte – also drehte ich den Spieß um.

»Du bist ein verheirateter Mann, Flip! Meinst du wirklich, deine Frau fände es gut, wenn du deiner Exfreundin einen Kondolenzbesuch abstattest?«

»Sie weiß ja nicht, dass ich hier bin.« Diese Antwort war einfach erbärmlich.

»Das habe ich mir schon gedacht«, entgegnete ich abfällig.

»Seit wir uns das letzte Mal gesehen haben, musste ich ständig an dich denken, und als ich heute Morgen die *Post* gelesen habe, dachte ich mir, vielleicht …«

Mir war es schnurz, was er sich gedacht hatte, und das wollte ich ihm unmissverständlich klarmachen. Ich unterbrach ihn.

»Schön, dass du da bist«, zischte ich schneidend. Er strahlte mich an. »Ich wollte mich endlich bei dir bedanken.«

»Bei mir?«, fragte er verdutzt, aber hoffnungsfroh. Unfassbar, dass ich mal so verrückt nach diesem Trottel war. Der Kerl war ein hoffnungsloser Vollpfosten.

»Ja – hättest du nicht bemerkt, dass in unserer Beziehung etwas Entscheidendes fehlt, hätte ich womöglich den Rest meines Lebens mit dir verbracht – und hätte mich immer wie ein Mängelexemplar gefühlt, als sei ich nicht genug. Dabei bin ich viel mehr, als du verdienst. Dank dir habe ich mich nicht mit weniger zufriedengegeben.«

Er stürzte sich sofort auf den Köder. »Aber du bist doch kein Mängelexemplar, du bist unglaublich, und ich war einfach zu blind, das zu sehen, weil ich eine verdrehte Vorstellung davon hatte, wie die Frau sein sollte, die ich verdiene.«

»Die du verdienst? Eins kann ich dir jedenfalls sagen, mich hast du nicht verdient! Geh nach Hause zu deiner Frau, Flip.«

Und dann drehte ich mich mit Tränen in den Augen um und ließ ihn einfach stehen und verschwand schleunigst in der Umkleide. Aber ich weinte nicht um Flip Roberts. Ich weinte um Jeremy.

Nach dem unschönen Ende unserer Reise hatte er beinahe jeden Tag angerufen. Zuerst hinterließ er mir Nachrichten wegen unseres Streits, versuchte, sich zu rechtfertigen, wollte recht behalten. Dann fing er an, sich zu entschuldigen. Und als Letztes hatte er einfach nur gesagt: »Du fehlst mir, aber ich werde dich in Zukunft nicht mehr belästigen.« Das war vor einer Woche. Und während ich schweigend litt wie in einer griechischen Tragödie, hatte er sich offensichtlich für die Hollywoodversion entschieden und lebte fröhlich sein eigenes Leben weiter.

Tomás klopfte an die Tür der Umkleide. Er hatte die Zeitung dabei. »Tut mir leid«, seufzte er. »Willst du es dir selbst anschauen?« Da, in Schwarz-Weiß, war Jeremy in einem Skilift in Vermont, die Lippen auf den Mund einer fremden Frau gepresst. Darunter nur die Bildunterschrift: »Schneegestöber!«

Worauf ich prustete vor Lachen und gar nicht mehr aufhören konnte, so komisch war das alles. »Das ist sein neuer Film – Schneegestöber!«, erklärte ich grinsend, mit Freudentränen in den Augen. »Das ist seine Filmpartnerin, nicht seine neue Freundin!« Und plötzlich hatte Tomás auch Tränen in den Augen. Er ist wirklich ein wunderbarer Freund. Und ein ganz großer Romantiker!

»Bist du dir sicher?«, piepste er.

»Klar, ich habe das Drehbuch gelesen. Wir haben gemeinsam seine Szenen geprobt.«

»Du musst dahin, Natalie – schnapp ihn dir!« Seine Begeisterung war ansteckend. Ich dachte ernsthaft darüber nach. Wollte ich wirklich nach Vermont fahren und mich ihm an den Hals werfen? Aber so was passierte nicht im wahren Leben. Und ich hatte nicht mal einen Führerschein.

»Keine Ahnung, wo die drehen – und ich kann ja auch schlecht einfach so das Set stürmen und in die Dreharbeiten platzen. Ich warte, bis er wieder zu Hause ist.«

Aber davon wollte Tomás nichts wissen. Wieder ging sein Blick zu dem Foto. »Und wenn er sich in die verguckt? Schau dir die Frau doch nur mal an, in die könnte sogar ich mich vergucken.«

Ich sah mir das Foto etwas genauer an. Da hatte er nicht ganz unrecht. »In die könnte ich mich auch vergucken!« Wir mussten beide lachen. Dann überlegten wir gemeinsam, was ich tun könnte.

»Ich habe noch die Karte seines Pressesprechers von dem Fotoshooting.« Ich zog sie aus dem Portemonnaie. Sein Büro war gleich um die Ecke.

Tomás riss sie mir aus der Hand. »Komm, wir gehen sofort dahin!«

»Aber dann ist niemand mehr hier!«

»Liebe ist wichtiger als ein Kleid in der richtigen Größe!« Entschlossen nahm er mich an die Hand.

»Du kannst doch hierbleiben! Sonst werden wir noch beide gefeuert!«, protestierte ich.

»Bestimmt nicht!«, protestierte er wesentlich vehementer. »Wenn schon, denn schon, Baby!«

Ich lachte den ganzen Weg.

## 27

# Die Frau ist ein Mordskerl

*Von Arthur Winters, Rechtsanwalt*

Es sollte sich schnell herausstellen, dass Felicia nicht mehr als zwei Vorstellungsgespräche brauchte, um eine neue Stelle zu finden. Und so saß ich unversehens und viel schneller als erwartet an meinem Schreibtisch und versuchte, eine kleine Abschiedsansprache für sie zu verfassen. Alles war für ihre kleine Feier vorbereitet. Ich hatte mich persönlich darum gekümmert und mich richtig ins Zeug gelegt. Obwohl ich es natürlich nicht übertreiben durfte. Für solche Sachen gibt es firmeninterne Regeln und ein striktes Budget, und ich wollte nicht, dass jemand Wind von unserer Beziehung bekam. Die Tische bogen sich unter Törtchen von Payard und massenweise Veuve Clicquot, und ich hatte einen Riesenblumenstrauß von Felicias Lieblingsfloristen kommen lassen. Die Rede zu schreiben war das Schwierigste von allem. Ich wusste nicht, was ich sagen sollte. Alles Gute, vielen Dank, auf Wiedersehen. Alles, was mir in den Sinn kam, erschien mit abgedroschen und banal. Was mich wirklich ärgerte, denn nach der langen gemeinsamen Zeit sollten mir die Worte doch eigentlich nur so zufliegen. Ich wollte nicht, dass meine Ansprache nichtssagend klang, aber ich fürchtete, das würde sie. Wenn schon nicht für alle anderen Anwesenden, dann zumindest für Felicia. Doch ich hatte keine Zeit mehr, also stopfte ich meine Kärtchen in die Brusttasche und ging zur Party.

Selbst die vertragsmäßig einzuhaltende zweiwöchige Kündigungsfrist hatte mich nicht darauf vorbereiten können, dass Felicia jetzt tatsächlich ging. Im Grunde meines Herzens freute ich mich natürlich für sie und war froh, dass wir unsere Beziehung bald öffentlich machen konnten. Aber der Gedanke, sie nun nicht mehr jeden Tag im Büro zu sehen, stimmte mich so traurig, dass ich mich gar nicht richtig freuen konnte. Mit ihrer Qualifikation und ihrer verbindlichen, liebenswerten Art hatte sie auf Anhieb eine Stelle in einer der renommiertesten Anwaltskanzleien der Stadt bekommen. Die Kanzlei lag unten an der Wall Street, weit weg von Midtown, und jedes Mal, wenn ich an die Entfernung zwischen uns dachte, bekam ich einen Kloß im Hals. Ich musste mich wirklich zusammenreißen.

Ich ging hinein und trank ein Glas Champagner auf ex gegen das Nervenflattern. Alle unterhielten sich bereits angeregt, es war ein großes Gedränge, und die Zeit verging wie im Flug. Es dauerte nicht lange, da wollten die ersten fleißigen Bienchen schon wieder an die Arbeit zurück. Sie drängten mich, meine Ansprache zu halten.

Ich begann mit den Worten von meinem Spickzettel.

»Ich möchte im Namen aller hier bei Canner, Silfen, Sheanshang und Winters ein paar Worte sagen, um Felicia von Herzen zu danken für ihre unnachahmliche Art, ihre unerschütterliche Loyalität und ihren unermüdlichen Einsatz für dieses Unternehmen. Felicia ist seit beinahe achtzehn Jahren bei uns, und in dieser Zeit war sie stets ein leuchtendes Vorbild für uns alle, ganz besonders für mich selbst.«

Bisher schlug ich mich wacker. Aber während ich mich kurz unterbrach, um den jüngeren Kollegen den unvermeidlichen Lacher zuzugestehen, schaute ich Felicia an, und unsere Blicke trafen sich, und da war es um mich geschehen. Die Kärtchen fielen mir beinahe aus der Hand, und ich versuchte krampfhaft, mich zu beherrschen, während ich weiter tapfer die Worte ablas, die ich aufgeschrieben hatte.

»Felicia, seit über siebzehn Jahren steige ich morgens aus dem Aufzug und werde von Ihrem strahlenden Lächeln begrüßt.« Meine Stimme brach, und ich merkte, wie mir die Augen feucht wurden. »Ich … ich kann mir nicht vorstellen, dieses … Lächeln nun nicht mehr jeden Tag zu sehen …« Ich kniff die Augen zusammen, aber es war zu spät. Eine Träne war mir entwischt und kullerte mir über die Wange. Eine dicke, fette Träne. Die sofort für lautes Raunen im Raum sorgte, und beinahe allen anwesenden Frauen traten ebenfalls Tränen in die Augen. Wahrscheinlich fanden sie es auch schade, dass Felicia ging, und waren gerührt, dass ihr Boss Tränen vergoss, weil seine Sekretärin die Firma verließ. Dann sah ich Felicia wieder in die Augen, und plötzlich war alles aus und vorbei. Die Tränen strömten mir nur so über das Gesicht. Ich hielt das nicht aus. Ich bin zweiundsechzig. Die erste Liebe meines Lebens habe ich schon verloren, und ich will keine Zeit mehr verschwenden. Ich warf meine Kärtchen über die Schulter und ging vor ihr auf die Knie …

»Felicia, ich will keinen einzigen Tag mehr ohne dich sein. Jetzt, wo du nicht mehr für mich arbeitest, würdest du mir bitte die Ehre erweisen, meine Frau zu werden?«

Ihre Antwort haute mich fast aus den Latschen, während um uns herum alle jubelten und applaudierten.

»Ja. Ja!«, rief sie.

Und in dem Moment ging mir plötzlich auf, dass ich vor sämtlichen Kollegen geweint und Felicia einen Heiratsantrag gemacht hatte. Worauf ich etwas belämmert murmelte: »Tja, damit ist die Katze wohl aus dem Sack.«

Alle lachten, und dann stießen wir auf ein langes, glückliches gemeinsames Leben an. Meine Co-Chefs ließen die Limousine vorfahren, und dann wurden wir mit ein paar Flaschen Champagner beinahe von der gesamten Belegschaft nach draußen eskortiert.

Wir sanken in die Autositze und rangen erst mal nach Luft.

»Wohin, Mr Winters?«

Ich hatte keine Ahnung.

»Ich frage mal meine Verlobte.« Es war ein herrliches Gefühl, das laut auszusprechen – meine Verlobte, meine Bald-Ehefrau.

Felicia schien es auch zu gefallen. Sie lachte und sagte: »Wir sind noch nicht über die Brooklyn Bridge spaziert!«

# 28

# Sagt Hank, sie haben es aus mir herausgeprügelt

*Von Albert, Jeremys Pressesprecher*

Die beiden platzten in mein Büro wie Bonnie und Clyde auf Crack. Mein Praktikant versuchte noch, sie irgendwie aufzuhalten, hatte aber keine Chance.

»Keine Sorge, Devan, schon okay – hallo Natalie, schön dich wiederzusehen.« Ich war sehr nett zu ihr, zum einen weil ich sie mochte, zum anderen wegen des schnuckeligen Kerlchens, das sie bei sich hatte. Ich war wieder Single, und dieser Latino war einfach hinreißend. (Natalie und Jeremy waren nicht das einzige Paar, das den Tab-Hunter-Skandal, wie wir die unschöne Geschichte inzwischen nannten, nicht überlebt hatte.)

»Was kann ich für dich tun?«, fragte ich und ahnte, dass es mit der heutigen Ausgabe der *New York Post* zu tun haben könnte.

Natalie war schrecklich aufgeregt, also übernahm das Schnuckelchen das Reden. Zuerst stellte er sich vor.

»Hallo, ich bin Tomás. Natalie möchte Jeremy am Filmset überraschen, weiß aber nicht genau, wo sie gerade drehen, also haben wir gehofft, Sie könnten uns vielleicht helfen.« Er war zum Anbeißen und eindeutig schwul, aber ich würde in der Sache ganz sicher nicht denselben Fehler noch einmal machen. Das Foto von Seite sechs hatte ich eigenhändig der

Presse zugespielt, und ich war fest entschlossen, alle Welt in dem Glauben zu lassen, Jeremy habe eine neue Freundin. In der Bildunterschrift stand nur der Name des neuen Films. Sollten die Leute doch glauben, was sie wollten.

»Tut mir leid, euch das sagen zu müssen, aber man sieht auf dem Foto ja recht deutlich, dass Jeremy sein Leben in vollen Zügen genießt. Ein frisch verliebtes Pärchen im Schnee.«

Tomás machte ein Gesicht, als könnte er jeden Moment in Tränen ausbrechen, aber Natalie aus Queens ließ sich nicht für dumm verkaufen. »Das glaube ich dir nicht«, sagte sie. »So schnell hat er mich nicht vergessen, und ich habe das Drehbuch von Schneegestöber selbst gelesen. Ich kann mich ganz genau an die Szene erinnern.«

Womit sie natürlich recht hatte. Nach dem Fiasko auf dem roten Teppich hatte ich geschworen, nie wieder etwas zu inszenieren, aber als der Pressesprecher der Filmfirma mir gestern das Foto zuschickte, konnte ich der Versuchung einfach nicht widerstehen. Also habe ich es meinem Kontakt bei der *Post* weitergeleitet – einerseits als kleine Entschädigung für die Fotos vom roten Teppich, die nie erschienen waren, und andererseits um sämtlichen Zweiflern Jeremys sexuelle Orientierung noch mal unmissverständlich unter die Nase zu reiben. Ein Bild sagt mehr als tausend Worte, selbst wenn es bloß ein gestelltes Pressefoto ist.

Obwohl ich mich dafür hasste, hielt ich unerbittlich dagegen. Sie hatte ihre Chance gehabt, und ich hätte mich sehr gefreut, wenn aus der Geschichte zwischen den beiden etwas geworden wäre – die Wahrheit ist leichter zu vermitteln als jedes Märchen. Aber dieses Mädchen hatte Jeremy völlig den Kopf verdreht, und er musste sich jetzt ganz auf seine Karriere konzentrieren. Also war es für mich am besten, sie jetzt endgültig zu verschrecken. Ich verabschiedete mich still von dem Gedanken, vielleicht mit Tomás anbandeln zu können, und blieb eisern bei meiner Geschichte.

»Ja, es stimmt, sie drehen zusammen einen Film, aber die Romanze ist trotzdem echt. Er ist ein großer Hollywoodstar, was hast du denn erwartet?«

Plötzlich glitzerten Tränen in ihren Augen. »Aber so ist er nicht!«, rief sie ganz aufgewühlt. »Er hat mir immer das Gefühl gegeben, *ich* wäre der Star.«

Ach verdammt, heilige Bette Midler, warum musste sie ausgerechnet so was sagen? Sie wusste, was ihn so besonders machte: nicht sein Aussehen, das Lächeln oder der coole Gang – nein, es war seine Art, das Beste in einem Menschen zum Vorschein zu bringen, auf der Leinwand ebenso wie im wahren Leben. Sie verstand ihn, und dem konnte ich nicht widerstehen.

»Also gut, er wohnt im Equinox Inn in Manchester, Vermont. Nein, sie ist nicht seine Freundin. Er hat dich nicht vergessen – er kann nicht mal deinen Namen laut aussprechen.«

Ich drückte den Knopf der Gegensprechanlage und sagte zu Devan: »Devan, lassen Sie bitte den Firmenwagen vorfahren, er soll uns in der Third Avenue abholen. Und sagen Sie ihm, er soll volltanken. Wir fahren nach Vermont.«

Tomás strahlte. »Wir alle?«

Ich lächelte. »Auf dass das Auto voll werde!«, und um mir keine Blöße zu geben: »Es ist ein geschlossenes Set, ohne mich kommt ihr da nicht rein.«

Natalie fiel mir um den Hals und drückte mir ein Dutzend Küsse ins Gesicht. Tomás hatte rosarote Wangen bekommen. Sie sah erst ihn an, dann mich und zwinkerte mir zu.

»Vielleicht gibt's ja noch ein Happy End für alle!«

# 29

# #DrinkTheKoolAid

*Von Sophie Stiner, Brown-Absolventin*

Ich war schon fertig aufgebrezelt für die Weihnachtsfeier von Christie's, als eine SMS von Thea Baxter mich aus der Bahn warf.

*Bist du so lieb und leihst mir das Max Hammer, das du zu der Bibliothekseröffnung anhattest?*

Unfassbar, mich in letzter Minute derart zu überfallen – ich wusste seit dem Tag, an dem sie mich eingeladen hatte, was ich heute Abend tragen würde. Ich hatte mir große Mühe gegeben, etwas auszusuchen, das klassisch und zurückhaltend zugleich war. Ich wollte mit meiner Aufmachung nicht allzu viel Aufmerksamkeit erregen. Verflixt. Ich bezweifelte doch sehr, dass Bloomingdale's das Kleid noch hatte.

Ich hätte ihr einfach zurückschreiben und ihr sagen können, das Kleid sei leider gerade in der Reinigung, aber ich wusste, wenn ich ihr das Kleid borgte, würde ich ihr einen großen Gefallen tun, der unser Verhältnis wieder ausbalancieren würde. Logisch, ein geliehenes Kleid war nichts verglichen mit der Aussicht auf einen Job, aber es war wirklich ein außergewöhnliches Kleid. Damit würde sie alle Blicke auf sich ziehen. Also beschloss ich, schnell zu Bloomingdale's zu flitzen in der Hoffnung, dass es noch da war. Wenn ja, würde ich es mit Moms Notfallkreditkarte zahlen und zurückbringen, ehe es in Rechnung gestellt wurde. Allerdings musste ich erst wissen, ob mein Plan aufgehen würde, ehe ich ihr antwortete. Was ich brauchte, war ein Aligram.

Ein Aligram ist ein zusammengesetztes Wort – halb Alibi, halb Instagram. Bei einem Aligram nutzt man Instagram, um eine Lüge zu untermauern. Indem man ein Foto postet, das eine Ausrede bestätigt oder den vorgeblichen Aufenthaltsort verifiziert. Also zog ich meinen flauschigen weißen Frotteebademantel über die Klamotten, band die Haare mit einem breiten Band aus dem Gesicht und schoss rasch ein Foto.

#IchLiebeMassagen #EntspannungPur @Bliss.

Nun blieben mir genau neunzig Minuten Massagezeit, um das Kleid aufzutreiben oder zurückzusimsen:

*Tschuldigung für die späte Antwort, war bei der Massage.*
*☹ Kleid leider in der Reinigung.*

Im Laufschritt stürmte ich zu Bloomingdale's und brach mir davor beim Überqueren der Lexington fast die Haxen in dem riesigen Riss, der sich quer über die Straße zog. Oben angekommen war die Damenabteilung allerdings völlig verwaist. Wirklich keine Menschenseele, die mir hätte helfen können. Es schien sich alles gegen mich verschworen zu haben, und mir lief die Zeit davon. Mist, ich hätte auch noch Mani- und Pediküre in mein Aligram einbauen sollen. Verzweifelt suchte ich Hilfe und wollte gerade schon aufgeben, als eine ältere Dame, die ein bisschen roch wie meine Großmama Freda – eine angenehme Mischung aus Shalimar und Marlboro Lights mit einem leichten Hauch gebratener Zwiebeln –, auf mich zukam. Sie entschuldigte sich vielmals und schien erstaunt, dass die Abteilung vollkommen verlassen war. Sie erschien mir wie eine dieser eisenharten Verkäuferinnen, die seit einer Ewigkeit im Dienst waren. Sie war gut in dem, was sie tat, und sie war stolz darauf. Wenn mir jemand helfen konnte, dann sie.

»Wo stecken die denn alle?«, murmelte sie aufgebracht und fügte dann schon wieder ganz Profi hinzu: »Entschuldigen Sie bitte, kann ich Ihnen irgendwie behilflich sein?«

»Und wie Sie das können!«, rief ich und beschloss, am besten mit offenen Karten zu spielen. So geradeheraus, wie sie war, schien es mir das Beste, ihr ganz offen zu schildern, in welchem Dilemma ich steckte. Einschließlich der Tatsache, dass bald Weihnachten war, ich noch immer keinen Job gefunden hatte und das Max-Hammer-Kleid womöglich genau der Türöffner sein könnte, den ich so dringend brauchte. Meine Aufrichtigkeit schien ihr zu imponieren.

»Ich habe noch eins in S hinten, aber das Kleid ist schon ziemlich ramponiert, und wir wollten es eigentlich an den Hersteller zurückschicken.«

»Könnte ich es heute kaufen und morgen wieder zurückbringen?«, fragte ich mit unschuldigen Rehaugen in der Hoffnung, ihr Mitleid zu erwecken.

Sie zögerte kurz, dann nickte sie. »Klar, als kleine Wiedergutmachung, weil sich niemand um Sie gekümmert hat.« Sie legte einen Finger auf die Lippen. »Aber keinen Mucks zu niemandem. Das wird hier in letzter Zeit sehr streng kontrolliert.«

»Keinen Mucks«, versprach ich, und sie ging los, um das Kleid zu holen.

Vielleicht wendete sich das Blatt doch noch zu meinen Gunsten. Ich hoffte es sehr. Langsam hatte ich das Gefühl, der heutige Abend könnte meine letzte Chance sein. Ich bin schon fast dreiundzwanzig, wissen Sie.

Während sie das Kleid einbongte, schrieb ich eine SMS an Thea Baxter.

*Klaro, entschuldige die späte Antwort. Soll ich es unten bei meinem Pförtner abgeben?*

Sie antwortete prompt, als hätte sie neben dem Telefon gesessen, wobei sie wohl der Typ war, der immer ein Auge auf das Ding hatte.

*Yay!!!! Ja, schick mir deine Adresse.*

*40 East 71st, brauche es aber am Wochenende für eine Hochzeit.*

*Bringe es morgen Vormittag zurück. Wer heiratet denn?*

*Der beste Kumpel von meinem Freund von der Choate. Ich glaube, er ist ein Kennedy.*

Was zum Teufel ist nur los mit mir?

*Wow! Muss los. Bis später.*

Ich hatte mir inzwischen so überzeugend eingeredet, tatsächlich bei Sotheby's zu arbeiten, dass ich fast ein schlechtes Gewissen bekam, als ich in die Soiree von Christie's spazierte. Ich meine, man braucht nicht bei einem der beiden zu arbeiten, um zu wissen, dass Sotheby's und Christie's sich tagtäglich einen knallharten Konkurrenzkampf liefern. Jedes Kunstobjekt, das auf den Markt kommt, wird unerbittlich wie Freiwild gejagt und ebenso jeder Kunstsammler. Der Kunstmarkt mit allen Höhen und Tiefen wird davon bestimmt, was in diesen beiden Häusern geschieht. Letztes Jahr hatte Sotheby's bei der Jahresbilanz die Nase vorn, hauptsächlich weil sie sich eine gigantische Impressionistensammlung sichern konnten. In den Jahren davor war Christie's als Sieger aus dem Zweikampf hervorgegangen. Und so, wie es bei dieser Weihnachtsfeier aussah, gab man sich hier große Mühe, bald wieder die Nase vorn zu haben. Einschließlich des skrupellosen Versuchs, der Konkurrenz frisches Blut mit gutem Geschmack und, wenn ich das hinzufügen darf, einer Instagram-Gefolgschaft von jetzt genau … Moment, kommt gleich … 1700 Followern abspenstig zu machen. Endlich fügte sich eins zum anderen. Bald würde ich mir ein kleines Schwarzes kaufen und in meinen eigenen Schrank in meiner eigenen Hütte hängen können. Hütte – was für ein Wort, wie seltsam, es auch nur zu denken. Ich war so was von uncool.

Thea Baxter kam mit ausgebreiteten Armen auf mich zu. Sie drückte mich kurz, dann drehte sie sich um die eigene Achse. »Das Kleid ist toll, ich wünschte, ich könnte es behalten!«

Ich lachte pflichtbewusst. »Nicht vergessen, ich brauche es für die Hochzeit dieses Wochenende. Du hast es mir versprochen.«

»Ja, versprochen«, zirpte sie geziert schmollend.

Irgendwie fühlte ich mich der Dame von Bloomingdale's seltsam verbunden. Ich wusste nicht, ob es daran lag, dass sie roch wie meine Großmama Freda oder weil sie ihren Job so zu lieben schien, aber ich wollte unbedingt Wort halten. Was auch immer mein Wort in diesem Moment noch wert war.

»Und, wie läuft es so bei Sotheby's?« Sie sagte Sotheby's in einem seltsamen Tonfall, so wie man sonst über den Teufel sprechen würde.

»Wie immer.« Ich ließ die Frage an mir abtropfen, als könne

sie unmöglich eine ernsthafte Antwort erwarten. Es funktionierte – sie wechselte das Thema.

»Besorgen wir uns ein bisschen Blubberwasser, und dann stelle ich dich Sheldra Fine vor, meiner Chefin.« Sie ging vor an die Bar und plapperte dabei über Themen, wie man sie krampfhaft sucht, wenn die einzige Gemeinsamkeit mit dem Gesprächspartner die Tatsache ist, dass man vor Ewigkeiten mal auf dieselbe Schule gegangen ist. Harmlose Fragen wie: Hast du schon gehört, Soundso hat sich verlobt oder Dingens ist in einer Entzugsklinik? Sie war wirklich eher einfach gestrickt. Gerade als uns der Gesprächsstoff auszugehen drohte, erblickte ihre Chefin uns und winkte uns zu sich. Sie war der Typ Frau, den meine Großmutter als apart beschrieben hätte.

Mit monotoner Stimme sagte sie zu mir: »Hallo Sophie, Thea hat mir schon so viel von Ihnen erzählt.« Ich lächelte und dachte bei mir: *Thea weiß doch überhaupt nicht so viel über mich*. Sie trat einen Schritt zurück und musterte mich von Kopf bis Fuß, eindringlich, kein bisschen diskret.

Dann fragte sie: »Wen halten Sie für innovativer, Shiraga oder Yves Klein?«

Bitte, das ist ja babyleicht. »Shiraga hat mit den Füßen gemalt, Jahre bevor Klein seinen Körper eingesetzt hat.« Sie zeigte keinerlei Reaktion.

»Shinzo oder Kikuji?«, fragte sie.

»Eiko«, entgegnete ich mit selbstsicherem Lächeln.

»Ein Fotograf? Und sagen Sie jetzt nicht Moriyama oder Kawauchi.«

Ich grinste selbstgefällig wie immer, wenn ich wusste, dass ich eine erstklassige Antwort parat hatte. »Fan Ho. Für die Dramatik und die Schlichtheit seiner Bilder.«

»Hmmm. Ihr Stil gefällt mir. Rufen Sie mich Montag an,

dann vereinbaren wir einen Termin für Ihr Vorstellungsgespräch.«

Thea war aufgeregter als ich. »Du hast es eingetütet. Lass uns darauf einen trinken!«, kreischte sie, kaum dass ihre Chefin außer Hörweite war.

»Zwei Patron, bitte«, sagte sie zu dem Barkeeper, noch ehe ich Ja gesagt hatte. Wir prosteten uns zu, und ich knipste ein Selfie. Ehe wir tranken, schauten wir schnell nach, ob das Foto okay war oder ob wir ein neues machen mussten.

»Das kannst du nicht posten!«, widersprach sie heftig.

»Warum denn nicht? Du siehst toll aus!«

»Aber hinter uns steht Christie's!«, rief sie alarmiert.

»Na und?«

»Und? Das könnte gewisse Leute misstrauisch machen.«

»Ich hör doch sowieso auf, was macht das da schon?«

Sie guckte mich an, als hätte ich nicht mehr alle Tassen im Schrank. »Sheldra wird dich doch noch eine Weile als Spionin einsetzen wollen, bevor du kündigst. Du weißt schon, ein bisschen interne Wirtschaftsspionage«, erklärte sie vollkommen humorlos.

»Wer bist denn du, Edwina Snowden?«, fragte ich und musste über meinen eigenen Witz lachen. »Ich kann doch nicht für euch spionieren!« Womit ich natürlich meinte, ich kann nicht für euch spionieren, weil ich gar nicht in dem Laden arbeite, aber selbst wenn, würde ich es nicht tun.

Als ich das Foto trotzdem auf Instagram posten wollte, entriss sie mir das Handy. »Ich meine es ernst, Sophie!«

Worauf ich auch ganz ernst wurde. Irgendwie machte die Tatsache, dass ich die ganze Zeit gelogen hatte, mich nur noch selbstgerechter.

»Hör zu, Thea, es ist eine Sache, bei Sotheby's zu kündigen, aber eine ganz andere, dabei auch noch ein krummes Ding zu drehen. Wenn Sheldra mich nicht wegen meiner Stilsicherheit und meiner Fähigkeiten will, dann bin ich raus.«

»Dann bist du wohl raus«, erklärte Thea ungerührt, stellte ihr noch unangerührtes Schnapsglas auf die Theke und stapfte davon. Ich musste über meine verqueren Prinzipien lachen. Einen vorgetäuschten Job hinzuschmeißen war das eine, aber wer wollte schon das Mädchen sein, das seinen angeblichen Arbeitgeber auch noch skrupellos über den Tisch zog? Und irgendwie fühlte es sich gut an, meine Werte zu verteidigen, so seltsam und verkorkst sie auch sein mochten.

Der Mann neben mir kidnappte unaufgefordert Theas Schnapsglas und prostete mir zu: »Auf Sie!«

Ich stieß mit ihm an, und wir tranken die Gläser leer. »Und warum genau trinken wir auf mich?«, fragte ich, nachdem ich mich von dem scharfen Brennen in der Speiseröhre erholt hatte.

»So viel Aufrichtigkeit und Anstand sieht man heutzutage nicht allzu oft bei jungen Leuten. Ich bin ehrlich beeindruckt.«

Ich bedankte mich höflich, während er noch eine Runde bestellte.

»War das eine gute Freundin von Ihnen?«, erkundigte er sich neugierig.

»Nein, eigentlich nicht«, entgegnete ich und strich mit dem Finger über den Rand des Glases. »Eigentlich mag ich sie gar nicht, sie ist ein Snob, und das zu Unrecht – sie lebt von einem Schwarzgeldfonds.«

»Sie meinen Treuhandfonds.«

»Nein, Schwarzgeldfonds – ihr Vater hat ihr die teure Ausbildung mit veruntreuten Firmengeldern finanziert.«

Worauf er aus tiefster Kehle lachte. Hmmm, ich bin cool *und* witzig.

»Ich wünschte, ich hätte was mit Kunst zu tun, ich würde Sie vom Fleck weg engagieren.«

»Was machen Sie denn?«, fragte ich, mehr aus Höflichkeit denn aus echtem Interesse.

»Mir gehört eine Marketingfirma, DrinkTheKoolAid.com«, sagte er, als müsste ich davon schon mal gehört haben. »Unser Unternehmen besteht aus einer Multiplikatorengruppe, sogenannten Einflussnehmern. Wir tragen unsere Ideen mittels sozialer Medien mit viralen Kampagnen ins Mainstreambewusstsein. Quasi Reality-Fernsehen für die Drei-Sekunden-Aufmerksamkeitsspanne.«

Ich lachte auf. »Das mache ich auch!«

Er bat mich, das etwas genauer zu erläutern, also erzählte ich ihm die ganze Geschichte, die dazu geführt hatte, dass ich jetzt auf dem Hocker an der Bar neben ihm saß. Alles, von meinem allerersten Aligram bis zu dem geborgten kleinen Schwarzen von Bloomingdale's, meinem letzten verzweifelten Versuch, den schönen Schein zu wahren. Und wie ich ihm das alles so erzählte, ging mir auf, wie viel Spaß mir das Ganze gemacht hatte. Nicht die Lügengeschichten, aber die ganze kreative Energie, die ich hineingesteckt hatte: das richtige Foto, die richtige Bildunterschrift und die sofortige und anhaltende Bestätigung durch Likes und neue Follower. Ich war wirklich gut. Und es hatte mich davor bewahrt, in Depressionen zu versinken nach all den Absagen während meiner erfolglosen Jobsuche. Er hing die ganze Zeit an meinen Lippen und versprach mir, wenn ich für ihn arbeiten wollte, hätte ich mir im Handumdrehen eine eigene Hütte zusammengehashtagt.

»Sie legen eine gute Show hin«, sagte er bewundernd. »Bis zu den rot besohlten Schuhen hinunter.«

Diese eine kleine Lüge behielt ich allerdings lieber für mich: Die roten Sohlen meiner Hochhackigen verdankte ich einem pfiffigen Schuster auf der 82nd, Ecke Third, und nicht, wie mein #IchLiebeLouboutin-Prä-Party-Post vermuten lassen würde, dem gleichnamigen Designer.

Und was das kleine Schwarze betraf, so malte er mir in schillernden Farben aus, wie Designer sie mir in Massen vor die Haustür legen würden in der Hoffnung auf das richtige Foto oder den richtigen Tweet. Er wollte, dass ich ihm dabei half, eine ganze Generation – meine Generation – zu rehäugigen, hörigen, gefügigen kleinen Followern zu machen. Wer war ich, da Nein zu sagen? Früher wurde eine solche Ehre nur den Ikonen der Popkultur zuteil, Andy Warhol oder Oprah, aber jetzt sah es ganz danach aus, als wäre ich, Sophie Stiner, cool genug, um voranzugehen und den Weg zu weisen.

Na los, tagt mich! @sophiestiner @DrinkTheKoolAid #Traumjob #cool

# 30

# Auf ins Schneegestöber

*Von Natalie, der Alibifreundin*

Wir stiegen also in die wartende Limo, und ich war so nervös, dass ich spontan anfing, an den Fingernägeln zu knabbern. Das machte ich sonst nie. Am liebsten hätte ich gekniffen und alles abgeblasen, aber ein Blick auf Albert und Tomás, und mir ging auf, dass es bei diesem Road Trip längst nicht mehr nur um mich und Jeremy ging. Offen gestanden, wenn ich mir die beiden so anschaute, schätzte ich meine eigene Relevanz bei diesem Unternehmen auf maximal zehn Prozent. Was sich dann durch Tomás' begeisterte Ankündigung unserer ersten Kaffeepause bestätigen sollte: Mittagessen in Miss Florence's Diner kurz vor Northampton, Massachusetts. Noch ehe ich einen Ton erwidern oder auch nur nachfragen konnte, ob das überhaupt auf dem Weg lag, platzte Albert strahlend vor Begeisterung heraus:

»O mein Gott, ich war noch nie in Northampton!«

Eine Verschnaufpause bedeutete allerdings auch noch mehr Zeit, mich in diesen Wahnwitz hineinzusteigern und meine Nerven zu verlieren. Was man mir bestimmt an der Nasenspitze ansah, denn Tomás antwortete, als hätte ich meine Bedenken laut geäußert: »Natalie, er war noch nie da!«

Eigentlich hatte ich ja auch gar nichts dagegen, im Gegenteil, ich freute mich für sie. Zwischen den beiden schien die Luft nur so zu knistern. Aber ich gehöre zu den Menschen, die ein Pflaster am liebsten mit einem Ruck abreißen, und ich fürchtete, dass sich die Fahrt noch ewig hinziehen könnte. Ich versuchte, es aus ihrer Sicht zu sehen: Northampton ist nicht bloß eine beliebige schnuckelige, verträumte Kleinstadt, es ist *die* LGBTQ-Hauptstadt des amerikanischen Nordostens. Ein Ort, der all seine Besucher herzlich und mit offenen Armen empfängt. Und ein Erlebnis, das Tomás und Albert einander näherbringen würde. Wenn ich mich also nicht auf ein hitziges Streitgespräch zum Thema »Mein privilegiertes heterosexuelles Dasein« einlassen wollte, blieb mir nichts anderes übrig, als freundlich zu lächeln und zu nicken. Außerdem hätten wir bis dahin sicher alle einen Bärenhunger.

Bei Miss Florence angekommen schmolz meine nervöse Anspannung dahin wie die daumendicken Butterstückchen auf den üppigen, saftigen Blaubeerpfannkuchen. Ich weiß nicht, ob es an dem malerischen Städtchen lag, der netten Gesellschaft oder der hoffnungsvollen Stimmung, die uns auf unserem Road Trip begleitete, aber ich verschwendete kaum noch einen Gedanken daran, dass diese Reise möglicherweise einen katastrophalen Ausgang nehmen könnte, sondern beschloss, mich einfach zurückzulehnen und dieses kleine Abenteuer zu genießen. Typisch Tomás, er konnte es auch diesmal nicht lassen und musste sich wieder einmischen und bequatschte uns, wir sollten alle Register ziehen, um Jeremy so richtig zu überraschen. Und alle Register zu ziehen hieß bei ihm, mir erst einmal die richtige Aufmachung zu beschaffen. Wenn schon, denn schon, dachte ich mir und war nun wirklich für jeden Quatsch zu haben. Tomás' Plan sah vor, dass wir einen zweiten Zwischenstopp einlegten, und zwar in einem Skiladen in Bennington, wo ich mich dann wie ein echter Skihase einkleiden sollte, damit Jeremy mich am Set auf keinen Fall gleich erkannte. Ich war mir sicher, dass Albert ein sehr vehementes Veto einlegen würde, aber nein, er war so hingerissen von Tomás, dass er ihm den Spaß nicht verderben wollte. Also spielte ich einfach mit – so einen Schabernack hatte ich seit Turks und Caicos nicht mehr ausgeheckt. Aber kaum hatte ich den brandneuen Schneeanzug zugemacht, fingen meine Nerven wieder an zu flattern, und ich flehte Albert an, Jeremy anzurufen und ihm unauffällig auf den Zahn zu fühlen – was, wenn er mich nie wiedersehen wollte? Aber er ließ mich schnöde abblitzen und meinte, er wolle ihn jetzt nicht stören – eine ziemlich absurde Antwort in Anbetracht der Tatsache, dass wir vorhatten, zu dritt das Set zu stürmen. Aber ich beließ es dabei.

Meiner engen Freundin und persönlichen Assistentin Siri zufolge sollten wir gegen 17 Uhr am Set ankommen, sodass wir noch die letzte Stunde Tageslicht mitbekommen würden. Was anscheinend immens wichtig war, denn Albert bestand sehr nachdrücklich darauf, dass wir die Dreharbeiten auf gar keinen Fall stören durften. Also versprachen wir, ganz brav und unauffällig im Hintergrund zu warten.

Wir kamen an, gingen zum Set und taten, wie uns geheißen. Ich setzte sogar die Skimaske auf, damit Jeremy mich unter keinen Umständen vorzeitig erkannte und die Szene vermasselte. Albert flitzte los, um schnell mal für kleine Jungs zu gehen, und Tomás und ich standen ganz still und so diskret wie irgend möglich nicht im Weg herum. Wir waren beide furchtbar nervös und aufgeregt. Gerade wurde eine neue Szene vorbereitet, und der Regisseur rief die Statisten zusammen. Ein Grüppchen schnuckeliger Skihäschen stolzierte an uns vorbei, und Tomás schubste mich kurzerhand in die Reihe. Und ich hopste einfach hinterher, ohne weiter darüber nachzudenken – was ein stylisches Outfit doch fürs Selbstbewusstsein tun kann!

Die Stylistin warf noch einen letzten Blick auf die Statisten, zupfte hier, zerrte dort, öffnete da einen Reißverschluss, schloss da einen anderen. Als sie bei mir ankam, riss sie mir naserümpfend die Skimaske vom Gesicht.

»Wo kommt denn die her?«, fragte sie empört.

»Ruhe am Set!«, brüllte jemand und ersparte mir damit die Antwort.

Ich konnte mich vom Lesen des Drehbuchs noch ganz genau an die Szene erinnern. Achtung, Spoiler-Alarm: Es ist die Schlussszene, beim Après-Ski an der Hütte, nach den frustrierend langen zehn bis zwanzig Minuten im letzten Akt einer jeden romantischen Liebeskomödie, wenn er und sie sich wegen irgendwelcher unvermeidlicher Hindernisse trennen, nur um dann ihren Fehler einzusehen und zu Fuß/zu Pferd oder, wie in diesem Fall, mit dem Snowmobil loszurasen und einander ihre unsterbliche Liebe zu gestehen. Die Ironie des Ganzen entging mir nicht.

Jeremy sollte in dieser Szene eigentlich die Füße hochlegen und mit versonnen-melancholischem Blick das Bergpanorama betrachten, während er an einer heißen Schokolade nippte. Ich schaute mich suchend nach ihm um, sah aber nur Albert, der mir wild gestikulierend zu verstehen geben wollte, dass ich auf der Stelle verschwinden sollte. Ich suchte in der Menge nach Tomás und hoffte auf ein aufmunterndes Nicken von ihm, aber er war nirgends zu sehen. Von wegen wenn schon, denn schon. Er hatte sich einfach verkrümelt!

Und dann spazierte Jeremy in aller Pracht und Herrlichkeit aufs Set, und mir rutschte das Herz in die Kniekehlen, die sofort butterweich wurden. All die Selbstsicherheit, die mich in seiner Gegenwart getragen hatte, als er noch schwul war, war mit einem Mal wie weggeblasen, genau wie meine Wut auf ihn wegen dieses blöden Missverständnisses schlagartig verrauchte.

Der Regisseur brüllte: »Action!« Die Szene fing genauso an, wie ich sie aus dem Drehbuch kannte. Jeremy saß da, nippte an seiner Schokolade und schaute tief in Gedanken versunken den Berg hinauf, und aus der Ferne hörte man ein Schneemobil der Bergwacht brummen. Dann rannte ein Skifahrer, der gerade von der Piste kam, auf ihn zu und packte ihn an der Jacke. Es war Lance Ludwig der Dritte, der Erzfeind von Jeremys Figur.

»Schnell, Nancy, sie ist ganz schlimm gestürzt«, schluchzte er. »Ich weiß nicht, ob sie es schafft.«

Jeremy sprang auf und brüllte mit kehliger Verzweiflung den Berg an: »Nancy!«

Und während sein gellender Schrei noch in den Wäldern widerhallte, hatte er sich schon die Skistöcke geschnappt und wollte loslaufen. Er spielte so überzeugend, und ich war so verrückt nach ihm, dass mein erster Impuls war, ihn davon abzuhalten, diese Nancy zu suchen. Ein Reflex, eine unüberlegte Aktion – ohne nachzudenken, stellte ich ihm ein Bein und stoppte damit den großen Filmstar Jeremy Madison mitten im Schwung. Er verlor das Gleichgewicht, stürzte vornüber und knallte mit dem Kopf gegen einen Baumstumpf. Als er sich stöhnend an den Kopf griff und sich auf die Seite wälzte, stürzte ich entsetzt zu ihm, kniete mich neben ihn und nahm sein Gesicht vorsichtig in beide Hände. Er schlug die Augen auf und lächelte mich an, und ich küsste ihn zärtlich auf die Lippen. Er rappelte sich auf und schüttelte den Sturz ab wie ein Linebacker beim Superbowl ein fieses Tackling. Dann packte er mich unvermittelt am Arm und riss ihn nach oben, als hätten wir ein wichtiges Spiel gewonnen, und dann zog er mich an sich und gab mir den Kuss aller Küsse; den, der eigentlich für seine weibliche Hauptrolle bestimmt gewesen war.

Der Regisseur brüllte entnervt: »Wir verschwenden hier Licht!«, während Albert sämtlichen Anwesenden mit einer Kamera befahl, Fotos zu schießen und sofort in ihren Feeds zu posten. Bei Sonnenuntergang waren wir einer der heißesten Trends auf Twitter.

Und so landete ich schließlich doch noch auf den Seiten der *New York Post. Wer ist die geheimnisvolle Schönheit an Jeremy Madisons Seite? Die (*und hier zitiere ich wörtlich*) hinreißende Natalie Canaras.*

Na los, fragen Sie mich, ob Flip Roberts es gesehen hat.

Meine Antwort? »Weiß ich nicht und ist mir auch egal!«

# 31

## A. Die Geschichte geht nicht gut aus

## B. Aber das ist halb so schlimm

*Von Ruthie, 3. Stock, Damenbekleidung*

Es gibt in jedem größeren Kaufhaus drei verschiedene Arten von Verkäufern: die, die sich immer in der Nähe der Umkleiden herumtreiben – »Darf ich Ihnen das in einer anderen Größe bringen?«, »Das haben wir auch in einem bezaubernden Aquamarin, wenn Sie das mal probieren möchten.«; die, die immer in der Nähe der Kasse herumstehen und die Reste abstauben: »Haben Sie alles gefunden, was Sie brauchen?«; und die, die mit Adlerblick die Abteilung durchstreifen auf der Suche nach jemandem, dem sie irgendwie behilflich sein können. Als ich hier angefangen habe, war ich eine eifrige Abteilungsdurchstreiferin. Mit meinen Kolleginnen in der Umkleide zu stehen und zu tratschen fand ich öde.

Und so sagte ich bestimmt hundertmal am Tag freundlich: »Hallo, ich bin Ruthie, kann ich Ihnen irgendwie weiterhelfen?«

Als Antwort bekam ich gelegentlich ein begeistertes Ja!, aber meistens ein abweisendes Nein. Oft ein höfliches Nein oder ein »Nein danke, ich möchte mich nur ein bisschen umsehen«. Aber manchmal verzog der oder die Angesprochene auch pikiert das Gesicht, oder ich bekam ein abfälliges oder ungeduldiges »Nein, danke!« entgegengeschnaubt. Bestimmt kennen Sie diese Art des »Nein, danke!«. Das Nein wird begleitet von einem missfälligen Stirnrunzeln und das Danke von einem Blick, der eindeutig besagt: »Wie können Sie es auch nur wagen, mich anzusprechen?« Nachdem ich ein paarmal zu oft abgewiesen worden war, sprach ich die Kunden nicht mehr an, sondern spazierte nur still durch die Abteilung und hielt mich unauffällig in der Nähe, falls ich gebraucht wurde. Das war auf Dauer ziemlich langweilig. Ich liebte den Kundenkontakt, und die persönlichen Gespräche fehlten mir. Aber vor ungefähr zehn Jahren war es mit der Langeweile plötzlich schlagartig vorbei – als nämlich mit einem Mal Hinz und Kunz Handys hatten. Und ich heimlich begann, Telefongespräche zu belauschen.

Die neumodische Besessenheit der Leute vom Multitasking hat jegliche Handy-Etikette mit Schmackes aus dem Fenster des Kaufhauses raus auf die East 59th Street befördert. Was anfangs noch leise, verstohlene Gespräche hinter vorgehaltener Hand waren, ein geflüsterter Fauxpas sozusagen, entwickelte sich unversehens zu lautstarken Ist-mir-doch-egal-wer-mithört-Konversationen. Man glaubt ja gar nicht, was die Leute, ohne rot zu werden, in aller Öffentlichkeit in ihr Handy plärren.

Heute folgte ich einer gut gekleideten Dame durch die Abteilung, während sie unüberhörbar telefonierte. Es war schnell klar, dass diese Dame eine von der ganz schrecklichen Sorte war. Im Zentrum der Geschichte stand natürlich sie, und das erzähle ich Ihnen, weil a) die Geschichte ein schlimmes Ende nimmt, das aber b) halb so schlimm ist.

Ich werde keinen Namen nennen, denn Sie alle kennen sie und wissen, wie sie heißt. Sie kennen sie vom Sommercamp oder von der Highschool oder vielleicht vom Fußballspiel Ihres Kindes letzte Woche. Wie viele Nächte haben Sie wach gelegen und sich im Stillen überlegt, was Sie zu ihr hätten sagen sollen, und manchmal sind Sie schlecht gelaunt aufgewacht und haben an sie gedacht. Sie heißt ____________. Wir kennen sie alle.

Sie ist die Freundin, die einen mit der Frage begrüßt: »Was hast *du* denn an?«, oder einem, sie will ja nur ehrlich sein, sagt, dass die Witze, die man erzählt, überhaupt nicht lustig sind. Eine Giftspritze, die einen nur zu gerne auf die eigenen Fehler hinweist. »Dir ist wohl beim Brauenzupfen die Pinzette ausgerutscht, was?«, lacht sie, während man verunsichert nach der Puderdose kramt, um einen Blick in den Spiegel zu werfen. Eigenartig, wie ein Kompliment bei ihr zum einen Ohr rein- und zum anderen wieder rausgeht, aber eine Beleidigung für Tage, wenn nicht gar Jahre schwären kann.

Das Mädchen, das bei der Teenie-Rucksacktour quer durch die USA zu eurer Truppe gehörte und dann bei einem Jahrmarkt am Eingang zum Riesenrad stand und dich mit erhobenem Zeigefinger ausbremste: »Nur vier pro Gondel«, erklärte sie spitz. »Tut mir leid – du bist raus.« Und kommst nie wieder rein.

Sie war das Mädchen in der zehnten Klasse mit den längsten Beinen, zu dem du nett warst, weil sie neu an der Schule war. Die, die ihre langen Beine dann zum Dank ausgerechnet um den Jungen wickelte, von dem du ihr im Vertrauen gebeichtet hattest, rettungslos in ihn verknallt zu sein.

Sie war das Mädchen, das ich in meinem ersten Lehrjahr bei Bloomingdale's kennenlernte. Die, die einen Strickclub gründete. »Oooh, das tut mir aber leid, Ruthie, ich wusste gar nicht, dass du strickst.« Und dann: »Tut mir leid, Ruthie, wir sind nach der Arbeit alle noch mit unseren Freunden was trinken gegangen, und ich dachte, du hast bestimmt keinen Freund, darum habe ich dich erst gar nicht gefragt.«

Oder das Allerschlimmste – die, die vorne herum tut, als sei sie deine beste Freundin, um dann hinter deinem Rücken über dich zu lästern.

Keine Sorge – bis auf den Strickclub und die langbeinige Schlampe aus der Zehnten ist mir das nicht alles selbst passiert. Aber ich habe den ganzen lieben langen Tag Frauen um mich herum, und ich höre eine ganze Menge Geschichten. Letzte Woche kam eine Frau Mitte zwanzig, um sich mal was Gutes zu tun. Sie schaute sich um, und schnell wurde mir klar, dass sie ein offenes Ohr gebrauchen könnte. Mit der Zeit erkennt man die Zeichen. Es war an einem Dienstag. Sie erzählte mir, dienstags treffe sie sich sonst immer mit ihrer Babykrabbelgruppe. Die Gruppe hatte sie selbst mitgegründet. Aber dann hatte so eine ehrgeizige, skrupellose Quereinsteigerin sie einfach überrannt und die anderen Mamis sozusagen abgeworben, und das alles nur mit einer Handvoll Kleingeld ihres treu sorgenden Ehegatten. Sie hatte das Gruppentreffen kurzerhand auf Mittwoch verlegt, wohl wissend, dass das der einzige Wochentag war, an dem unsere Mami nicht kommen konnte, weil ihr kleiner Johnny schielte. Mittwochs traf sich die Schielkindergruppe. Ich sage Ihnen eins, wenn ich diese Hexe von einer Mutter jemals in die Finger bekomme, verkaufe ich ihr ein Kleid, in dem sie einen Hintern hat wie ein Brauereipferd!

Denken Sie kurz nach. Wer ist Ihre Nemesis? Man kann noch so beliebt und selbstbewusst sein, ein erwachsener Mensch, der mit beiden Beinen fest im Leben steht, und doch erinnert man sich ganz genau an dieses eine Mädchen, das einem das Gefühl gegeben hat, ein Niemand zu sein. Irgendwann bekommt sie, was sie verdient, sagt man sich und betet, dass es stimmen möge, während sie sich umdreht und geht und einen liegen lässt wie ein überfahrenes Tier, das die Straßenreinigung nachher vom Asphalt kratzt. Tja, Ladys, setzt den entsprechenden Namen in die Lücke, denn heute, das verspreche ich euch, bekommt sie, was sie verdient hat. Heute wird die Killerlady selbst gekillt.

Ich folgte also ___________, die sich desinteressiert durch die Reihen der Kleiderständer schlängelte, gelegentlich stehen blieb, den Stoff anfasste oder auf ein Preisschild schaute. Mir war schnell klar, dass ich es hier mit einem besonders fiesen Exemplar zu tun hatte. Cruella Deville hoch zehn. Auf Steroiden. Sie telefonierte mit einer Freundin und bat sie um eine kleine Modeberatung. Die Fiesheit war unterschwellig und subtil. Es fing an mit: »Ich brauche einen Rat von einer guten Freundin«, sodass das Opfer vollkommen arg- und ahnungslos in die Fangarme der Giftqualle schwamm. Natürlich hörte ich nur ihre Seite des Gesprächs, aber ich konnte mir den Teil des Opfers am anderen Ende der Leitung dazudenken. Es lief in etwa so ab:

Das Opfer: »Wo bist du denn?«

___________: »Bei Bergdorf«, log sie. »In der Damenabteilung. Ich möchte ein neues Kleid für Celestes Geburtstagsparty kaufen. Was ziehst du denn an?«

Das Opfer: »Celestes Party? Da bin ich gar nicht eingeladen … Meinst du, das ist ein Versehen? Ich meine, wir sind doch gut befreundet!«

___________ : »Ach, das tut mir aber leid – ich dachte … na ja, ich kann sie ja kurz anrufen und nachfragen, wenn du möchtest.«

Das Opfer: »Nein, lieber nicht. Das ist mir zu peinlich.«

___________ : »Ich lasse einfach mal ganz nebenbei eine

Bemerkung fallen – ich muss sie sowieso noch was fragen. Ich rufe dich gleich zurück.«

Klick.

___________ dreht sich mit *dem* Max-Hammer-Kleid in der Hand zu mir um. »Haben Sie das auch in S? Ich sehe hier nirgends eine S.«

Sie war eine dieser anspruchsvollen Zicken, die glauben, die ganze Welt existiere nur zur Befriedigung ihrer Bedürfnisse, weshalb sie sich gar nicht erst die Mühe machte, ihre Befehle als Fragen zu tarnen.

»Bedaure«, sagte ich und bedauerte es kein bisschen, »das ist das angesagteste Kleid der Saison, und wir haben es nur noch in L. Probieren Sie es doch mal an.«

»Ich habe keine Zeit zum Anprobieren, und ich trage keine L!«, schnauzte sie mich an. »Man müsste doch annehmen, wenn es das angesagteste Kleid ist, dass Sie noch mehr davon auf Lager hätten!«

Ich hasste sie aus dem tiefsten Grund meines Herzens. »Ich bin zwar nicht für den Einkauf zuständig, aber soweit ich weiß, hat der Hersteller leider auch keine mehr auf Lager. Es tut mir leid, da haben Sie wohl Pech gehabt.«

Ich drehte mich um und wollte schon gehen, da hörte ich sie raunen: »Pech … na, wenn sich einer damit auskennt, dann wohl du Kuh.«

Was Tomás auch nicht überhört hatte. Er streckte ihr hinter dem Rücken die Zunge heraus. Sie wählte wieder eine Nummer auf dem Handy.

»Celeste! Alles vorbereitet für die Party? Rate mal, mit wem ich eben telefoniert habe – Veronica Block! Ich wusste gar nicht, dass du sie nicht eingeladen hast.« Sie unterbrach sich kurz. »Tja, du hast sie sicher vergessen.« Sie lachte. »Ist aber auch nicht schwer, sie zu vergessen!« Wieder eine kurze Pause. »Ach nein, ich glaube nicht, dass ihr das was ausmacht, sie hat gesagt, sie hätte heute Abend sowieso schon was Besseres vor.« Und wieder eine Pause. »Ja, ich glaube, sie sagte was Besseres, vielleicht auch ›Interessanteres‹, ich weiß es nicht mehr so genau. Aber du weißt doch, Veronica und ihr Mann sind eh solche Langweiler. Eine Party steht und fällt mit den Leuten, die man *nicht* einlädt, nicht mit denen, die man einlädt.« Und mit diesem letzten Seitenhieb legte sie auf.

Sie war wirklich die boshafteste Giftspritze, die ich seit Langem erlebt hatte. Sie war sogar eine heiße Anwärterin für den Gewinn des Biestigste-Kundin-aller-Zeiten-Kuchens. Aber ich wusste, wie ich es solchen Menschen in aller Stille heimzahlen konnte. Das reizende, verzweifelte Mädchen mit seiner unglaublichen Münchhausengeschichte hatte wie versprochen heute Morgen das überstrapazierte, viel zu oft verliehene Max-Hammer-Kleid zurückgebracht. Es sah noch ramponierter aus als gestern, aber mir war das gleich. Ich ging nach hinten und holte es für die biestigste Kundin aller Zeiten in der Hoffnung, dass sie es kaufen und mit nach Hause nehmen und erst dann feststellen würde, dass es bereits ruiniert und vollkommen untragbar war, um zurückzukommen und es umtauschen zu wollen – ich konnte es kaum erwarten, ihr sämtliche Macken an dem Kleid eine nach der anderen vorzuhalten und ihr das alles in die Schuhe zu schieben und mich rundweg zu weigern, es zurückzunehmen. »Na, da haben Sie wohl noch einmal Pech gehabt«, würde ich ihr lächelnd mitten ins Gesicht sagen.

Das Biest war schon wieder am Handy, diesmal im Gespräch mit der armen Veronica. »Tja, Schätzchen, ich habe es erwähnt, aber sie ist nicht darauf angesprungen. Sie meinte, es sei bloß ein kleines intimes Dinner für ihre engsten, liebsten Freunde, vielleicht nächstes Mal, du weißt schon, dann wieder im ganz großen Kreis.« Die arme Veronica wusste gar nicht, wie ihr geschah. »Nein, wusste ich nicht, eine Niere, *wirklich*, na, Gott sei Dank hat sie sie nicht gebraucht. Vielleicht solltest du in Zukunft etwas vorsichtiger sein, wem du eine Niere anbietest, Veronica, wirklich.«

Ich konnte nicht dafür garantieren, dass ich nicht hinging und ihr kurzerhand den Hals umdrehte, also drückte ich Tomás das Kleid in die Hand und ging nach draußen, um eine Beruhigungszigarette zu rauchen. Normalerweise würde ich ihn mit so einer Furie nicht allein lassen, aber ich war immer noch ein bisschen sauer auf ihn, weil er und Natalie neulich einfach auf und davon sind zu einem verrückten kleinen Liebesabenteuer. Ich hörte nur noch, wie sie sagte: »Die alte Schachtel braucht wohl jüngere Augen, um das Kleid in S zu finden.« Ich gebe es nur ungern zu, aber das saß. Nach Lillian war ich vermutlich die dienstälteste Verkäuferin im Haus. Dienstälteste – ich kam mir vor wie meine eigene Großmutter. Vielleicht brauchte ich eine Zwei-Zigaretten-Pause.

Als ich mit Lillian in einem stillen Eckchen stand und gerade ein paarmal an meiner zweiten Zigarette gezogen hatte, sah ich, wie der Drache das Kaufhaus verließ. Ich hatte Lillian eben die ganze unschöne Geschichte erzählt. »Da ist sie!«, raunte ich und wies auf sie. Sie war nur einen Steinwurf entfernt. Ein Königreich für einen Stein.

Lillian musterte sie. »Sieht doch gar nicht so übel aus, und schau mal, sie hilft der alten Dame sogar, ein Taxi zu rufen.« Das konnte doch nicht sein. Das musste ich mit eigenen Augen sehen. Es war bizarr. Das Biest half doch tatsächlich einer alten Dame an der Ecke, ein Taxi anzuhalten. Sie lächelte der alten Dame freundlich zu und sagte etwas, das wir nicht verstanden. Wir verrenkten uns beide fast den Hals, um alles ganz genau mitzubekommen. Die alte Dame bedankte sich herzlich, und das Biest trat auf die Straße und winkte einem Taxi. Die alte Dame schien ganz gerührt von so viel Hilfsbereitschaft. Und dann passierte es. Das Taxi hielt an, und die Schabracke entpuppte sich nicht nur als fieseste Kundin, sondern als fieseste New Yorkerin aller Zeiten. Sie stieg ein, knallte der alten Dame die Tür vor der Nase zu und fuhr los.

Lillian schrie entsetzt auf: »Lieber Himmel, sie hat doch tatsächlich der alten Dame das Taxi weggeschnappt!«

Wir liefen beide los, um der alten Dame beizustehen.

»Haben Sie gesehen, was diese Schlampe gemacht hat?«, fragte sie uns, als wir sie ansprachen. Genau das liebe ich an New York: Selbst alte Damen teilen hier aus wie knallharte Gangster. Ich machte einen Schritt auf die Straße, um das nächste Taxi anzuhalten, da bebte die Erde. Zuerst dachte ich in Panik an eine Bombe. Die Menschen ringsum schrien, und dann ruckelte der Boden unter unseren Füßen ein zweites Mal. Ich schaute hoch zur 59th Street, und just in dem Moment tat sich die Erde auf wie in einem Science-Fiction-Film und verschluckte das knallgelbe Taxi mitsamt seinen Insassen. Eigentlich glaubte ich nicht an Karma, aber an diesem Tag wurde ich eindrucksvoll eines Besseren belehrt.

Am nächsten Tag las ich Tomás und Natalie den Artikel auf der Titelseite der *New York Post* vor. Die beiden versuchten immer noch, sich bei mir wieder einzuschmeicheln, damit ich ihnen diese Verschwindenummer verzieh. Hatte ich längst – es war so schön, die beiden so glücklich zu sehen. Bisher hatten sie in der Liebe nicht allzu viel Glück gehabt. Im Laufe der Jahre hatte ich schon oft mit jüngeren Kollegen zusammengearbeitet, und ich muss ehrlich sagen, die zwei waren meine Lieblinge. Sie luden mich sogar ein, demnächst mit ihnen und ihren neuen Liebsten essen zu gehen. Das habe ich allerdings freundlich, aber bestimmt ausgeschlagen. Aber ist es nicht süß, dass sie mich überhaupt gefragt haben?

Natalie fand die Schlagzeile EINGETRICHTERT! etwas daneben, weil immerhin jemand bei dem Zwischenfall ums Leben gekommen war. Aber die *New York Post* hatte schon immer ihre eigenen Vorstellungen von Moral und Anstand. Vom berüchtigtsten »*Kopflose Leiche in Oben-ohne-Bar*« bis hin zu meinem persönlichen Favoriten »*Osama bin Wichsen*«, der Schlagzeile, nachdem man in Osamas Erdloch eine umfangreiche Pornosammlung gefunden hatte. Für einen Lacher tun die einfach alles. Kann ich gut verstehen – ich neige selbst gelegentlich zu platten Kalauern. So dicht war ich noch nie an einer Titelseitenschlagzeile.

*Die Erde tat sich sprichwörtlich auf, als sich gestern mitten in New York unerwartet ein metertiefer Trichter im Boden bildete und dabei ein Taxi verschluckte. Bei dem Unfall kam ein Mensch ums Leben. Augenzeugen vermuteten zunächst einen Bombenanschlag, als die Erde an der Ecke 59th und Lexington bebte. Ursache war allerdings ein drei Meter breites, vier Meter tiefes Loch in der Fahrbahn, verursacht durch ein Leck im Abwasserkanal. Angestellte der umliegenden Geschäfte berichteten, sie hätten den sich stetig vergrößernden Riss in der Straße bemerkt, sich aber nichts dabei gedacht.*
*Der Fahrer des Taxis, der den Rettungskräften zufolge Glück im Unglück hatte, kam mit diversen Knochenbrüchen davon. Noch hat die Polizei die Identität der getöteten Person nicht bekannt gegeben. Sie hatte eine Einkaufstasche von Bloomingdale's dabei und soll Augenzeugen zufolge kurz zuvor das Kaufhaus verlassen haben.*

»Meint ihr, Celeste hat ihre Geburtstagsparty abgesagt?«, fragte Tomás grinsend.

»Jetzt wäre doch ein Platz am Tisch frei für die andere Freundin«, entgegnete ich und musste auch lachen. Da hatte ich wohl die falsche Frau als Opfer bezeichnet.

Ich weiß, es klingt ziemlich kaltschnäuzig und gehässig, aber die Frau war wirklich schrecklich: Um das wunderschöne Max-Hammer-Kleid, das so ein grausiges Schicksal ereilt hatte, tat es mir fast mehr leid.

# 32

# Der erste Rang im Paris Theater

*Von John Westmont, Carolines Ehemann*

Ich saß am Schreibtisch in meinem Arbeitszimmer und schaute aus dem Fenster auf den Central Park. Es ist ein zweiseitig nutzbarer Schreibtisch mit einem Stuhl auf jeder Seite. Wo ich sitze, entscheide ich danach, ob ich mich konzentrieren oder tagträumen möchte. Ich hatte einen dicken Stapel Klausuren zu korrigieren, aber in Gedanken war ich ganz woanders.

Ich war bei Andie und fragte mich, was sie wohl gerade machte und warum sie letzte Woche nicht noch auf einen Kaffee geblieben war. Ich hoffte, sie hatte mich nur deshalb versetzt, weil sie ein anständiger Mensch war und wusste, dass, auch wenn eigentlich gar nichts zwischen uns vorgefallen war, es irgendwie nicht ganz korrekt war. Fast war ich ein bisschen erleichtert. So hatte ich mich nicht mehr gefühlt, seit ich damals Caroline kennengelernt hatte. Ich fragte mich, ob das daher kam, dass Caroline und ich uns immer mehr voneinander zu entfernen schienen – ob die Kluft, die sich zwischen uns auftat, etwas, oder in diesem Fall jemanden, einlud, die entstehende Lücke zu füllen. Das ist wohl *der* Klassiker unter den Entschuldigungen, wenn Menschen fremdgehen – eine Lücke füllen zu wollen.

Ich wusste, dass meine Ehe auf wackligen Füßen stand, aber das hatte nichts mit Andie zu tun. Das hatte schon angefangen, bevor wir uns kennengelernt hatten. Dabei war eigentlich alles wie immer. Wenn ich nach Hause kam, begrüßte Caroline mich mit einem freundlichen Lächeln, das allerdings in letzter Zeit immer häufiger seltsam gezwungen wirkte. Wie oft habe ich sie gefragt, ob irgendetwas nicht stimmte, was sie immer verneinte. Aber ich fühlte mich allein, auch wenn ich es gar nicht war. Es gibt nichts Traurigeres, als sich in Gesellschaft des Menschen einsam zu fühlen, der einen eigentlich ergänzen sollte. Trotzdem würde ich das nie als Entschuldigung fürs Fremdgehen vorschieben. Ich glaube, dafür gibt es keine Entschuldigung. Ich beschloss, mich heute Abend mit Caroline zusammenzusetzen und darauf zu bestehen, dass wir uns Hilfe holten.

Irgendwann gab ich meinen Versuch auf, die Klausuren zu korrigieren, und schaute nach, was im Paris-Theater-Kino gezeigt wurde. Mein letzter Besuch war inzwischen Wochen her, und vermutlich lief inzwischen ein anderer Film. Tatsächlich. Ich rief mir also ein Taxi, um mich zu meinem Lieblingszufluchtsort bringen zu lassen.

Im Kino angekommen stieg ich die Treppe zum ersten Rang hinauf, meinem üblichen Platz im Paris, und all meine Nervosität schien mit einem Mal zu verfliegen. Ich setzte mich auf meinen Stammplatz, stellte das Popcorn auf die Balustrade und zog den Mantel aus. Und dann sah ich sie. Mir blieb fast das Herz stehen, als ich bemerkte, dass Andie am anderen Ende derselben Reihe saß. Ich bekam ein schlechtes Gewissen und war plötzlich ganz aufgeregt. Ich fühlte mich so unerhört lebendig. Und hatte eine Heidenangst. Fast hätte ich mich umgedreht und wäre weggelaufen. Dann sah sie mich. Und strahlte mich an. Und ich hätte schwören können, dass sie ganz feuchte Augen bekam. Dann ging das Licht aus, und wir trafen uns wortlos in der Mitte der Reihe. Wir sagten kein Wort. Als der Film anfing, bot ich ihr etwas von meinem Popcorn an. Es dauerte nicht lange, da griffen wir beide gleichzeitig in die Schachtel. Unsere Hände berührten sich, und das Popcorn landete auf dem Boden. Ich nahm ihre Hand und ließ sie den ganzen Film nicht mehr los. Ich weiß nicht mal mehr, ob der Film gut war oder schlecht, weil ich nur ihre Hand in meiner spürte. Irgendwann war der Film zu Ende, und es kam mir fast vor, als hätte ich die ganze Zeit die Luft angehalten. Ich wusste nicht, was in mich gefahren war. Ich wusste, es war verkehrt, aber es fühlte sich so selbstverständlich an, so gut und so *richtig*.

Während der Abspann lief, zogen wir die Jacken an und gingen nach draußen, noch immer ohne ein einziges Wort. Als wir die Treppe vom ersten Rang nach unten gingen, nahm ich wieder ihre Hand. Unten am Fuß der Treppe schien von draußen das Tageslicht wie ein mahnender Fingerzeig der Wirklichkeit in die Lobby des Kinos. Wir ließen einander los. Ich schaute sie mit einem schiefen, resignierten Lächeln an, das sie erwiderte.

Draußen an der 59th Street standen wir an dieser wirklich sehr europäisch anmutenden Kreuzung mitten in New York mit Blick auf den Platz vor dem Plaza Hotel gegenüber. Als Professor für Filmwissenschaft gehen mir oft Filmszenen durch den Kopf. Und in diesem Moment erschien mir die Szenerie besonders bedeutungsschwer. Während Andie sich bückte, um sich den Schuh zuzubinden, lief in meinem Kopf die letzte Szene von *So wie wir waren*, einem Film über zwei Menschen, die einfach nicht zusammen sein können. Und Barbra Streisand singt: »Your girl is lovely Hubbell«, ehe sie Robert Redford ein letztes Mal mit den Fingern durch die

Haare fährt. »Lass es dir gut gehen, Katie«, sagt er mit gequältem Blick. »Du dir auch«, sagt sie ins Nichts, während er schon zum wartenden Taxi läuft.

Jetzt war ich endgültig übergeschnappt – ein paar Treffen mit dieser wildfremden Frau, und ich verglich uns schon mit einer der größten Leinwandromanzen aller Zeiten. Ich sollte mir mehr Science-Fiction- und Apokalypse-Filme ansehen. Ich habe eine wunderbare Familie, die mir alles bedeutet und der ich alles bedeute. Wenn Andie wieder hochschaut, werde ich sagen: »Lass es dir gut gehen, Andie.« Und dann gehe ich. Nein, ich werde sogar laufen, ohne einen Blick zurück.

»Ach du lieber Himmel«, stöhnte sie, als sie sich aufrichtete. Sie war kreidebleich und sah aus, als sei sie gerade Zeugin eines Mordes geworden.

Beruhigend legte ich ihr eine Hand auf die Schulter. »Was ist los?«

Worauf sie entsetzt zurückzuckte. »Fass mich nicht an!«

Ich war vollkommen verwirrt. Sie seufzte, schaute wieder auf ihre Schuhspitzen und erklärte mir dann alles. Mit ruhiger Stimme, ganz geradeheraus und direkt.

»John, da hinten vor dem Plaza steht ein Fotograf, der Bilder von uns macht. Deine Frau hat ihn engagiert, um zu beweisen, dass du sie betrügst.«

Ich traute meinen Ohren nicht. Es war wie ein rechter Schwinger in den Magen. »Woher weißt du das?«, stammelte ich schließlich.

»Ich weiß es, weil ich Privatdetektivin bin und manchmal mit diesem Fotografen zusammenarbeite.«

Und da ging mir auf, dass sie Witze machte. Ich lachte laut auf und war heilfroh, dass sie mich bloß auf den Arm nehmen wollte. Aber sie blieb ganz ernst.

»Deine Frau Caroline hat mich vor ein paar Monaten engagiert, um ihr Beweise dafür zu beschaffen, dass du eine Affäre hast. Damit sie sich auf die Untreueklausel in eurem Ehevertrag berufen kann.«

»Unser Ehevertrag? Was zum Teufel weißt du über meinen Ehevertrag?« Mir wurde schwindelig. Ich fühlte mich verraten und verkauft. Vollkommen verwirrt. Das Herz schlug mir bis zum Hals, und mein Nacken brannte, als stünde er in Flammen.

»Ich habe dir doch gesagt, deine Frau hat mich als Privatdetektivin engagiert. Es tut mir leid, John, aber wie sich herausstellte, hat *sie* in Wahrheit eine Affäre. Sie betrügt dich, wollte es aber aussehen lassen, als sei es genau umgekehrt, um so an das Geld zu kommen.«

Der Springbrunnen mitten auf dem Platz fing an, sich vor meinen Augen zu drehen. Ich konnte nicht glauben, was sie da sagte. Ich musste mich an der Wand abstützen, um nicht das Gleichgewicht zu verlieren.

»Einen Moment«, murmelte ich. Mit gesenktem Kopf ließ sie mich da stehen, gegen die Hauswand gelehnt, während ich versuchte zu begreifen, was hier vor sich ging. War das jetzt das Ende meiner Ehe?

Als ich meine Füße wieder auf dem Boden spürte, fragte ich sie: »Du meinst, das war eine Falle? Du und ich, das ist eine Falle, um mich eines Seitensprungs zu überführen?«

Ihr liefen Tränen über das Gesicht. Und ich wurde plötzlich wütend, weil sie hier das Opfer spielte.

»Nein, nein, nein!«, rief sie. »Nur als wir uns das erste Mal bei Bloomingdale's in der Damenabteilung begegnet sind – das war beruflich. Aber dann habe ich die Wahrheit erfahren und Caroline gesagt, dass ich nicht mehr für sie arbeiten werde. Sie muss jemand anderen engagiert haben. Es tut mir leid, John, ich hätte es dir sagen sollen, aber das verstößt gegen jegliche moralischen Grundlagen meiner Arbeit – ach herrje, ausgerechnet ich rede über Moral.« Fragend schaute ich ihr in die Augen.

»Wir sind uns nicht zufällig über den Weg gelaufen. Ich habe dich per Handy-Ortung verfolgt, auch nachdem ich den Job längst hingeschmissen hatte. Ich weiß, das klingt jetzt ganz schlimm nach Stalking. Aber das Schlimme ist, dass wir uns *heute* hier getroffen haben, war wirklich reiner Zufall.« Sie verstummte und senkte niedergeschlagen den Blick. »Und das war jetzt bestimmt das letzte Mal, dass wir uns sehen … ob zufällig oder nicht.«

Ich stand nur da, stumm und reglos, während sie immer weiterredete. Das war wirklich ein dicker Brocken, den sie mir da vor die Füße geworfen hatte, und ich wusste überhaupt nicht, was ich dazu sagen sollte.

»John, ich will nicht zu ihrer Schmutzkampagne gegen dich beitragen. Bisher hat der Fotograf kein einziges kompromittierendes Foto geschossen. Als wir eben aus dem Kino gekommen sind, sahen wir aus wie zwei alte Freunde, die sich gemeinsam einen Film angeschaut haben. Wenn nötig, kann ich eine Aussage zu deinen Gunsten machen und bestätigen, dass sie versucht, dich in die Pfanne zu hauen, und dass zwischen uns nichts läuft.«

»Beobachtet der Fotograf uns immer noch?«, fragte ich, als ich endlich die Sprache wiedergefunden hatte.

Sie spähte über meine Schulter. »Ja, die Kamera ist genau auf uns gerichtet.«

»Warum bist du mir gefolgt?«, fragte ich und betete darum, dass sie die Worte sagen würde, die ich hören wollte. »Nachdem du Carolines Auftrag abgelehnt hast, ich meine, warum bist du mir dann trotzdem noch weiter gefolgt?«

»Es tut mir leid«, wisperte sie leise. »Ich … ich mag dich. Ich habe dich vermisst. Ich habe es versucht, aber ich bin nicht von dir losgekommen.«

Und dann passierte es plötzlich. Das ganze gigantische Durcheinander in meinem Kopf lichtete sich, und mit einem Mal schien alles glasklar. Meine Frau, mit der ich seit zwölf Jahren verheiratet war, wollte mich so dringend loswerden, dass sie mir sogar eine Falle stellte. Und Andie kam nicht von mir los. Mein Schweigen muss sie schrecklich verunsichert haben, denn was sie dann sagte, klang ganz nüchtern und geschäftsmäßig.

»Pass auf«, erklärte sie. »Das wird sicher ein unschöner Rosenkrieg, und euer Fall wird ganz bestimmt vor Gericht landen, aber egal, was das für meine Karriere bedeutet, ich bin bereit auszusagen, was ich getan habe und was wir nicht getan haben. Ich kann bezeugen, dass sie versucht hat, geheime Absprachen zu treffen und falsche Beweise zu beschaffen. Es wird sicher nicht einfach, aber sie wird nach dieser Ehe mit genauso viel dastehen wie davor.«

Szenen sämtlicher Ehekriegsfilme schossen mir durch den Kopf, von *Kramer gegen Kramer* bis *Der Rosenkrieg*. Der Springbrunnen auf dem Platz vor uns fing wieder an, sich zu drehen. Ich schloss ganz fest die Augen. Vielleicht war es die beinahe filmreife Szene, vielleicht dieser Augenblick vollkommener Klarheit, aber ich wusste, was zu tun war.

Und so nahm ich an einer der geschichtsträchtigsten Ecken von Manhattan Andie Rands Gesicht in beide Hände und küsste sie mit einer Leidenschaft, wie ich sie seit Jahren nicht mehr empfunden hatte. Ich konnte das Klicken der Kamera förmlich hören. Entsetzt riss sie sich von mir los. »Was machst du denn da? Bist du verrückt geworden?«

Ich lächelte sie nur an und war mir zum ersten Mal seit

langer Zeit meiner Sache vollkommen sicher. »Ein einziger Kuss oder eine monatelange Schlammschlacht vor Gericht mit meiner fremdgehenden Ehefrau und, nicht zu vergessen, Mutter meines Sohnes? Ich bin alles andere als verrückt.«

Wieder küsste ich sie. Und diesmal wehrte sie sich nicht. Als wir uns schließlich voneinander lösten und atemlos nach Luft rangen, lachte sie. »Dieser Kuss wird dich teuer zu stehen kommen.«

Ich musste auch lachen. »Was sind schon fünf Millionen Dollar mehr oder weniger, wenn man mehr Geld hat, als man jemals im Leben ausgeben könnte?«

Sie lächelte. »Ich meinte ein Mittagessen.«

»Was hältst du von der Oyster Bar?«, fragte ich.

»Das ist ein Date«, antwortete sie lachend.

»Unser erstes«, sagte ich und nahm ihre Hand. Und dann schlenderten wir beschwingt die Fifth Avenue entlang, unseren persönlichen Paparazzo im Schlepptau. Ich wusste, ich würde eine Menge wichtiger Entscheidungen treffen müssen, aber die wichtigste war jetzt erst mal: Hummercremesuppe oder Clam Chowder?

# 33

# Bis dass der Tod uns scheidet

*Von Seth Carson, Fünfachverlierer (bald sechsfach)*
*Alter: alt genug, um es eigentlich besser zu wissen*

Ich arbeite im Bestattungsinstitut Frank E. Campbell auf der Madison Avenue. Das klingt jetzt vielleicht, als wäre ich stolz darauf. Bin ich aber nicht. Das Einzige, worauf ich wirklich stolz bin, ist mein Bizeps. Andere Kollegen, die hier arbeiten, sind tatsächlich stolz auf ihre Arbeit. Sogar der Nachtwächter tut, als bewachte er die Kronjuwelen. Wobei ich schon sagen muss, wenn man in New York City stirbt, dann ist das Bestattungsinstitut Frank E. Campbell die erste Adresse – der letzte Club, der es wert ist, Mitglied zu werden. Man muss schon ein bekannter Schauspieler, Sänger, Politiker oder stinkend reich sein, um hier zu landen. Mein Boss erzählt immer noch von Judy Garlands und John Lennons Beerdigung. Wenn man mich fragt, ich würde eher Biggie Smalls und den Mafiaboss Frank Costello erwähnen. Die beiden hätte ich auch gerne zur letzten Ruhe gebettet. Aber meistens haben wir es mit Normalsterblichen zu tun – verstorbenen Normalsterblichen, genauer gesagt.

Eigentlich hatte ich gehofft, heute um fünf hier raus zu sein, damit ich noch ein Geburtstagsgeschenk für meine neue Freundin besorgen kann. Aber das Bestattungsgeschäft ist einfach verdammt unberechenbar. Das predigt mein Boss uns ständig: »Man muss flexibel sein, Seth. Unsere Kunden rufen uns nicht am Dienstag an und sagen: ›Am Donnerstag ziehen wir bei Tante Becky den Stecker.‹ Niemand schickt eine Kopie seines Abschiedsbriefs an den Bestatter: ›Tief deprimiert, werde es nicht mehr lange machen, erwarten Sie mich nächsten Donnerstag gegen drei Uhr früh.‹«

Er findet das unheimlich komisch, und meine Kollegen machen es nur noch schlimmer, weil sie über seine Witze lachen. Ich persönlich finde das überhaupt nicht komisch. Für alles andere braucht man eine Vorbestellung … den Tisch im Restaurant muss man reservieren, man braucht einen Termin, wenn man sich den Rücken enthaaren oder sein Auto aufmotzen lassen will, praktisch für alles, nur für den eigenen Tod nicht. Und darum hat mir auch die Frau von der Titelseite der *New York Times* von heute jetzt die Freitagabendplanung versaut.

Um zwei wurde sie zum Einbalsamieren eingeliefert. Die Einbalsamierung dauert normalerweise ungefähr drei Stunden, Anziehen und Einsargen noch mal eine. Ich bin nur für die letzten Handgriffe zuständig, das Ankleiden und Einsargen. Einbalsamieren habe ich nicht gelernt, und für den Kundenkontakt bin ich angeblich, wie mir mehrfach gesagt wurde, nicht zuvorkommend genug – im Umgang mit trauernden Angehörigen braucht man wohl besonderes Fingerspitzengefühl und Einfühlungsvermögen, was mir anscheinend abgeht. »Mit Toten kann ich besser.« Auch egal. Jedenfalls bin ich schon länger hier als in jedem anderen Job, seit ich das College geschmissen habe, und so langsam gewöhne ich mich dran. Wobei, eins können Sie mir glauben, an so einen Job muss man sich auch erst gewöhnen.

Ich habe meiner neuen Freundin sogar die Wahrheit gesagt

und ihr erzählt, was ich beruflich mache. Die letzten beiden Mädels habe ich angelogen. Aber sie ist echt offen und nett, also habe ich es ihr gesagt. Wir haben uns vor zwei Monaten im Internet kennengelernt. In meinem Profil steht immer noch Pennystock-Broker, aber das ist mittlerweile auch schon vier Jahre her. Nur habe ich bis jetzt noch in keinem anderen Job lange genug gearbeitet, um das zu ändern. Und es ist ja auch nicht unbedingt ein Job, mit dem man in seinem Datingprofil angeben kann. Aber ich habe es ihr gesagt, und sie hat ziemlich cool reagiert. Sie wusste sogar, dass Heath Ledger hier war, und fand, es sei eine sehr ehrenvolle Aufgabe. Vielleicht sage ich ihr nächste Woche, dass ich eigentlich gar nicht eins fünfundsiebzig groß bin.

Während der Einbalsamierungsprozedur habe ich versucht, mich zu verkrümeln, aber mein Boss hat mich erwischt, als ich gerade zur Tür rauswollte, und meinte, ich solle mithelfen. Einer unserer besten Einbalsamierer hat seine Stundenzahl reduziert, darum ist die Zeitplanung ein einziger Albtraum. Mein Boss drängt mich immer wieder, ich soll mich als Balsamierer lizenzieren lassen, und hat mir sogar versprochen, die Kosten dafür zu übernehmen, wenn ich einen festen Vertrag bei ihm unterschreibe. Aber ich will unter gar keinen Umständen wieder die Schulbank drücken. Wozu? Dieser Job ist eine Sackgasse.

Also sagte ich dem Einbalsamierer, einem echt schrägen Typen namens Gus, dass ich es eilig hätte. Ich musste noch duschen und ein Geschenk für die Geburtstagsparty meiner Freundin besorgen. Und er versprach, mir nachher beim Ankleiden und Einsargen zu helfen. Eigentlich echt nett von ihm, aber dafür musste ich mir seine endlosen Geschichten anhören. Als wir endlich mit dem Einbalsamieren fertig waren, war es schon nach fünf. Wenn ich mich beeilte, hätte ich noch Zeit, ein Geschenk zu besorgen, aber das Duschen konnte ich knicken. Aber wofür gibt es schließlich Drakkar Noir.

Und dann habe ich den Fehler begangen, eine Bemerkung über das Kleid zu machen, in dem die Tote aufgebahrt werden sollte, als ich es aus der Bloomingdale's-Tüte holte. Es war ein nigelnagelneues schwarzes Designerkleid. Die Schilder waren noch dran. »Was für eine Verschwendung«, meinte ich. Woraufhin Gus eine Endlosliste herunterrasselte von Wer-hat-was-zu-seiner-eigenen-Beerdigung-getragen.

»Prinzessin Diana wurde auch in einem schwarzen Kleid bestattet, das sie kurz vorher gekauft hatte«, erklärte er. Er klang wie eine wandelnde Wikipedia-Seite.

Ich nickte und versuchte, einfach schnell weiterzumachen.

»Whitney Houston wurde mit so viel Schmuck begraben, dass sie immer noch einen Bodyguard braucht!« Er wartete auf meinen Lacher, der nicht kam.

Gerade als er sich darüber auslassen wollte, ob Michael Jackson mit oder ohne den weißen Strasshandschuh beerdigt wurde, wurden wir von unserem Boss unterbrochen, der mit einem Paar schwarzer Pumps und einem smaragdgrünen Kostüm reinkam.

»Ihre Familie hat gerade die Sachen abgegeben ... Lieber Schwan, was macht ihr denn da?«

»Er heißt Seth, Sir«, antwortete Gus wie der letzte Volltrottel.

»Zwei Dumpfbacken«, brummte unser Boss kopfschüttelnd.

Mit Gus wollte ich nicht in einen Topf geworfen werden. Ich musste etwas zu meiner Verteidigung sagen.

»Jemand muss den Kram schon vorher vorbeigebracht haben. Das Kleid war in der Tüte von Bloomingdale's.«

»Ich habe euch doch gesagt, die Tüte hatte sie zum Todeszeitpunkt dabei. Die ganze Stadt weiß doch, dass die Frau mit einer Tüte von Bloomingdale's in der Hand gestorben ist.« Er hielt das Kostüm hoch. »Die Familie erwartet, dass sie das hier trägt.« Er legte das Kostüm hin und verschwand kopfschüttelnd und leise vor sich hin fluchend. Während ich die nächste Stunde so laut vor mich hin fluchte, dass jeder es hören konnte. Bis auf die tote Frau im falschen Kleid.

# 34

# Alle Jahre wieder

*Von Ruthie, 3. Stock, Damenbekleidung*

Es herrschte Hochbetrieb im Haus, mehr noch als sonst in der Woche vor Weihnachten. Vermutlich wegen der spektakulären Aussicht aus den Fenstern auf der Westseite auf den gigantischen Trichter in der Straße. So eine Touristenattraktion hatten wir hier nicht mehr, seit damals in den Siebzigerjahren irgendein Marketinggenie auf die Idee kam, Bloomie's Damenunterwäsche zu *dem* unverzichtbaren NYC-Souvenir schlechthin zu stilisieren. Heute drängten sich so viele Menschen in meiner Abteilung, dass ich Arthur Winters anfangs gar nicht bemerkte, der sehr zielstrebig durch die Damenoberbekleidung auf uns zukam. Aber Tomás hatte ihn sofort entdeckt und wäre vor Schreck fast in einen nahe stehenden Kleiderständer gekrochen. Seit Tomás mutwillig das Kleid an die falsche Adresse geschickt hatte, hatten wir Arthur nicht mehr gesehen. Wir hatten also keine Ahnung, wie alles ausgegangen war. Tomás befürchtete anscheinend das Schlimmste. Rasch ging ich hin, um ausbügeln zu helfen, was auch immer es auszubügeln gab. Tomás folgte mir unwillig.

»Hallo Arthur, wie geht es Ihnen?«, begrüßte ich ihn ein bisschen zu überschwänglich.

»Sehr gut, Ruthie, vielen Dank. Ich möchte Ihnen nicht untreu werden, aber eigentlich bin ich hier, um mit diesem jungen Herrn zu sprechen. Tomás, stimmt's?« Tomás nickte kaum merklich und schien sich Hilfe suchend nach den Notausgängen umzusehen. Arthur fügte hinzu: »Meine Verlobte hat mich hergeschickt.«

Seine Verlobte? Tomás und ich sahen uns an und dachten wohl dasselbe – er musste Sherri meinen. Stumm kondolierten wir einander, während Arthur weiterredete.

»Sie sagte, Sie hätten einen unübertroffenen Modegeschmack, und sie hofft, dass Ruthie Sie vielleicht eine Weile entbehren kann, damit Sie mir helfen, einen Anzug für meine Hochzeit auszusuchen.«

Aber dann musste er wohl doch Felicia meinen! Ich weiß noch ganz genau, wie Tomás sie für ihre erste Verabredung mit Arthur von Kopf bis Fuß umgestylt hatte. Ich freute mich so für ihn. Tomás wollte schier überschäumen vor Begeisterung. Er packte Arthur an den Schultern und schüttelte ihn beinahe.

»Sie heiraten Felicia? Sie heiraten Felicia?«, rief er aufgeregt und verlor dabei jegliche professionelle Contenance.

Arthur nickte nur, und wir fielen ihm beide um den Hals. Er machte einen vollkommen verwirrten Eindruck, also musste Tomás ihm erst einmal alles erklären. »Die Verwechslung bei der Lieferung war sozusagen meine Schuld, und, na ja, sagen wir so, ich habe mir seitdem ein bisschen Sorgen gemacht, wie die Sache wohl ausgegangen ist.«

»Diese Verwechslung war das Beste, was mir seit sehr langer Zeit passiert ist«, antwortete Arthur lächelnd.

»Es war eigentlich gar keine richtige Verwechslung! Wir sind Ihre guten Feen!«, quietschte Tomás. »Sie müssen uns alles ganz genau erzählen … bitte!«

Also berichtete Arthur, dass das Abendessen im Four Seasons zunächst ein wenig eigenartig verlaufen war, er Felicia aber danach unbedingt hatte wiedersehen wollen. Und wie sie sich dann vor dem City-Hall-Aufgang zur Brooklyn Bridge zum ersten Mal geküsst hatten. Und dort in der City Hall würden sie nun auch heiraten.

»Wow!«, entfuhr es mir. Tomás und Arthur schauten mich an.

»Ich meine, das ging aber schnell!« Ich war so aufgeregt, dass ich mich kaum beherrschen konnte.

Worauf Tomás nur meinte: »Schnell? Felicia wartet schon seit siebzehn Jahren!«

Arthur musste lachen und strahlte vor Glück über das ganze Gesicht. »Darf ich ihn mir für eine Stunde ausborgen?«

»Aber ja doch!«, entgegnete ich vergnügt. »Solange ich Ihnen dann helfen darf, das Geschenk zum ersten Hochzeitstag auszusuchen.«

»Wer, wenn nicht Sie?«, grinste er und fügte verschmitzt lächelnd hinzu: »Und zum Geburtstag meiner neuen Sekretärin auch.«

Spiel, Satz und Sieg für Damen mittleren Alters überall, dachte ich, während die beiden zusammen loszogen, um den perfekten Anzug auszusuchen.

# 35

# Ende gut, alles gut

*Von Luke Siegel, Arzt*
*Im heiratsfähigen Alter*

Ich schlüpfte gerade aus dem Sprechzimmer, als mein Handy schon wieder vibrierte. Es wurde immer schwieriger, es zu ignorieren. Die Nachrichten waren allesamt Variationen desselben Themas. *Lucas, ruf mich an, wenn du kurz Zeit hast. Ruf mich in deiner Pause an. Ruf deine Bubbe sofort an, das ist nicht nett.*

Ach, wie ich den Tag bereue, an dem ich meiner Großmutter beigebracht habe, SMS zu schreiben. Ich dachte, alles besser, als wenn sie ständig anruft, aber es war noch schlimmer – viel schlimmer. Sie ist hartnäckiger als ein siebzehnjähriges Mädchen, das am Abend des Abschlussballs seinen verschwundenen Freund sucht. Ich wusste ganz genau, was sie wollte. Heute Abend war die große Pensionierungsfeier von Grandpa Morris. Fünfundsiebzig Jahre hat er als Schnittmacher im Garment Center gearbeitet. Fünfundsiebzig Jahre – eine gigantische Leistung, rekordverdächtig. Mein Bruder und ich würden natürlich dabei sein. Aber mein Bruder hatte Frau und Kind im Schlepptau, während ich die Notaufnahme so selten verließ, dass ich keine Zeit hatte, mich zu verabreden, geschweige denn, mich fortzupflanzen. Als Arzt war ich eine ganze Weile der erklärte Lieblingsenkel meiner

Bubbe, aber so langsam war der Lack ab von dem ganzen Doktording. Ich ging stramm auf die dreißig zu, und mit einem Mal war die fehlende MRS an meiner Seite wichtiger als die andere Abkürzung vor meinem Namen. Dass ich keine Frau oder Freundin oder auch nur die Aussicht auf eins davon vorzuweisen hatte, war meiner Bubbe ein ewiger Dorn im Auge, und diesen »unhaltbaren Zustand«, wie sie es nannte, zu ändern wurde bald ihr wichtigster Lebensinhalt.

»Ich kann nicht in Frieden sterben, bis Lucas eine eigene Familie hat«, lamentierte sie ständig.

Worauf ich dann immer antwortete: »Wenn das so ist, bleibe ich auf ewig Single!«

Worauf sie dann nur traurig den Kopf schüttelte und auf Jiddisch erklärte: »Nor a steyn zol zayn aleyn.« Übersetzung: Nur ein Stein soll allein sein. Für mich ergab das in keiner Sprache einen Sinn.

Ich klopfte und ging zu meinem nächsten Patienten in Sprechzimmer zwei. Eine hibbelige junge Frau saß mit ihrer Kaugummi kauenden Freundin auf der Untersuchungspritsche, beide vollständig bekleidet. Ich reichte beiden die Hand.

»Hallo. Ich bin Dr. Siegel. Wo liegt das Problem?« Die Kaugummikauerin antwortete für ihre Freundin.

»Wir waren unterwegs, haben ihren Geburtstag gefeiert, und auf einmal hat es sie überall gejuckt.« Und tatsächlich, die junge Frau kratzte sich am ganzen Körper.

»Okay, dann ziehen Sie bitte den Kittel an, die Öffnung nach vorn, BH und Höschen können Sie anbehalten. Ich bin gleich wieder da … möchten Sie, dass Ihre Freundin während der Untersuchung dabeibleibt?«

»Ja bitte – sie liest mir zur Ablenkung aus der *Entertainment Weekly* vor.«

Schnell verschwand ich hinter den Vorhang und tippte eine SMS an meine Großmutter.

*Was gibt's denn, Bubbe?*, schrieb ich. Die Kaugummikauerin las derweil weiter vor.

»Verlobungen. Hey, vielleicht bist du ja an deinem nächsten Geburtstag schon verlobt! Seth hat dir so ein schönes Geschenk besorgt, dabei seid ihr doch noch gar nicht so lange zusammen.«

»Jetzt übertreib's mal nicht, ich meine, klar ist es ein tolles Geschenk, aber fällt dir was auf? Wer sitzt denn bitte gerade neben mir in der Notaufnahme?«

»Da sagst du was«, entgegnete die Kaugummikauerin nachdenklich und las weiter.

»Verlobungen. Schauspieler Jeremy Madison und Natalie Canaras, Verkäuferin bei Bloomingdale's, wollen heiraten. Die beiden haben sich im R Train in Queens verlobt. Madison hatte einen Flashmob organisiert, der für seine Angebetete ›Your Love is Lifting Me Higher‹ sang. Augenzeugen zufolge soll er vor seiner Zukünftigen auf die Knie gegangen sein und ihr mit einem fünfkarätigen Diamanten im Ceylonschliff einen romantischen Heiratsantrag gemacht haben.«

»Sind Sie so weit?«, rief ich durch die Tür nach drinnen.

»Alles paletti«, antwortete die Freundin.

»Ich schwöre, ich glaube, ich wollte lieber dieses original Max Hammer als einen fünfkarätigen Diamanten!«, meinte das Mädchen mit dem Juckreiz inbrünstig, gerade als ich hereinkam.

»Ha, dachte ich's mir doch, dass ich das Kleid erkannt habe«, mischte ich mich ungefragt ein. Ich konnte mir die Bemerkung nicht verkneifen. »Mein Großvater arbeitet bei Max Hammer. Besser gesagt, er hat da gearbeitet. Morgen geht er in Rente.«

»Wow, Max Hammer ist mein absoluter Lieblingsdesigner. Ich mache gerade meinen Master in Modedesign am Parsons. Mein Freund hat mir das Kleid zum Geburtstag geschenkt«, erklärte sie und wies auf das kleine Schwarze, das wie ein Hauptgewinn bei einer Rummelplatzlotterie am Kleiderbügel hing.

»Das ist *das* Kleid der Saison«, schwärmte sie überschwänglich und vergaß ganz, sich zu kratzen.

Ich untersuchte sie. Der fiese Ausschlag hatte beinahe die Form des Kleides.

»Ich sage Ihnen das nur ungern, aber das Kleid werden Sie wohl leider nicht mehr tragen können. Sie haben eine Kontaktallergie. Davon gibt es zweierlei, reizend oder allergisch.« Ich griff nach ihren Unterlagen, da summte mein Handy. Ich zog es aus der Tasche, um rasch nachzusehen, ob es ein Notfall war. Und las: *Bringst du jemanden mit zu Grandpas Pensionierungsfeier?*

Gequält stöhnte ich auf. Was die Mädels natürlich mitbekamen. Worauf die Kaugummikauerin neugierig fragte:

»Was passiert?«

Ich musste lachen. »Nichts, das war nur meine Oma, die treibt mich mit ihren SMS noch in den Wahnsinn.« Das Mädel mit der Allergie, das, nebenbei bemerkt und wie ich erst jetzt feststellte, wirklich sehr hübsch war, fand das allem Anschein nach total süß.

Das weiß ich, weil sie quietschte: »Das ist ja total süß! Eine Oma, die Sie mit SMS bombardiert!«

»Und ich habe es ihr auch noch selbst beigebracht«, seufzte ich und wusste sehr wohl, dass sie das vermutlich noch *viel* süßer finden würde. Wie recht ich hatte.

»O Gott, wie süß ist das denn, so was Süßes habe ich ja noch nie gehört!« Trotz des fiesen Juckreizes lächelte sie mich strahlend an. Die Kleine war hart im Nehmen. Ich schaute in ihre Akte.

»Also dann, Samantha Schwartz …« (Jüdin, bemerkte ich nebenbei, und verfluchte heimlich meine Großmutter für die erfolgreiche Gehirnwäsche.) »Hier steht, keine bekannten Allergien. Stimmt das?«

»Das stimmt. Na ja, zumindest bis heute«, fügte sie bedröppelt hinzu. Man merkte, wie sehr das Kleid es ihr angetan hatte.

»Sie bekommen erst mal eine Antihistamininfusion, und dann schauen wir uns an, aus welchem Material das Kleid besteht.«

Die Freundin hielt es hoch. Es war tatsächlich *das* Kleid der Saison. Was ich nur deshalb wusste, weil meine Bubbe mir vor ein paar Monaten ein Foto von der Titelseite der Women's Wear Daily geschickt hatte mit der Zeile: »Man soll aufhören, wenn es am schönsten ist.« Normalerweise quatsche ich nicht so plump-vertraulich mit meinen Patienten, vor allem, wo die Hübsche ja offensichtlich einen festen Freund hatte, aber mein Großvater ist mein großes Vorbild, und jetzt, wo er in Rente geht, bin ich besonders stolz auf ihn und alles, was er erreicht hat. Ich zog das Handy heraus und suchte das Foto, während die Krankenschwester die Infusion vorbereitete.

»Hier, Ihr Kleid war auf dem Titel von *Women's Wear Daily*!« Das Mädchen mit dem Allergieproblem, das rein zufällig auch noch Jüdin war – Samantha Schwartz –, griff nach dem Handy. Sie lächelte, dann zeigte sie es der Kaugummikauerin, die einigermaßen beeindruckt guckte.

»Sie träumt davon, es irgendwann ins WWD zu schaffen«, erklärte sie.

Die Infusion war fertig, und ich legte sie selbst.

»Davon werden Sie jetzt wahrscheinlich ein bisschen müde, aber der Ausschlag sollte dann schnell wieder verschwinden. Und jetzt schauen wir uns das Kleid mal etwas genauer an.« Ich griff nach dem Kleid, und sofort hatte ich einen altbekannten Geruch in der Nase. Einmal daran geschnuppert, und sofort versetzt der Stoff mich zurück in das erste Jahr meines Medizinstudiums, als wir anfingen, an Leichen zu arbeiten – Formaldehyd; ein Geruch, den man nicht so leicht wieder vergisst.

»Wo hat Ihr Freund das Kleid denn gekauft?«, fragte ich.

»Bei Bloomingdale's … Es war in einer Tüte von Bloomingdale's«, entgegnete sie zögerlich.

Ich schnupperte noch mal daran, diesmal an verschiedenen Stellen.

»Ich sage Ihnen das nur sehr ungern, aber das Kleid ist förmlich in Formaldehyd getränkt.«

Samantha Schwartz übergab sich spontan auf meine Füße und fing dann an, laut zu schluchzen. Sie war untröstlich. Die Kaugummi kauende Freundin erklärte daraufhin, was Samanthas neuer Freund beruflich machte und was vermutlich passiert sein musste. Ich muss zugeben, beinahe hätte ich mitgeweint. Was für ein Idiot zieht denn einer Leiche das Kleid aus und schenkt es seiner Freundin zum Geburtstag? Man erlebt schon eine Menge unglaublicher Geschichten in der Notaufnahme, aber das hier war womöglich die schlimmste.

Wieder summte mein Handy, und diesmal war mir die kleine Ablenkung nur recht. Auch wenn es schon wieder meine Bubbe war.

*Luke, wenn du kein Mädchen mitbringst, ich kenne da ein ganz reizendes junges Ding, Mrs Mandelbaums Nichte, die könntest du einladen. Ich will nicht, dass du allein kommst. Sonst muss ich mir wieder Sorgen machen.*

»Wieder Ihre Bubbe?«, fragte Samantha zwischen zwei Schluchzern. Sie konnte sicher auch ein bisschen Ablenkung gebrauchen, also erzählte ich ihr die ganze vertrackte Geschichte.

Sie lächelte.

»Sie versucht, mich mit allen Mitteln dazu zu bewegen, dass ich zur Pensionierungsfeier meines Großvaters ein Mädchen mitbringe. Sie sagt, sie möchte nicht, dass ich allein komme. Sonst muss sie sich wieder Sorgen machen.«

Die Kaugummikauerin machte den Mund auf.

»Und recht hat sie. Und *Sie* sollten sich auch Sorgen machen. Ein netter jüdischer Arzt, allein bei einer Feier, auf der es vermutlich von aufdringlichen Großmüttern mit Enkelinnen im heiratsfähigen Alter nur so wimmelt. Sie wären ein gefundenes Fressen. Freiwild.«

Samantha putzte sich die Nase und stimmte ihr zu. »Sie hat recht. Nehmen Sie jemanden mit – egal wen.«

Ich begutachtete ihr Bein. »Schauen Sie – der Ausschlag geht schon wieder zurück.«

Sie lächelte mich an. »Danke, es geht mir auch schon viel besser.«

»Dann können Sie sich jetzt anziehen und nach Hause gehen …«

Und dann bemerkten wir beide gleichzeitig meinen Fauxpas – sie hatte nichts zum Anziehen, bis auf das Totenkleid. Die Kaugummikauerin verdrehte die Augen, und Samantha fing wieder an zu weinen.

»Glauben Sie mir, das wäre nicht das erste Mal, dass ein Notfallpatient im Arztkittel nach Hause gehen muss. Ich hole Ihnen schnell einen.«

Im Rausgehen hörte ich sie zu ihrer Freundin sagen: »So nahe werde ich nie wieder an ein echtes Max Hammer kommen. Und das auch noch an meinem Geburtstag! Ich könnte tot umfallen!«

*Soll ich?*, fragte ich mich. Ich war hin- und hergerissen. Eigentlich war das gar nicht meine Art, aber in diesem Fall war es wirklich das Naheliegendste. Ich zog das Handy heraus und schrieb meiner Großmutter eine Nachricht.

*Ich bringe jemanden mit, Bubbe. Meinst du, Großpapa kann mir ein Kleid besorgen?*

## 36

# Die Auferstehung der Daphne Beauregard

*Von Sally Ann Fennely, Laufstegmodel/New Yorkerin/ Broadway-Star*

Ich stand am Rand der Bühne und wartete, genau wie vor ein paar Monaten bei meiner ersten Modenschau. Damals hatte ich Angst gehabt zu stolpern, jetzt hatte ich Angst zu stottern. Ich hörte mein Stichwort und trat zitternd auf die Bühne des Brooks Atkinson Theater. Es schnürte mir den Brustkorb zu, und ich bekam keine Luft mehr. Gleich musste ich meine erste Zeile sprechen, und ich war mir sicher, nicht mehr als ein heiseres Krächzen herauszubekommen. Aber als ich den Mund aufmachte, passierte etwas vollkommen Unerwartetes. Ich wurde eins mit meiner Rolle. Ich wurde Daphne Beauregard.

Ich war sie, ich kämpfte gegen den Wahnsinn, gegen meinen grausamen Ehemann, ich kämpfte dagegen, weggebracht und zu einer Lobotomie gezwungen zu werden, die mir, wie ich nur zu gut wusste, doch unweigerlich bevorstand. Im zweiten Akt, als ich mich mit den Scherben der zerbrochenen Niagara-Schneekugel ritzte, hörte man das Publikum entsetzt nach Luft schnappen. Sie waren bei mir. Oder bei Daphne, sollte ich wohl eher sagen. Alle, bis auf die drei Frauen auf den reservierten Plätzen in der dritten Reihe.

Meine Mutter, meine Schwester Carly und meine Oma bei ihrer allerersten Broadway-Aufführung.

Sie waren bei *mir*.

*Women's Wear Daily*, die behauptet, mich entdeckt zu haben, hat einen Artikel über die ganze unglaubliche Geschichte gebracht. Der Autor hat ihn mir am selben Abend gezeigt, bei einer kleinen Party mir zu Ehren im Sardi's.

*»Vom Tellerwäscher zum Millionär oder vielmehr: vom Laufstegmodel zum Broadway-Star – Die aus Alabama stammende Sally Ann Fennely hat schon nach wenigen Monaten in New York den Laufsteg gegen die Bühne getauscht. Nach ihrem Debüt im* Women's Wear Daily *hat Miss Fennely vergangenen Monat mit ihrem wunderbaren Südstaatenakzent im Restaurant Sardi's die Aufmerksamkeit von Earnest Cooper erregt, Produzent von* That Southern Play, *der sie prompt zu einem Vorsprechen einlud. Fennely, die eigenen Angaben zufolge vorher noch nie auf der Bühne gestanden hat, konnte sich auf Anhieb die Hauptrolle sichern. Nachdem Hollywoodstar Jordana Winston ohne Grund und Vorwarnung nach nur einer Vorstellung hingeworfen hatte, soll Cooper angeblich genug gehabt haben von kapriziösen Hollywooddiven. Ohrenzeugen zufolge soll er gesagt haben: »Warum einen Star besetzen, wenn man selbst einen erschaffen kann?« Eigenen Angaben zufolge ist er stolz und glücklich über seine Neuentdeckung Sally Ann Fennely, die in seinen Augen ein wahres Ausnahmetalent ist. Dem tosenden Applaus und der Begeisterung im Theater bei ihrer Debütvorstellung nach zu urteilen, scheinen Publikum und Kritiker da ganz seiner Meinung zu sein. Ms Winston, die gerade in Japan einen Werbespot für eine Light-Limonade dreht, war für eine Stellungnahme leider nicht zu erreichen.«*

# 37

# Enden und Anfänge

*Von Luke Siegel, Arzt*

Am nächsten Abend holte ich mit einem brandneuen Max-Hammer-Kleid in der Hand Samantha Schwartz ab. Sie ging sich rasch umziehen, und als sie wieder zurückkam, sah sie einfach umwerfend aus. Schon seltsam, so eine erste Verabredung im trauten Kreis der Familie. Mir graute besonders vor der unvermeidlichen Vorstellungsrunde. Ich meine, was wusste ich schon über dieses Mädchen bis auf die Tatsache, dass es offensichtlich einen grottenschlechten Männergeschmack hatte? Und auch die unvermeidliche Frage »Wo habt ihr euch eigentlich kennengelernt?« würde garantiert früher oder später aufkommen, und ich hatte keine Ahnung, was ich darauf antworten sollte. Aber zum Glück drehte sich an diesem Abend letztendlich alles um meinen Großvater. Wir stießen auf ihn an, es wurden Reden gehalten, getanzt und wunderbare Geschichten erzählt, und wir wurden gar nicht weiter beachtet. Und das bildhübsche Mädchen an meiner Seite wirkte wie Kryptonit auf all die aufdringlichen Klatschtanten, die mich sonst immer verkuppeln wollten.

Die jüngeren Kollegen meines Großvaters schwärmten davon, wie viel sie von ihm gelernt hatten und was für eine Ehre es war, mit ihm zusammenarbeiten zu dürfen. Sie schworen, bei ihm hätten sie mehr gelernt als bei jedem Professor an der RISD oder am Parsons oder am FIT. Samantha lauschte hingerissen und fast schon ehrfürchtig. Sie erzählten von den jiddischen Worten, die sie bei ihm aufgeschnappt hatten, von denen sie sogar einige in ihre Ansprachen einbauten. Einer meinte, das größte Kompliment, das mein Großvater ihm bei der Arbeit je gemacht hätte, wäre, dass er ihn einen »anständigen Kerl« genannt habe. Eine etwas ältere Frau sprach davon, was für einen wunderbaren Humor mein Großvater habe, wie er sie immer aufgezogen habe und was für wunderbar geistreiche Gespräche sie miteinander geführt hätten. Mit Tränen in den Augen erzählte sie, wie eifrig er gelernt habe, SMS zu schreiben. Aber als dann Emojis in Mode kamen, berichtete sie, sei er regelrecht ungehalten geworden. Seinen polnischen Akzent imitierend sagte sie lachend: »Ich habe so lange gebraucht, richtig Englisch zu lernen, und jetzt kommunizieren alle wieder mit Hieroglyphen wie die Höhlenmenschen!«

Insgesamt wurden an diesem Abend sicher sieben oder acht Reden gehalten. Der ganze Raum brummte vor Lachen und Jubel, Applaus und Freudentränen. Aber als Andrew, Max Hammers Sohn, meinen Großvater schließlich bat, selbst ein paar Worte zu sagen, wurde es schlagartig still.

Morris Siegel, mein Großvater, erzählte die Geschichte, wie er damals mit dreizehn während der Überfahrt Max Hammer kennengelernt hatte, der ihm quasi das Leben rettete. Er erzählte von den Anfangsjahren in diesem fremden Land und wie wichtig es ihnen gewesen war, ein Leben zu führen, das erfüllt und groß genug war für diejenigen, die sie hatten zurücklassen müssen. Als er schließlich endete, hatten alle Tränen in den Augen. Als Arzt hat man oft das Gefühl, einen wirklich wichtigen Beruf auszuüben. Immerhin geht es um Leben oder Tod, Menschen vertrauen dir und verlassen sich auf dich. Aber die Geschichte meines Großvaters, sein Leben und seine Erklärung, was es ihm bedeutete, Kleider zu schneidern, ließen mich mit einem Mal ganz klein und demütig werden.

»Seit fünfundsiebzig Jahren mache ich Damenkleider. Das heißt, seit fünfundsiebzig Jahren mache ich Frauen glücklich. Seit fünfundsiebzig Jahren drehen meinetwegen ältere Damen vor dem Spiegel Pirouetten wie junge Mädchen. Seit fünfundsiebzig Jahren schauen meinetwegen junge Mädchen in den Spiegel und entdecken zum ersten Mal die Frau, die ihnen daraus entgegenschaut. Meinetwegen fallen jungen Männern die Augen aus dem Kopf. Meinetwegen fallen alten Männern die Augen aus dem Kopf. Denn das schafft das richtige Kleid. Das richtige Kleid vermittelt Frauen das Gefühl, etwas ganz Besonderes zu sein. Und so wie meine Mathilda sind alle Frauen etwas ganz Besonderes. Sie bekommen nur nicht oft Gelegenheit, sich eine Schleife umzubinden und es der ganzen Welt zu zeigen.

Aber wenn sich die Gelegenheit dazu bietet, ist das Kleid das Wichtigste. Wenn man eine Einladung bekommt zu einem Dinner oder einer Hochzeit oder einem Ball, dann sagt man nicht: ›Ach – ich muss mir unbedingt einen neuen Hut kaufen.‹ Man sagt: ›Ich muss mir unbedingt ein neues Kleid kaufen.‹ Niemand macht sich die Mühe, wochenlang den perfekten Pullover oder die perfekte Bluse zu suchen, aber die Suche nach dem perfekten Kleid kann eine Frau durch sämtliche Kaufhäuser und Boutiquen Manhattans führen. Das Kleid braucht die richtige Tasche, die richtigen Schuhe, den richtigen Lippenstift. Nicht umgekehrt. Das Kleid, das ein Mädchen zum Abschlussball trägt oder wenn es das erste Mal zum Altar schreitet, oder auch das zweite Mal, ist eine der wichtigsten Entscheidungen im Leben. Oft nimmt sich die Braut dafür mehr Zeit als für die Antwort auf den Heiratsantrag. Und eins kann ich euch sagen, nicht ihre schlecht sitzenden Schuhe haben Aschenputtel genügend Selbstbewusstsein verliehen, um zum Ball zu gehen, sondern das Kleid. Das Kleid hat sie zu einer Prinzessin gemacht!

Ich bin ein bescheidener Mensch, aber wenn ich es jetzt nicht sagen kann, wann dann? Ich bin stolz darauf, dass ich Tausenden von Frauen das Gefühl geben konnte, schön zu sein. Dass meine Entwürfe Köpfe verdreht und Herzen zum Schmelzen gebracht haben. Ich bin stolz darauf, dass Max-Hammer-Kleider, gehüllt in die Erinnerungen an jene besonderen Anlässe, zu denen sie getragen wurden, wie gehütete Schätze in Kleiderschränken hängen. Ein schönes Kleid kennt, ganz im Gegensatz zu mir, kein Alter. Es ist ein Füllhorn unendlicher Möglichkeiten. Ein schönes Kleid trägt einen gewissen Zauber in sich. Und der Schneider ist der Zauberer. Ich bin dankbar, euch alle kennengelernt zu haben, dankbar, Max Hammer kennengelernt zu haben, und dankbar, mein Leben damit verbracht zu haben, das Leben besonderer Frauen schöner zu machen.«

Irgendwann während der Rede schob Samantha ihren Arm durch meinen, und so standen wir dann da und lauschten den Worten meines Großvaters. Ich fühlte mich ihr plötzlich und ganz unerwartet sehr nahe. Einmal sah ich, wie meine Großmutter uns anschaute, und da hätte ich Samanthas Arm fast wieder losgelassen. Aber dann ließ ich mich fallen in die warme, herzliche Atmosphäre dieses Abends und ließ meiner Bubbe die Freude. Außerdem fühlte sich Samanthas Arm in meinem sehr angenehm an. Eigentlich brachte ich sonst nie Frauen mit nach Hause zu meiner Familie, die ihre Nase in alles reinstecken musste. Aber es war ein schönes Gefühl, diesen Augenblick mit jemandem zu teilen – jemandem, der nur meinetwegen da war. Insgeheim fragte ich mich, ob ein Kleid wirklich so viel ausmachen konnte. Aus den Augenwinkeln betrachtete ich meine bildhübsche Begleiterin, wie sie dastand in ihrem Max-Hammer-Kleid, mit tränenfeuchten Augen, und fragte mich, ob das, was mein Großvater da sagte, wirklich stimmen konnte. Und als könnte er meine Gedanken lesen, kam er zu mir und drückte mir einen dicken Kuss auf die Wange. Dann nahm er Samanthas Hand und drehte sie um ihre eigene Achse.

»Zauberhaft«, murmelte er.

Sie sah wirklich hinreißend aus, aber darum gleich mit Zauberei anzukommen?, fragte ich mich. Das war doch ein bisschen übertrieben.

»Wie habt ihr beiden euch eigentlich kennengelernt?«, fragte er.

Ich wusste nicht, was ich sagen sollte. Samantha sprang mir bei und antwortete an meiner Stelle.

»Wir haben uns durch Ihr kleines Schwarzes kennengelernt«, sagte sie.

Sie hatte recht. Das stimmte tatsächlich. Vielleicht war es ja doch ein bisschen Zauberei.

# Danksagung

Ich bin vielen Menschen zu tiefem Dank verpflichtet, und einige von ihnen möchte ich hier namentlich erwähnen.

Zuallererst meiner Lektorin Claudia Herr: Unser gemeinsames Projekt war mir ein außerordentliches Vergnügen. Danke. Du bist so großartig und genial und unglaublich geduldig.

Meiner britischen Lektorin Selina Walker: Danke, dass du deine famosen Einsichten mit mir geteilt hast.

Valerie Cates, dafür, dass du dich für meine Geschichte eingesetzt hast und so viel Vertrauen in sie und mich gesetzt hast. Ein GIGANTISCHES Dankeschön meiner feurigen und fabulösen Agentin, Alexandra Machinist, und allen anderen Mitstreitern von ICM.

Judy Jacob, Suzanne Herz, Todd Doughty und Victoria Chow von Doubleday für ihre Liebe zu meinem Buch, die sie in die Welt hinausgetragen haben, und dafür, dass sie mir blutiger Anfängerin die Spielregeln erklärt haben.

Sophie Baker von Curtis Brown, die alle Zuneigungsbekundungen für unser kleines Schwarzes von überallher gesammelt hat.

Mara Canner, weil sie nie Nein gesagt hat, und George Sheshang, weil er immer Ja gesagt hat.

Linda Coppola, Andrea Levenbaum, Ellen Crown und Phoebe Kline: Vor diesen Worten habe ich viele andere Worte geschrieben. Danke, dass ihr sie gelesen und mich stets unterstützt habt, und für eure unverzichtbare Hilfe bei diesem Projekt.

Mein ganzes Leben lang war ich umgeben von einer mich liebenden Familie und wahren Freunden, die ich unendlich schätze. Ihr seid mein Anker. Danke, dass ihr mich nehmt, wie ich bin, mit all meiner Verrücktheit und meiner Schreiberei.

Meiner Mutter Florence Levenbaum: Mir fehlen die Worte, um die Liebe und die Unterstützung zu beschreiben, die ich von dir ein Leben lang erfahren habe. Du bist meine Inspiration, und ich liebe dich sehr. Danke.

Meinen drei wunderbaren, leidenschaftlichen Töchtern, die mich immer unterstützen: Raechel, Melodie und Talia. Einzeln seid ihr unwiderstehlich, gemeinsam seid ihr unschlagbar. In diesem Leben will ich nur eins: dem Funken der Liebe zu mir gerecht werden, den ich in euren Augen sehe. Jeden Tag inspiriert ihr mich, besser zu sein, als Frau, als Mutter und als Mensch.

Ein besonderes Dankeschön gilt meiner jüngsten Tochter, die während der Entstehung dieses Buchs einen tapferen Kampf gefochten hat. Talia Ruth Rosen, Leserin Nummer eins: Deine Kraft, dein Mut und deine Disziplin verblüffen mich jeden Tag aufs Neue und lassen mich immer weitermachen. Du bist meine Heldin.

Und schließlich Warren, mein Ehemann und allerbester Freund. Es heißt, man soll über das schreiben, was man kennt, und wenn ich irgendwas kenne, dann die wahre Liebe, und die kenne ich deinetwegen. Um Bruce Springsteen, unseren Laureaten, zu zitieren:

»Through the wind, through the rain, the snow
the wind, the rain
You've got, you've got my, my love
heart and soul«